未凋零

Undying

每天每天，我都後悔著當時沒有勇敢說出喜歡，
於是只能花一輩子，記得這份遺憾。

Misa 著

出·版·緣·起

三百六十度全媒體出版

城邦原創創辦人　何飛鵬

當數位變革浪潮風起雲湧之際，做爲一個紙本出版人，我就開始預想會不會有數位原生內容出版社出現？如果會的話，數位原生出版會以什麼樣貌出現？而我又將如何面對這種數位原生出版行爲？

就在這個時候，我看到了大陸的起點網，這個線上創作平台，聚集了無數的寫手，形成數量龐大的創作內容，無數的素人作家在此找到了夢許之地，也成就了一個創作與閱讀的交流平台，而手機付費閱讀的習慣養成，更讓起點網成爲全世界獨一無二、有生意模式的創作閱讀平台。

基於這樣的想像，我們決定在繁體中文世界打造另一個線上創作平台，這就是POPO原創網誕生的背景。

做爲一個後進者，再加上我們源自紙本出版工作者，因此我們在POPO上增加了許多的新功能，除了必備的創作機制之外，專業編輯的協助必不可少，因此我們保留了實體出版的編輯角色，讓有心成爲專業作家的人，能夠得到編輯的協助，我們會觀察寫作者的內容、進度，選擇有潛力的創作者，給予意見，並在正式收費出版之前，進行最終的包裝，並適當的加入行銷概念，讓讀者能快速認識作者與作品。

這就是ＰＯＰＯ原創平台，一個集全素人創作、編輯、公開發行、閱讀、收費與互動的一條龍全數位的價值鏈。

經過這些年的實驗之後，ＰＯＰＯ已成功的培養出一些線上原創作者，也擁有部分對新生事物好奇的讀者，不過我們也看到其中的不足——我們並未提供紙本出版服務。眞實世界中，仍有許多作家用紙寫作，還有更多讀者習慣紙本閱讀，如果我們只提供線上服務，似乎仍有缺憾。

爲此我們決定拼上最後一塊全媒體出版的拼圖，爲創作者再提供紙本出版的服務，讓所有在線上創作的作家、作品，有機會用紙本媒介與讀者溝通，這是ＰＯＰＯ原創紙本出版品的由來。

如果說線上創作是無門檻的出版行爲，而紙本則有門檻的限制，線上世界寫作只要有心，就能上網、就可露出，就有人會閱讀，沒有印刷成本的門檻限制。可是回到紙本，門檻限制依舊在。因此，我們會針對ＰＯＰＯ原創網上適合紙本出版的作品，提供紙本出版的服務，我們無法讓所有線上作品都有線下紙本出版品，但我們開啓一種可能，也讓ＰＯＰＯ原創網完成了「三百六十度全媒體出版」的完整產業及閱讀鏈。

不過我們的紙本出版服務，與線下出版社仍有不同，我們提供了不同規格的紙本出版服務：（一）符合紙本出版規格的大眾出版品，門檻在三千本以上。（二）印刷規格在五百到二千本之間的試驗型出版品。（三）五百本以下，少量的限量出版品。

我們的宗旨是：「替作者圓夢，替讀者服務」，在作者與讀者之間搭起一座無障礙橋梁。

我們的信念是：「一日出版人，終生出版人」、「內容永有、書本不死、只是轉型、只是改變」。

我們更相信：知識是改變一個人、一個組織、一個社會、一個國家的起點。讓想像實現、讓創意露出、讓經驗傳承、讓知識留存。我手寫我思，我手寫我見，我手寫我知，我手寫我創，變成一本本的書，這是人類持續向前的動力。

我們永遠是「讀書花園的園丁」，不論實體或虛擬、線上或線下、紙本或數位，我們永遠在，城邦、POPO原創永遠是閱讀世界的一顆螺絲釘。

楔子

「喜歡」這種情感的萌芽，有時往往只是由於一件小事。

那件事對其他人來說可能微不足道，卻在你的內心留下無法抹滅的印記。

也許只是因爲對方投籃的身姿，也許只是因爲對方回答老師的提問時，自信滿滿的側臉，又也許只是因爲在某個午後，看見微風吹亂他頭髮的瞬間。

更多時候，當我們意識到「喜歡」這種感覺時，情愫早就在心中根深蒂固。

第一章

對我來說，國中時的畢業典禮，是我的人生中唯一一場真正的畢業典禮。

應該說，是我唯一真正在乎的畢業典禮。

因爲如果畢業時一定要掉幾滴眼淚，或是爲此感到不捨的話，那麼曾讓我有過這種經驗的，就只有國中這場畢業典禮了。

「沈雁，妳覺得呢？」在典禮進行途中，理著平頭的蔡正于偷偷轉過頭，低聲問我。他表情緊張，眼神卻帶著一絲興奮。

「什麼？」我皺起眉用氣音回應，只覺他破壞了氣氛。

「告白啊！」他稍微提高音量，咳了聲後對我擠眉弄眼，以目光朝斜前方那個班級的座位區最左側示意，那裡坐著一個女孩。

「都可以吧。」我聳聳肩，盡量表現得不在意。

「喂，妳就不能幫忙出一點意見……」蔡正于話還沒說完，又趕緊轉回身，佯裝若無其事。我朝一旁望去，原來是站在禮堂右側的老師正指著他，要他安靜。

我注視著前方的蔡正于，這應該是我最後一次這樣看著他的後腦杓了。

感傷的氛圍並沒有維持太久，終於畢業的歡騰很快蓋過離別的不捨，許多人聚集在中庭找朋友或老師拍照，有些人則是把握最後的機會告白。

我拿著畢業證書坐在樓梯邊，蔡正于正在一旁慌張地整理頭髮。

「這樣可以嗎？」他問。

我聳聳肩，見他皺眉努嘴，我又點點頭。

「如果徐安安喜歡你，那你看起來怎樣都不重要，如果她不喜歡你，那你怎樣花心思都……」

「好，我去了。」他打斷我的話，毅然決然站起來，筆直朝待在不遠處與同學們合照的校花徐安安走去。

我靜靜望著蔡正于的背影，這個與我關係還不錯的男孩暗戀了校花三年，如今終於選擇在離校前告白。

在我心中，蔡正于是個挺特別的存在，像我這種只會畫漫畫的怪胎沒什麼人緣，而他是我國中時代少數的朋友。

畢業典禮結束，離開學校前，我站在校門口回頭看了校園一眼。

我以爲與國中同學的緣分就這樣結束了，然而高中開學的第一天，當我來到自己的班級時，發現徐安安也在。

我難以形容內心的那份震驚，沒想到我會與徐安安念同所高中，甚至還同班。不過，她絕對不會知道我是誰，因爲我是如此渺小又不起眼。

找了個角落的位子坐下，我拿出空白畫本，這本畫本乘載了我所有的幻想，我將自己的少女心投注在想像出來的世界中，畫成一篇又一篇漫畫。

不少人都喜歡看漫畫，但如果看見同學畫漫畫的話，總是會覺得奇怪的吧？

雖然大家沒有明說，不過根據國中時的經驗，我知道同學們都認爲我是怪人。幸好我並沒有因此被欺負或排擠。

我很快陷入自己的幻想，並在白紙上畫出一個個有著閃亮大眼的角色，渾然沒察覺有人走到我的座位旁。

「妳好厲害啊！」一道聲音冷不防響起，我下意識遮住自己的畫本，抬眼看見一個短髮女孩。她歪頭，「幹麼遮？我不能看嗎？」

「咦……」

我還來不及回應，短髮女孩便逕自拿走畫本，在我旁邊的位子坐下，哼著歌開始翻閱，我注意到她的臉上帶著淡妝。

「我叫杜小娟，妳呢？」

「沈雁。」

「沈雁啊，那叫妳雁子怎麼樣？很可愛吧。」杜小娟笑著，繼續看我畫的漫畫，這讓我有些害羞。

「妳就是沈雁呀。」更令我意外的是，徐安安也走了過來。

她擁有白皙的肌膚和柔順的長髮，五官精緻美麗，任何女孩在她面前都會自慚形穢。我沒想到她會主動搭話，一時間不知該做何反應，而她瞥了眼我的畫本，接著跟杜小娟一起看起來。

過了一會，她們兩個都看完了，杜小娟心滿意足地說：「好好看，滿足了我的少女心！我會期待後續的。」

「是還不錯，不過劇情也太不切實際了，現實中才不會有那麼浪漫的情境。」徐安安雖然這麼說，但也表示對劇情發展有興趣。

「妳們會想繼續看我畫的漫畫？」我愣愣地問。

「當然，妳畫得很棒。」杜小娟毫不猶豫地回答，徐安安跟著點頭。

我想，我之所以能產生一點自信，大概就是因爲這件事。

從此，我們三人自然而然變得形影不離。

徐安安是因爲蔡正于的關係才知道我，而國中畢業後至今已經過了三個月，我才終於得知蔡正于告白的結果如何。

「我答應了。」說出這句話時，徐安安的表情沒有改變，臉頰卻微微泛紅。

「哇，他很帥嗎？不然怎麼能追到妳？」杜小娟很好奇冰山美人被攻陷的原因。

「很普通。」徐安安咳了一聲，「我也沒什麼特別的。」

「不，妳特別美。」我和杜小娟齊聲說，徐安安忍不住打了我們，又笑出來。

徐安安平常總是讀著自己的書，散發出一種距離感，但其實她十分喜歡照顧人，就像個姊姊一樣。她是刀子嘴豆腐心，雖然常說我和杜小娟幼稚，卻多半由著我們。

而杜小娟古靈精怪，老是眨著一雙大眼睛在動歪腦筋，有時會不經思考就讓不該說的話脫口而出，不過基本上是個仗義執言的俠女。

後來徐安安說，其實她本來就對蔡正于有好感，只是沒想到蔡正于也喜歡自己。結果，我不僅沒料到蔡正于會告白成功，更沒料到徐安安也早就喜歡蔡正于，偶像劇般的情節原來還是存在於現實裡的。

我揮揮自己的畫本，調侃徐安安：「所以說，少女漫畫的劇情並不全都是幻想，現實中也有不可思議的美好愛情呀。」

「哼。」徐安安一副不以爲然的樣子，卻笑得燦爛。

這天晚上，我傳了訊息恭喜蔡正于，他先是埋怨我許久未和他聯絡，而後又興沖沖地嚷嚷著終於美夢成眞。意外的是，我內心的喜悅遠比苦澀要多，也深深覺得他的暗戀能夠開花結果眞是太好了。

「我好擔心現在這麼幸福，以後會不會就不幸福了？」

「可能大考會滑鐵盧吧。」

蔡正于回傳了一連串咒罵，我開心地笑了，帶著愉快的心情入睡。

「沈雁，妳沒聽見剛剛的廣播嗎？各班班長要去集合。」劉旻文敲敲我的桌面，正在構思漫畫劇情的我頓時回過神。

「我沒聽見，而且你才是班長吧。」說完，我想低頭繼續畫畫，劉旻文的大手卻壓在我的畫本上。

「妳忘記我的恩情了嗎？」

一聽他這麼說，我忍不住微皺眉頭。

開學第一天，我除了和徐安安及杜小娟成為朋友以外，還發生了一件事，就是在升旗典禮的時候暈倒了。

當時劉旻文眼明手快地扶住我，並帶我去保健室，即使後來我恢復許多了，他還是自告奮勇，替我去地下室搬自己的課桌椅回教室。我非常感激他，而他也因為這份熱心被全班同學選為班長。

可是，如今他卻常常以此為由，要求我幫他做各種事情。

就像現在，明明是身為班長的他該去集合，他居然想推給我，自己則打算和朋友們去打球。

我轉過頭看向杜小娟和徐安安，她們很有默契地一同搖頭，不願意陪我去。

「小氣耶！」我忍不住喊。

「妳不是剛畫好最新一回的漫畫嗎？我想趕快看。」杜小娟理直氣壯地說。

「我也要看，所以無法。」徐安安說，雖然她根本就在看小說。

結果我還是被她們說服了，而且其實我挺開心的，「那記得告訴我感想喔。」

「沒問題，男女主角的後續發展讓我好緊張！」杜小娟跟我一樣充滿少女情懷，情緒很容易隨著漫畫劇情起伏，理性的徐安安則往往會潑冷水，指出故事中不切實際的地方，或者吐槽世界上根本沒有這樣的愛情。

「我懂這種感覺，每次畫漫畫時，我都會把自己想像成女主角唷。」丟下這句話後，我無奈地前往一樓的教務處集合。

教務處位於正對校門的校舍，與學務處相鄰，門口掛了一塊木匾。

我走到教務處前，加入按年級排列的集合隊伍，打量著木匾上的贈予人姓名——第二屆家長會會長蔡元泰。

這所高中才成立不久，我是第三屆的學生。因爲還沒有畢業生，所以目前也沒有升學率的數據，所幸前兩屆的學長姊們都相當優秀，爲學校帶來了不錯的風評。

各班班長陸續抵達，由於當初入學時校內的班級數不多，因此高二、高三的學長姊彼此都相當熟悉，正熱絡地聊著天。

相較於我們這群小高一各自站好的緊張模樣，身後學長姊們聊天的聲音更顯清晰，我專心地聽著他們的對話。

站在我後方的是二年七班與二年八班的班長，他們嘻嘻哈哈地交談著。

「欸，你爲什麼都不交女朋友啊？」二年七班的班長說。

「幹麼要交？」二年八班的班長回答，語氣略帶輕藐，又有些自負。我不禁想轉過頭看看他長什麼樣子，不過還是忍住了。

「那麼多人喜歡你耶，隨便挑一個啊。」二年七班的班長又說，這下我更加好奇了。難道二年八班的班長很帥？

二年八班的班長笑了聲，漫不經心地說：「女朋友又不是這樣交的。」

「不然要怎麼交？」

「要……」

這也太像漫畫劇情了，難道接下來他會說「要彼此喜歡」或者「要第一眼見到就知道是命中注定」之類的臺詞？

不過，我永遠不會知道二年八班的班長打算怎麼回答了，因爲此時教務主任拿著簿子從辦公室走出來，盯著我後方的其中一個學長喊：「張瑞德！回你自己的班級該排的地方站好！」

「哎唷哎唷，好啦，主任不要這麼愛生氣啦。」張瑞德嬉皮笑臉地往右邊走去，原來他不是二年七班的班長。

張瑞德在二年三班的位置站定，而二年八班的班長哈哈笑著，低聲說了句：「白痴。」

我正想回頭看，主任卻用簿子拍了大腿一下，嚇得我們這群小高一趕緊乖乖地面朝前。

「注意，尤其是班級在四樓的一年級班長，回去提醒班上同學不要破壞五樓專科教室的物品，以及你們那層樓的電腦教室設備，還有不准蹺課去空教室打混，完畢。」

就這樣？

就爲了這種可以用廣播宣導的事情，特地集合各班班長？

「主任，你嘛幫幫忙！這明明就可以用廣播講，幹麼叫我們過來？」張瑞德把我的心聲說出來了。

「二年三班的班長又是你，我怎麼能不把握機會讓你多做點事？三班教室就在一樓而已，你還這麼懶。」主任說著，把手上的簿子往張瑞德身上丟。

後方再度傳來笑個不停的聲音，而張瑞德立刻撿起簿子，丟向二年八班的班長。

「蔡政宇，你不要再笑了！」

我的心一震，懷疑自己聽錯了。

「不要亂丟啦！」二年八班的班長笑著回話。

他也叫蔡正于？怎麼會有這麼巧的事？

我轉過頭，那位學長正好撿起主任的簿子，丟回給張瑞德，我的視線恰巧落在他胸前繡有名字的地方——蔡政宇。

原來只是發音相似而已。

接著我往上看，發現蔡政宇學長整整高了我一個頭。

他的側臉線條完美，雙眼炯炯有神，有著一頭微刺的短短頭髮與高挑的身材，在人群中特別顯眼。

我頓時明白剛才張瑞德爲何會說那些話了，這位蔡政宇學長受到歡迎顯然無庸置疑。

因爲使力丟簿子的關係，蔡政宇學長稍稍撞到了我，於是他趕緊道歉：「啊，抱歉。」

當他看著我，並碰觸到我的瞬間，我的整張臉如火燒般紅了起來，接著克制不住地渾身顫抖，連「沒關係」三個字都說不出口。

「不要亂丟我的簿子，拿來！」主任喊，「其他人沒事的話可以解散了。」

「主任，剛剛是你先亂丟的耶。」張瑞德邊笑邊把簿子還給主任，然後與蔡政宇學長一起朝教室的方向走。

而我的腳像生了根一樣，完全無法移動，只能站在原地望著他們的背影。

「一年七班的班長是妳？不是劉旻文嗎？」發現我呆呆杵著，主任掃了下我的制服胸口繡的姓名，「妳叫沈雁？是副班長？」

在主任說出我的名字時，正往前走的學長像是被嚇到似的回過頭，我緊張得趕緊低下頭。

「不是，我只是代替劉旻文過來……」

「這樣啊，那快回教室吧。」主任轉而看向蔡政宇學長那邊，「張瑞德，你安靜一點，現在是上課時間。」

「不公平，爲什麼都只罵我？蔡政宇也很吵啊！」張瑞德嘻嘻哈哈地回應，學長伸手拍了他的肩膀。

「主任再見！」蔡政宇學長喊，和張瑞德打鬧著離開。

我也趕緊和主任道別，只見學長跟張瑞德在樓梯前分開，張瑞德繼續朝前方二年三班的教室走，學長則踏上樓梯。

我等了一會兒才跟著爬上樓梯，並刻意途經二年八班所在的走廊，打算走另一側的樓梯回教室。

經過二年八班教室的門口時，我放慢腳步，偷偷往教室裡瞄去，學長正站在講臺上宣布剛剛主任交代的事。

「總之就是不要隨便破壞公物啦，但這種事情跟高一生說就好了，我們都是成熟的學長姊了呀。」他故作認眞地表示，露出困擾的表情，惹得全班同學哄堂大笑。

就在這時，他視線一轉看了過來，我們的目光再次對上，我趕緊低頭，加快腳步離開。

心臟跳得飛快，全身止不住地顫抖，我從來沒有過這種感覺。隨著每次的跳動，心臟都彷彿要從胸口蹦出來一樣。

返回教室後，劉旻文過來問我教務主任交代了些什麼，然而我的腦袋嗡嗡作響，一時無法回應。

「沈雁，妳怎麼呆呆的？而且臉好紅，發燒了嗎？」

「沒、沒事，主任只是說以後不要破壞公物。」我趕忙回答，不想被他發現我的異狀。

劉旻文立刻轉頭大喊：「糟糕，該不會是上次打破盆栽被發現了吧？」

班上幾個男生七嘴八舌議論紛紛，我趁他們陷入一團混亂時回到座位，徐安安和杜小娟立刻問我發生了什麼事。

「剛剛集合的時候，我發現有個學長的名字和蔡正于很像。」

「一模一樣？」徐安安問。

我拿出紙筆寫下「蔡政宇」三個字，徐安安不以爲意地說：「這沒什麼好驚訝的，蔡正于的名字本來就不特別，蔡政宇這三個字就更普通了。」

「他長得超帥的，好像從漫畫裡走出來的男主角！」我終於可以說出這句話了。

「被妳說帥的，通常都不怎麼樣。」徐安安冷笑。

「等一下，是二年八班的蔡政宇嗎？」杜小娟雙手抓住我的肩膀。

「對，妳怎麼知道？」

杜小娟驚呼，聲音之大讓劉旻文他們幾個人喊了句：「安靜啦！」

「妳們怎麼會不知道？二年八班的蔡政宇學長很有名啊！他可是萬人迷，每個班級都一定有人喜歡他。」

「這種偶像劇男主角般的設定是哪來的？」徐安安嗤之以鼻。

可是我相信杜小娟說的是眞的，徐安安能這麼冷靜，是因爲她沒有見過學長本人。

「他大概是全校最受歡迎的男生了，雖然沒有像偶像劇演的那麼誇張，但隨便抓一個學長姊來問，都絕對沒人不知道蔡政宇。」杜小娟的眼睛都亮了，「他也等於是我們學校的偶像了。」

接著，杜小娟開始細數蔡政宇學長的傳奇事蹟，除了外表出眾、個性幽默風趣，學長的頭腦也是一級棒，從入學至今始終保持全年級第一名；不僅如此，他參加校外比賽同樣屢屢獲獎，獎項涵蓋各領域，而他在田徑、籃球等運動方面也很厲害，爸爸還是家長會會長，簡直就是超完美偶像。

「他會不會是機器人啊？」聽完杜小娟滔滔不絕的描述，徐安安只有這個感想。

「天啊，好帥的感覺。」我則憧憬地說。

「當偶像崇拜是也無傷大雅。」徐安安聳肩，把畫本還給我。

思緒瞬間被拉回來，我連忙問她：「這次的劇情如何？」

「妳實在太不切實際了，那麼夢幻的愛情在現實裡不可能存在。」徐安安又是這種論調。

「怎麼會，更夢幻的學長都存在於學校裡了，這種愛情當然也有可能存在。」我反駁。而且，我始終覺得少女漫畫的出現，就是為了替乏味的現實添增一點美好的想像。

「就是，而且我覺得這次的故事不錯，女主角喜歡上學校裡的大帥哥，然後兩人墜入情網，很浪漫呀。」杜小娟附和，她果然是我的最佳讀者。

「姑且不提灑狗血的劇情，妳的圖是真的畫得不錯，」徐安安按住我的畫本，「這個背景的網點，妳是用鉛筆自己畫出來的吧？也太厲害了。」

她指著某格背景中由無數小點勾勒出的泡泡，那的確是我在前天夜裡用自動鉛筆慢慢點上去的。

「因為我喜歡畫畫嘛。」我傻笑著，能夠做自己喜歡的事情，無論花再多時間我都甘之如飴。

我熱愛畫畫，為此還加入了美術社。如果要我把一天二十四個小時都用來畫畫，那也完全沒問題。

無論是要畫抽象的事物還是實際存在的物品，我都能夠很快在腦中構成畫面，再以畫筆具現於空白畫布上，這是一件多麼美好並且幾乎能被稱作奇蹟的事。

「要是我對讀書也能這麼理所當然地說喜歡就好了。」杜小娟哭喪著臉，拿出數學小考的試卷，「我跟妳們說，我上高中以來數學還沒及格過。」

「我也只及格過一次，而且那次是剛好六十分。」我也想起自己的成績，現實永遠如此殘酷。

「妳們應該認真一點上課，一個上課老是在神遊，不然就是傳紙條，另一個是一直偷畫漫畫，難怪考不好。妳們現在基礎要是不打好，以後會很辛苦的。」徐安安伸手拿過我的畫本，一邊翻一邊嘴上還不忘數落我們。

「妳講話的方式好像老師。」我皺著眉。

「是像老媽子吧，妳男朋友受得了？」杜小娟嘟嘴。

徐安安白了我們一眼，「蔡正于比妳們受教多了。」

「他應該覺得和十全十美的才女徐安安在一起壓力很大吧。」我調侃，徐安安冷哼一聲。

「他才沒那麼脆弱。」

「不不不，他高攀了，絕對很有壓力。」雖然沒見過蔡正于，杜小娟依舊肯定地說。

「我不理妳們兩個了。」徐安安各捏了我們的臉頰一下，我和杜小娟相視而笑。

「對了，雁子，蔡政宇學長有個『展示時間』，妳知道嗎？」

「展示時間？」

杜小娟正要說明，上課鈴聲卻響起，於是她對我眨眨眼，「等等妳就知道了。」

結果我整堂課都想著這件事，期間老師再次提醒大家不要破壞公物，劉旻文和其他幾個男生聽了，彼此使著眼色，那模樣太過明顯，我懷疑老師只是裝作沒看見。

下課後，杜小娟立刻衝到走廊上，趴在欄杆邊向我們招手。

「她幹麼？」我問，徐安安搖頭表示不明白，但我們還是走了過去。

來到欄杆邊，我意外地發現，每層樓的走廊欄杆邊居然都有女孩子在，她們神情興奮，不時交頭接耳。

由於校舍是ㄇ字型，所以我們可以看到對面的教室，那裡同樣有好幾個女生靠在欄杆上，朝一樓中庭張望。

「這是怎麼回事？」我不禁好奇。

徐安安往下一瞥，露出了然的微笑，「原來一直以來，大家都在看這個啊。」

「什麼？」我跟著探頭。

杜小娟揚起笑容，突然拍手，「讓我們掌聲歡迎本校的校草，蔡政宇學長！」

很快，我看見學長和張瑞德從一樓走出來，他們身後還跟著許多同學，一群人來到操場打躲避球。

「他們有時候會打躲避球，不過更多時候是打籃球，就在那裡。」杜小娟指著籃球場，又一臉神祕兮兮指了指樓下，「我們教室這邊的視角絕佳，原因是……」

我和徐安安再度往下看，我們一年七班的教室位於四樓，正下方的三樓是一年一班的教室，而二樓就是二年八班的教室。

此時有幾個人站在二樓走廊的陽臺，朝操場上的學長們喊：「左邊，把張瑞德打出去啦！」

「會不會啊，王博宇！快搶走蔡政宇的球！」

「杜小娟，妳以後可以去徵信社工作，專門蒐集情報。」徐安安沒好氣地說，但也趴到了欄杆邊。

「不不不，我喜歡幫人化妝打扮，當化妝師比較適合我。」杜小娟說完，將自己的下巴靠在手背上，「不覺得能念這所高中很幸運嗎？學校裡有一個偶像般的學長。我想，蔡政宇以後應該會變成明星。」

「眞的很像偶像……」我看著學長接過球再丟出去。

如果他成爲我的故事中的男主角，那麼也許那顆球會飛得好高好遠，往我這裡砸過來，然後學長會迅速幫我擋下球，這就是男女主角最初的相遇。

或者學長上樓梯的時候，會不小心與我相撞，然後在我差點摔下去時拉住我，並向我道歉。我會對他說沒關係，兩個人從此開始注意對方。

各種男女主角相識的場景在腦中不斷上演，只要看著學長，我彷彿就能擁有源源不絕的戀愛故事靈感。

第二章

「今天也有好多人擠在操場看蔡政宇。」杜小娟懶洋洋地將頭靠在欄杆上。

「我覺得他長得也還好，沒有到很帥的程度。」徐安安往欄杆外瞥了一眼，視線又落回我畫的漫畫上。

「啊，蔡政宇投進了。」

「小娟，妳爲什麼要一直報告蔡政宇的動向？」徐安安瞪她。

「因爲妳那位名字跟他很像的男朋友不在我們學校呀，當我提到蔡政宇學長時，至少能讓妳有種男朋友也在學校的錯覺吧？」杜小娟揚起調皮的笑容，徐安安氣呼呼地伸手搔她癢。

我將目光移至操場，從這裡望下去，只看得見學長的頭頂與背影。

此時學長再度射藍得分，我將這帥氣的一幕牢牢記在腦中，打算等等畫進漫畫裡。

雖然我的漫畫劇情總被徐安安說不切實際，不過這只是漫畫，而且大家也都喜歡看帥哥，不是嗎？

光是看著學長就是一種享受，更別說他還能成爲我的靈感來源了。因此，我們三個幾乎每節下課都會趴在欄杆邊偷看學長。

好吧，嚴格說起來，只有我每節下課必定報到，杜小娟和徐安安有時還會做點別的事。

「蔡政宇學長和蔡正于完全不一樣好嗎。」徐安安雙手插腰，嘴上說得理直氣壯，卻還是忍不住瞄著學長。

看樣子，學長的魅力果眞無法擋。

「難得有這麼像明星的人跟我們同校耶，而且也只能看他兩年，我們應該好好珍惜這種機會，反正看帥哥顧眼睛。」杜小娟說，我和徐安安點頭同意。

忽然，我感覺到有人靠近，我們三個幾乎同時轉頭，只見劉旻文神情古怪站在那裡，而班上其他男生竊笑著待在走廊轉角處，似乎想看什麼熱鬧。

「沈雁！」劉旻文喊，我嚇了一跳。

「幹麼那麼大聲，不會又要叫我代替你去集合吧？」

「不是。」劉旻文稍微回頭瞥了眼身後，班上那群男生一臉幸災樂禍。

劉旻文咬咬牙，開口大喊：「沈雁！我喜歡妳啦！」

我的臉瞬間紅了，許多人往我們這邊看來。

「好了，拜拜。」劉旻文皺著眉頭轉身離開，他的狐群狗黨們一陣爆笑。

「這……這是怎樣？」哪有這種告白方式？漫畫中的情節可不是這樣的。

「劉旻文，你有病喔！眞心話大冒險輸了就來亂告白。」杜小娟破口大罵，我這才意會過來。

原來如此，想也知道是懲罰遊戲，可是把我當成輸掉的懲罰會不會太過分了？

「這才是現實。」徐安安意味深長地看了我一眼，特地把我畫的漫畫翻到男主角深情告白的那頁。

「吼，劉旻文那個笨蛋不算啦！」我搶回畫本，轉過頭望向樓下的學長，而不知道是否錯覺，學長也像感應到似的抬起頭，但很快又把視線轉回球場上。

「對了，其實蔡政宇學長似乎滿常往我們這個方向看過來。」杜小娟說。

「我也有發現。」徐安安點頭。

「某人不是對學長沒興趣嗎？」杜小娟調侃。

「妳不是說看帥哥顧眼睛嗎？」徐安安反將她一軍，「我想，是不是我們這裡有他喜歡的人？」

我心頭一驚，我完全沒想過學長也許有喜歡的人這種事。

學長是偶像般的存在，我無法想像偶像也會喜歡別人，甚至是談戀愛。

「如果學長有喜歡的人，那不可能沒人知道吧。」杜小娟歪著頭，「不過，這也不關我們的事。」

徐安安點頭，我跟著點頭，心裡卻有點怪怪的，喉嚨也乾乾的，一定是劉旻文失禮的舉動嚇到我了。

後來，劉旻文對我的態度依舊跟平常一樣，可是一想到他把我當成懲罰遊戲的對象，我就一肚子火，於是暗自決定以後不再代替他去集合。

放學後，我前往美術教室，經過走廊時，我心血來潮靠到欄杆邊往下看，卻意外發現學長背著書包站在二樓陽臺，正和朋友聊著天。

我不自覺地停步，貪戀地想多瞧幾眼。

忽然，學長抬起頭，在我們對上眼的瞬間，我立刻把頭縮回來，心跳飛快。

「雁子！」

「哇！」

「幹麼啦？」徐安安被我的叫聲嚇到，揉著耳朵，而一旁的杜小娟把頭探出欄杆。

「妳看到什麼了嗎？」杜小娟好奇地問。

她沒看見學長？

我再度緩緩探頭，二樓陽臺上已經沒有學長的蹤影。

「沒什麼啦。妳們也要去社團教室？」

徐安安指指自己肩上的羽球拍袋子，杜小娟則聳肩。

「妳們兩個真積極參與社團活動，可惜學校沒有彩妝社，所以我一點都提不起勁……我加入的電影欣賞社只需要交心得就好，不像妳們放學後還得去。」

「我們是出於興趣，如果有彩妝社的話，妳放學後也會去的吧。」我說，杜小娟同意地點頭。

我們在樓梯間向彼此道別，徐安安朝體育館的方向走，杜小娟決定回家。我要去的美術教室位於五樓，放學後教室裡十分靜謐，非常適合盡情作畫。

美術社的社員在社團課以外的時間也可以使用美術教室，所以平常一有空，我就會去美術教室畫靜物。水果畫膩了就畫椅子，椅子畫膩了就畫天花板上的日光燈，我甚至還畫過黑板。

傍晚的微風吹進教室，白色窗簾隨風輕輕飄動，我靈光一閃，決定畫正在飄動的窗簾。

「這邊的弧度是這樣子嗎？好像有點怪怪的。」我看著自己畫的窗簾喃喃自語，總覺得不太自然。看來除了畫靜物以外，我也該多練習畫動態的物體，或許畫有生命的東西更好，例如動物或者是人。

雖然畫漫畫主要也是在畫人，不過和素描畢竟不一樣。

我伸了個懶腰，放下畫筆走到窗臺前。

夕陽斜照，在逆光之中，籃球場上似乎有個人往這望來，等到我的眼睛習慣光線後，才發現那是學長。

我倒抽一口氣，而學長停留了片刻才走。

雖然站在五樓，可是身為忠實粉絲，我還是一下就辨認出學長的身形。這麼說好像很奇怪，但夕陽下的他看起來有種特別的美。

我的心中忽然湧現想要畫學長的衝動，只可惜不會有這個機會。

「同學，校門差不多要關嘍，快準備回家了。」警衛從教室前門探頭進來提醒，我連忙收拾東西離開。

經過籃球場時，我來到學長剛剛站的位置，順著他的視線方向望過去，可以看到位於四樓的一年七班教室，還有教室正上方的美術教室。

「其實蔡政宇學長似乎滿常往我們這個方向看過來。」

「我想，是不是我們這裡有他喜歡的人？」

杜小娟和徐安安說過的話在腦海中迴盪，我來回瞧了瞧自己的教室和美術教室，想起那幾次的對眼……

不可能。

我用力搖搖頭，這裡不是漫畫中的世界，不要再胡思亂想了。

走向校門外的公車站時，我稍稍張望，期盼可以見到才離開學校不久的學長。

但現實是，夕陽餘暉只拉長了我一個人的影子。

回家後，我發現坐在客廳的媽媽臉色十分難看，爲了不被掃到颱風尾，於是我躡手躡腳地朝房間走。

「站住，小雁。」媽媽隱含怒氣的聲音讓我膽顫心驚，「這是什麼？」

我依言看向桌上那堆測驗紙，心知不妙。

完蛋了，媽媽發現我藏起來的不及格考卷了。

自知理虧，我默不作聲，媽媽面帶微笑走過來，這副模樣簡直令人背脊發涼。

「媽媽知道妳才剛升高中不久，不應該太要求妳，可是如果沒在高一時打好基礎，以後會很辛苦。」

這句話我怎麼好像在哪裡聽過？

「所以媽媽今天打聽過了，妳念的高中附近有一間評價還不錯的補習班，明天我們就去問問看吧，嗯？」媽媽臉上依舊掛著微笑。

我不想補習，補習很辛苦，而且這樣去美術教室畫畫的時間就會減少了。

「我以後會認眞讀書，每天預習複習，所以不要啦，我不要補習。」

我苦苦哀求，不過媽媽是吃了秤砣鐵了心，隔天依然騎機車載我來到補習班所在的大樓。

補習班的招牌掛在大樓的三樓外牆，我光是看著就要頭暈了。

「媽，我覺得還是不要去……」話還沒說完，我便被媽媽拉進去。

乘著電梯上了三樓，電梯門一打開，右手邊是補習班的櫃檯，左手邊則通往教室所在的地方，我瞄了一眼，教室裡密密麻麻全是人，這讓我瞬間頭皮發麻。學生數量幾乎是一般補習班的兩倍，這樣學習效率眞的會好嗎？

「歡迎，請問想詢問什麼課程呢？」櫃檯小姐將目標鎖定在媽媽身上，我百無聊賴地打量四周。

明亮的日光燈，扣分，太亮了眼睛會不舒服；光可鑑人的地板，扣分，是意圖使人滑倒嗎？

「妹妹，妳可以去參觀一下教室，教室的門不會關上，落地窗也都是透明玻璃，可以看到上課的情形唷。」櫃檯小姐親切地說。

我點點頭，心裡卻暗暗想著，我不會被騙的，她一定只是希望我來補習，好賺我的學費，而且開放式的教室會讓學生感到很有壓力，又容易分心。

然而，無論我如何極盡所能找出缺點，仍無法阻止媽媽送我來補習的決心。

「你們費用怎麼算？」媽媽提出最重要的問題，只見櫃檯小姐迅速拿出兩張表格，開始說明起來。

我坐在櫃檯前的高腳椅上晃著腳，毫不關心，不久忽然聽見走廊底端的那間教室傳來腳步聲與說話聲。

「現在是高二數學課的下課時間，您的女兒所就讀的高中也有很多學生來這裡補習。」櫃檯小姐笑咪咪表示。

我看了過去，果然有一群同校的學長姊走來。

看到這麼多人，我下意識想轉過身面向櫃檯。

「蔡政宇，你忘記拿水了啦！」

一聲呼喊吸引了我的注意力，只見張瑞德站在走廊底端，抬手將礦泉水丟給蔡政宇學長，我頓時整個人愣住。

「謝啦！」學長一手接住。

這世上有這麼巧的事？

學長也在這裡補習？

「小雁，妳覺得怎樣？小雁？小雁？沈雁！」媽媽拍著我，最後大聲喊了我的名字。

這一瞬間，學長像是觸電般驚訝地回頭。

「小雁，妳要不要補？」媽媽搖著我的手。

學長的目光在我臉上停留了幾秒，隨後轉過身繼續和張瑞德聊天。

直到目送他們踏入電梯，我才緩緩開口。

「我要補。」

✦

千萬不能小看少女的幻想能力，大腦所下的暗示是可以很強烈的，我漸漸有些認為，或許學長也在注意我，說不定在我注意到他之前，他就先注意到我了。

否則為什麼他打籃球時要往這邊看？為什麼他要在夕陽下望著美術教室？為什麼在補習班聽見我的名字時，他會回頭看我？為什麼每當我趴在欄杆邊看他時，他總是會抬頭？

越想我便越是這麼認為。

「所以妳就去補習了？」杜小娟滿臉不可思議，「這世上比鬼屋更可怕的地方就是補習班啊！」

「妳們不知道他有在補習？很多女生都是衝著他去那間補習班的。」徐安安讀著一本有關羽球力學的書。

「安安，爲什麼妳會知道這個情報？」杜小娟狐疑地問。

徐安安聳聳肩，「因爲我陪蔡正于去過那間補習班。」

「那妳怎麼沒有跟我們說？」我也問，徐安安卻不以爲然。

「幹麼說？學長就是個偶像，而有偶像在的地方自然人擠人，所以最後我叫蔡正于去我們以前讀的那所國中附近的補習班，那裡比較安靜，才能專心讀書。」徐安安回答，她果然像個大姊姊。

「也是，不過我討厭補習班，就算有大帥哥在，我也不會去補習的。」杜小娟皺著眉頭，看向在籃球場上的學長。

我的視線也落到學長身上，然後在心中想像，如果能畫學長的話，我要畫他的什麼樣子？投籃的模樣？站在陽臺上的模樣？微笑的模樣？

但事實上，除了代替劉昱文去集合的那次，我根本沒好好看過學長的臉。

「小娟，我覺得妳也該去補習，妳昨天英文好像才考三十幾分吧？」徐安安冷冷說。

「安安，不要這麼冷淡嘛，考試前妳再幫我惡補不就好了？」杜小娟俏皮地眨了眨眼，徐安安頓時露出「妳怎麼好意思這樣說」的嫌棄表情。

我靜靜注視著籃球場上的學長，他正往一樓的走廊而去，我的注意力完全被他所吸引，聽不見其他聲音、看不見其他人，原來迷戀一個偶像可以讓人如此專注。

「沈雁，喂！沈雁，回神好嗎？」

「什麼？」直到學長的身影隱沒，我才發現劉昱文在叫我，「怎麼了？要去集合嗎？」

這句話已經變成我每次見到他的開場白。

「妳眞的很愛記仇耶，只拜託妳去過一次就記這麼久。」劉旻文搔著頭。

「如果我眞的愛記仇的話，上次那個假告白我早該跟你算了。」一想到這件事我就生氣。

杜小娟在旁邊點頭，徐安安則是繼續讀著自己的書。

「就輸了啊，有什麼辦法。」劉旻文尷尬地轉過頭，「不要講這個了，美術老師要我去找她，妳幫我去好嗎？」

「劉旻文！連老師找你也要叫雁子去，你是班長欸。」杜小娟忍不住說，劉旻文對她翻了個白眼。

「爲什麼美術老師要找你？下一堂又不是美術課。」我疑惑地問。我們的美術老師同時也是美術社的指導老師，因此我還算熟悉。

劉旻文抓著頭，顯然又做了什麼壞事。

「我可不想代替你挨罵，如果你做錯事情，那就自己去。」我轉過頭，望了樓下一眼，隱約瞄到學長返回二年八班的教室前了，也就是在我們教室的正下方，雖然中間還隔了三樓。

「拜託啦！」劉旻文不死心。

我沒理會他，學長現在正和朋友待在二樓陽臺，我可以很清楚地看見他。

「你自己去。」杜小娟幫我再說了一次，「我都要爲身爲你的國中同學感到丟臉了。」

劉旻文無視杜小娟，乾脆直接衝著我大喊：「沈雁！」

聽見劉旻文喊我的名字，學長和他的朋友們都抬起頭往上看，這一瞬間我們對到了眼，我趕緊縮回來。

「你幹麼叫這麼大聲？」我有點惱羞地責怪劉旻文。

「妳的臉為什麼那麼紅？」

我趕緊摸了摸自己的臉頰。

「不要管這個了，快幫我去找美術老師。」

我偷偷將頭探出欄杆外，發現學長他們已經不見了。

心頭隱隱刺痛，我卻不明白這是為什麼，追星族都會有這樣的感覺嗎？

「好啦，幫我去啦。」劉旻文推了我一下。

「劉旻文，你真的是……」杜小娟氣到說不下去。

「我、我替你去看看吧。」

聞言，徐安安和杜小娟一臉不可思議，「雁子，妳人真的太好了。」

其實我是別有居心，專任老師的辦公室在二樓，或許我可以因此見到學長。

我沒把自己的心思說出口，抵達二樓後，我小心翼翼地東張西望，卻沒看到想見的那個身影，只得嘆了口氣，走向辦公室。

「沈雁？妳想討論關於畫畫的事嗎？」美術老師一見我便問，她常說喜歡我的畫。

「不是，我是代替班長來的。」

「班長？喔，劉旻文嗎？」美術老師的神情黯淡下來，「妳知道他做了什麼嗎？」

我搖搖頭，只知道八成不是什麼好事。

「他把美術教室的窗戶打破了。」

我瞪大眼睛。

「而且還弄壞了窗簾還有幾座石膏像。」

「什麼？」我沒想到居然是這麼嚴重的事，「那、那我們的社團時間怎麼辦？」

「我已經想辦法找過其他教室，但應該只能暫時和管樂隊共用大禮堂了。」

我的腦袋一片空白。

大禮堂？管樂隊？美術社和管樂隊完全是不同性質的社團，沒有安靜的地方，我要如何作畫？

「情況有那麼嚴重嗎？只要把窗玻璃和窗簾換一換，應該就沒問題了吧？」我實在不想和管樂隊待在同一個地方。

「其實校方本來就有擴建美術教室的計畫，所以將趁這個機會順便進行，需要一段時間。」

「那音樂教室呢？管樂隊怎麼不去用音樂教室？」學校裡有兩間音樂教室，照理說綽綽有餘才對。

「吉他社和直笛隊都在音樂教室練習，空間不夠。反正擴建工程不至於進行太久，妳稍微忍耐一下吧，說眞的，每天都去美術教室報到的也就只有妳了。」說著，美術老師從一疊畫中取出一張，是我上次畫的窗簾。

「妳的畫畫技巧眞的進步很多，我還是第一次遇到在這麼短的時間內進步這麼多的學生。」

我傻笑了下。畢竟是做喜歡的事，所以很快就能掌握要領，但如果是面對不喜歡的事，無論多努力也很難做得好。

「差點忘記了，妳把這張明細拿給劉旻文，這是他要賠償的金額。」老師交給我一張紙，上面的各項賠償金額總計爲八千元。

「其實應該不是他一個人破壞的，不過只有他承認，而他又不供出其他人，所以只能請他負責全額賠償了。」

美術老師無奈地嘆口氣，我拿著明細離開辦公室。

爲什麼劉旻文沒事要打破美術教室的窗戶？除了上美術課或音樂課，平時我們很少去五樓。

而且他們上次才打破盆栽，現在又打破窗戶，也太會鬧事了。

我越想越生氣，一邊往樓梯的方向走，一邊習慣性瞥向二年八班的教室，學長和他的朋友正站在教室門口。

我忍不住多瞧幾眼，畢竟視線時時追隨著偶像是追星族的職責。

「沈雁，沒事吧？」劉旻文從樓梯上走下來，低聲問我，還一邊東張西望的，似乎怕被老師發現。

「你爲什麼要打破美術教室的窗戶？有問題喔。」看見他，好心情瞬間全沒了，我沒好氣地將老師給的明細塞給他。

劉旻文看了一眼，頓時大叫：「這麼貴？我哪來這麼多錢啊？」

「活該，誰叫你要破壞教室裡的物品，而且闖禍的應該不只你一個人吧？」我丟下這句話，再看了學長一眼，才依依不捨地上樓。

「我們不是故意的，都是二年六班的學長王博宇啦，他說從美術教室可以看到對面的大樓內部，所以我們才過去……妳不要用那種看變態的眼神看我好不好！」劉旻文跟在我後頭解釋。

「簡單來說，就是你們想去偷窺別人。」

這種行爲不是變態是什麼？

「隨便妳怎麼說。總之，我們過去後卻發現欄杆那裡不知爲何有隻小貓，超扯的，五樓耶！而且還有隻烏鴉一直在欺負牠。爲了保護那隻貓，我們拿了掃把趕走烏鴉，結果不小心打破窗戶。」

「劉旻文，你眞厲害。」我露出讚嘆的表情，雙手在胸前交握，「這麼漫畫的劇情我都沒想到過，你居然掰得出來。」

「我是說眞的！算了，我本來就沒奢望妳會相信。」他臉色一變，逕自加快腳步走回教室。

看來他是生氣了，但那麼扯的說法本來就很難令人信服。

杜小娟和徐安安待在教室前走廊的欄杆邊，於是我也走過去。

「啊，今天的份滿足了。」杜小娟伸了個懶腰。

我往下看，學長站在二樓陽臺上，陽光有如獨厚他一般，令他的身周圍繞著光暈。

也許是這幅景象太美了，我下意識脫口說：「不知道學長會喜歡怎樣的女孩子？」

這只是個普通的問句，杜小娟和徐安安卻都訝異地看我。

「別傻了，總之絕對不會是我們這些人。」杜小娟伸手壓著我的肩膀，認真地搖搖頭。

「我知道妳的腦袋裡充滿浪漫幻想，但如果喜歡上那種鐵定沒望的對象，妳就太笨了。」徐安安也壓住我另一邊的肩膀，「打鐘了。」

「我只是說說而已。」我望著她們兩個走進教室的背影。

「像妳這種老是在幻想的人，很容易沉迷的喔。」杜小娟轉過頭淘氣一笑。她居然敢說我老是在幻想，她自己明明也一樣。

「妳可能還會愛上暗戀別人的感覺。」徐安安的眼神就像在看一個笨蛋。不過我才沒那麼蠢呢，喜歡畫少女漫畫，不代表想法也不切實際呀。

「妳們真的很煩，都說只是隨便講講而已了。」我嘟起嘴，在進教室前又偷偷往欄杆外瞄了一眼，學長已經不在那裡。

✦

今天是補習的第一天，下課後我先去了美術教室，想看看情況，卻發現教室外已經拉起封鎖線，因此我只得前往補習班，心裡不知爲何有些緊張。

自從美術社的活動地點暫時移至大禮堂後，我始終沒有去過。對於和管樂隊處在同一個空間，我還是很排斥。

其實我們學校的管樂隊相當優秀，曾經參加校外比賽得到第二名，升旗典禮時都是由管樂隊演奏配樂，每當校慶或舉行園遊會時，管樂隊也會演出。我只是覺得如果有管樂隊練習吹奏的聲音，會讓我無法靜下心畫畫。

抵達補習班一樓，只見電梯前有許多學生正在排隊，我不由得一陣暈眩。不過爲了讓成績提升——當然，最重要的還是有偶像在這——因此我並未臨陣脫逃，還是硬著頭皮跟著排隊，忍受擁擠環境裡的微妙氣味。

進入人滿爲患的電梯，我被擠到了角落，電梯門一在三樓打開，所有人便立刻衝出這密閉空間。

電梯左邊是一整排公布欄，學生們需要把上課證放入公布欄上的透明壓克力箱，於是我先至櫃檯領取自己的上課證，接著放入高一專區的壓克力箱，同時看向高二的專區。

我一眼就看見學長的上課證，照片裡的他同樣是一頭微刺的短髮，鼻子高挺，微微勾著笑容，那五官組成一張好看的臉。只有在這種情況下，我才敢放膽仔細端詳他。

然而我發現，就連這樣看著他的照片，我都會有些緊張，因爲就好像與他四目相接一般。

「不好意思，借過。」

有人要過來放上課證，我連忙讓開。

剛剛完全被學長的照片吸引了注意力，我咳了幾聲佯裝若無其事，準備前往自己的教室，並順便看了看要我借過的人，原來是張瑞德。

張瑞德走在我身後，到了走廊底端，他左轉踏入隔壁的大教室，我則進了右邊的教室。透過落地窗，我可以看見張瑞德走向教室中間的一個位子，學長就坐在旁邊那個座位對他招手，於是我坐到與他們相對應的位子上。

數學老師進來後，我開始發呆，雖然老師偶爾會講些笑話讓我們醒醒神，可是大多數時間我都在和睡意搏鬥。

「嘿，可以借我立可帶嗎？」坐在我旁邊的女孩突然出聲，她的嗓音細柔，有著靈動的大眼睛與巴掌大的小臉，毫無疑問是個美女。

「妳是哪一班的？」我問。她穿著我們學校的制服，但我竟不知道除了徐安安以外，學校裡還有這麼漂亮的人。

「我是八班的，叫鄭令宜。」她對我露出迷人的微笑。

「我叫沈雁。」

當我報出名字時，她的眉頭明顯皺了一下。

「是七班的。」我繼續說。

「喔，妳好。」她恢復原本的微笑，然後將視線移回黑板上。

我歪著頭。沈雁這個名字很奇怪嗎？

後來我們都認真聽課，沒有再交談。下課後，我收拾著桌上的講義，卻發現不少女孩子都貼到了落地窗前。

我疑惑地打量她們，無法理解她們的舉動。

「她們在看蔡政宇，妳知道這個人吧？」鄭令宜將自己的筆袋放進書包，「很多女生都是爲了他才來這間補習班的。」

我點點頭，徐安安也說過同樣的話，原來眞的這麼誇張，那些人幾乎都要擋住整面落地窗了。

「不過，我看妳似乎不是爲了他才來補習。」

我一陣驚慌。也不能說不是，但我和大家的心態或許不太一樣，我是追星族，只是爲了多看看學長，以便有機會將腦海中的他畫出來。

「妳也不是啊。」我扯出一個笑容。

她嫣然一笑，背起書包，「那可不一定喔。」

我愣了愣，也下意識露出微笑。

看著她走出教室的背影，我不禁想著，連這麼美的女孩子都是爲了學長而來，實在太不可思議了。

當我整理好書包準備離開時，人群也散得差不多了。時間已經是八點半，想到等等還要坐公車回家，我就覺得十分疲累。

拖著沉重的腳步走到位於學校附近的公車站，我發現還有幾個同校的學生，大概也是剛結束補習。

「你剛剛有沒有看到？超誇張的，一年級的全都貼在玻璃上看你。」一個男生大聲說，由於光線昏暗，我看不太清楚是誰，只覺聲音有點熟悉。

「看到啦，不是每次都這樣？」另一個男生回應，語氣顯得不以爲意。

「你眞是囂張！我的公車來了，明天見，蔡政宇。」

正在打哈欠的我僵住，驚訝地看向在站牌旁揮手的那個男生，眞的是蔡政宇學長。我握緊了書包背帶，趕緊閉上嘴巴，莫名緊張起來。

公車一輛輛駛過，候車的學生逐漸減少，我注視著著學長的背影，胸口莫名有些難受。爲什麼最近常有這樣的感覺？

我壓著胸口，覺得自己眞的不太對勁，難道是心臟出了問題？

學長舉手招了公車，我也連忙過去上了車。我並沒有跟蹤他的意思，只是這班公車也會經過我家。

我在最後面的座位坐下，學長則坐在靠近後門的第一個雙人座。我不時看看窗外，再看一下他的後腦杓，接著拿出畫本，在紙上描繪起學長的背影。

我還是第一次畫眞人素描，因爲公車一直在晃動，所以畫壞了好幾次。

當我將注意力轉回窗外的風景時，才驚覺已經快到站了。我急忙將東西塞進凌亂的書包，正想按下車鈴時，卻被學長搶先一步。

天啊，這不就像是漫畫的情節嗎？

學長和我住在同一區。

我緊張兮兮地跟在他後面刷卡下車，看著他過了馬路，走入對面的大廈。

這宛如少女漫畫劇情的巧合，讓我呆站在原地，久久無法移動腳步。

第三章

「也太巧了吧！妳住的地方那麼偏僻，結果學長居然就住在附近？」把昨天發生的事告訴徐安安和杜小娟後，杜小娟的反應果然非常激動，還興奮地大喊，我連忙摀住她的嘴巴，要她小聲點。

「下禮拜就要期中考了，妳們還在討論男生。杜小娟，妳數學公式都背好了嗎？英文單字呢？雁子，妳在補習班到底有沒有認眞？難道都在觀察學長？」徐安安劈里啪啦說了一串，又擺出大姊姊的架子。

「我有認眞啦，還是有在聽課的。」我的表情誠懇。

「我也有在背單字，眞的！」杜小娟跟著說，但想也知道她在說謊，「期中考結束後，是不是有校慶的活動？」

「妳就只記得這種事，其實校慶活動差不多都是在宣傳校內社團，也沒什麼，而且下學期還有社團的成果發表會，爲什麼我們學校會這麼重視社團？」徐安安將椅子拉得靠近我一些，隨意翻著我放在桌上的補習班作業。

「這不是招生的最佳利器嗎？多采多姿的校園生活人人都嚮往呀。」杜小娟說。

當初她就是在校慶時來參觀，而被這所學校自由的校風與豐富的社團活動吸引，可是神經大條的她進來之後，才發現沒有和彩妝相關的社團。

「我覺得妳能考上這裡眞的是奇蹟。」徐安安翻了白眼，我點頭同意，杜小娟不服氣地哇哇大叫。

我笑了起來，然後瞥見被我放在抽屜裡的那張畫——昨天在公車上畫的學長背影。不知道爲什麼，我沒有把這張畫拿給她們看，可能是因爲歪歪斜斜的沒有畫好，可能是因爲我怕她們又說我喜歡學長，也可能是因爲，我想將學長的背影當成自己的祕密。

我將畫小心收好，夾在書本之中。

「那你們美術社的宣傳活動是什麼？」杜小娟問我，此時我們照例站在走廊的欄杆邊，當著偷看學長的小迷妹。

「還能做什麼？就靜態展嘍，只是這次得在大禮堂展出。」我邊說邊瞪了一眼正巧走過去的劉旻文，就因爲他出於那扯到不可能的理由打破了窗戶，才害我到現在都還沒在放學後去畫畫過。

「我們也差不多啊，安安，你們該不會要上臺表演正手拍反手拍之類的愚蠢基礎動作吧？」

杜小娟話一說完，徐安安臉色瞬間一僵，我們三個對看數秒，接著我和杜小娟爆笑出聲。徐安安漲紅了臉，說要不是她是一年級生，無法違抗學長姊的命令，否則她絕對不會上臺。見她不停地抱怨，我和杜小娟都覺得相當新鮮。

「這一定要叫蔡正于來看！」我說。其實直到現在，我依然無法相信徐安安和蔡正于會成爲一對，還在一起快半年了。

我們一面打鬧，一面不忘將視線移回正在打籃球的學長身上，他又往這裡看過來了。我下意識地閃躲，感覺胸口有些發燙，而當我再次將視線投向籃球場時，學長已經沒往這邊看了。

偶像的魅力實在太驚人，明明隔著這麼遠的距離，我還能如此緊張。

「妳又盯著學長傻笑。」杜小娟把頭湊過來。

「妳不也是？」我將她推開。

「這是我們每天的小小樂趣嘛。」杜小娟笑了，「徐安安，妳也別裝了，快來看吧。」

徐安安嘆口氣，抿了抿嘴唇後，才轉身倚著欄杆，這種彆扭的態度倒也挺可愛，「反正看看美麗的事物有益身體健康。」

我們三個靠在一起，搖頭晃腦地隨意哼唱校歌，和煦的陽光灑落在籃球場與我們所在的地方，令我覺得心中某個角落的溫度似乎也上升了些。難道是快感冒了？

學長拍著球的聲音漸漸壓過我們的歌聲，我發自內心露出微笑。

✦

期中考結束，全校學生開始忙碌地進行社團宣傳的準備，一、二年級統統動員，走廊上貼滿花花綠綠的海報，大家都為了校慶卯足了勁。而我在美術社活動的地點更改後，第一次來到大禮堂。

還在走廊上，就已經聽得見黑管的吹奏聲，還有鼓聲與其他樂器的聲音，我站在後門默默搖頭。

吵成這樣，我怎麼作畫？

「沈雁，妳好久沒出現了。」美術老師突然從我的後面冒出來。

「之前要準備期中考，所以……」我胡亂撒了個謊，不敢看老師。

「我了解。來吧，我們該挑幾幅在校慶時展覽的畫作了。」

我跟著老師走進大禮堂，有些不諒解地看向舞臺上的管樂社成員。他們的注意力都放在自己的樂器上，看也沒看臺下小貓兩三隻的美術社成員。

「雁子，很久沒見到妳了。」三年級的小宛學姊過來和我說話。她戴著眼鏡，鏡片後的雙眼清澈，目光堅定。她對事物的堅持就像她的畫給人的感覺，用色既鮮豔又強烈，是絕對性的存在。

「因爲我覺得有點吵。」爲了避免被美術老師聽見，我特意挨近小宛學姊說出眞正的原因，小宛學姊了然地點點頭，也嫌棄地瞥了眼臺上的管樂隊。

我瞧見小宛學姊身後的畫，那是帶著神話色彩的西式建築，底色一片殷紅。

「這是巴別塔。」注意到我的視線，小宛學姊走到畫架邊，手指撫上那幅畫，「是我心目中的巴別塔。」

「巴別塔？」我不知道那是什麼，雖然建築物尚未上色，底色那強烈的紅還是吸引了我的目光，心底卻有種說不上來的不適。

「巴別塔是巴比倫文明傳說中的建築，從前上帝為了……」小宛學姊的話還沒說完，便被渾厚的低音號吹奏聲壓過。

我們順著聲音來源往舞臺上看去，吹奏樂器的是一個有著紅褐色頭髮與琥珀色眼睛的混血兒女孩。

「打擊組的節奏太凌亂了，還有敲擊的，完全聽不到你們的聲音！另外，薩克斯風不要搶拍，認眞一點好不好？離校慶已經剩沒幾天了！」她嚴厲地大聲喝斥，大禮堂一瞬間寂靜無比。

我和小宛學姊對看一眼，繼續默默整理畫作，美術老師也略顯尷尬地微笑。我又偷偷瞄了一眼臺上的混血兒女孩，雖然有點距離，不過看得出來她的身形纖細修長，完全是標準的模特兒身材。

混血兒女孩再度拿起低音號吹奏，在她怒吼過後，整個管樂隊的演奏協調多了。能夠那樣訓斥社員，應該是學姊吧？

「沈雁，妳也挑一幅畫出來展覽。」美術老師冷不防說。

「咦？不行啦，我的畫技還不純熟。」我受寵若驚。通常這類活動只會展出學長姊的畫作，像我這樣的菜鳥，怎麼能有這份殊榮？

「沈雁的畫已經能拿出來展覽了，沒問題的。」小宛學姊贊同老師的決定，「但我覺得妳需要把畫作上色。」

我低下頭。

我並不想爲我的畫上色，有時候，簡單的黑白才是最美的。

「沈雁，想好要展出哪幅畫之後，妳再告訴我。」美術老師說完便離開。

小宛學姊提供了我許多意見，不過我的心思早已默默飄向遠方，籃球的拍打聲彷彿就在耳邊。

其實大禮堂位於這棟校舍的最右側，不像美術教室離籃球場那麼近，所以籃球場上的聲音傳到此處已經不太清晰了。

但從這裡的窗戶望出去，還是能清楚瞧見在陽光下的學長，他正在運球，渾身彷彿被光暈包圍。

我猜想，也許他是籃球社的成員，才會老是在球場上吧。

✦

雖然才剛考完期中考，可是補習班的課程並不會因此有空檔，所以我依舊每天去補習班報到。

或許是因爲在補習班也能見到學長，所以我倒是不以爲苦。

放好上課證，我進了教室，順便看了看隔壁的二年級教室。學長還沒來，而張瑞德已經坐在那邊了。

「妳期中考考得怎樣？」一坐到位子上，鄭令宜便這麼問我。

「試卷還沒全發回來，但我想我應該要慶幸有來補習。」我不好意思地說。

這時，教室裡的女生們一陣騷動，想必是學長來了。我假裝不經意地往落地窗看過去，他正走進隔壁的教室，然後坐到對他揮手的張瑞德身邊。

當我轉回頭時，發現鄭令宜直盯著我瞧。

「怎麼了嗎？」我有些心虛。

「妳也對蔡政宇有興趣？」她似乎問得認真。

「興趣？因爲他是偶像，所以多少……」我越說越小聲，她神情疑惑。

「偶像？我是聽過這種說法，但他又不眞的是偶像。」鄭令宜的目光投向學長所在的位置，「他並不是遙不可及，妳看，他就在那麼近的地方。」

我跟著看過去，學長的側臉十分清楚，我感到心跳突然加速。

「八班教室在七班對面，所以我知道妳常在欄杆邊偷看學長。」她的話再次令我心臟一揪，像做錯事情被抓到一般。

「這……」

「不過，對有些人來說，蔡政宇的確遙不可及。」鄭令宜直勾勾地注視我，那模樣讓我覺得非常可怕。

「妳應該叫他學長……」結果，我只擠得出這句話。

鄭令宜輕笑，逕自拿出補習班的講義，沒再和我說話。我側頭瞥了學長一眼，卻看見自己映在窗玻璃上的臉。

學長與我之間就有如隔了好幾層玻璃，不需要鄭令宜提醒，我也心知肚明，學長的確遙不可及。

下課後，鄭令宜微笑對我說再見，接著迅速跑出教室，想和學長一起搭電梯下樓，她果然是喜歡學長的。

我暗暗慶幸自己只是粉絲，不用和那樣的美女成爲情敵。

我來到公布欄前取走自己的上課證，卻一個沒拿好掉到了地上，當我彎身想撿起時，另一隻手比我更快撿了起來。

「啊，謝謝。」

那個人看著我的上課證，大大眼鏡後的眼睛瞇起，接著打量了下我的臉。我一愣，是張瑞德。

「妳叫沈雁？」他把上課證還給我。

「對……」

「是喔。」他露出一個怪異的笑容，然後拿了自己的上課證離開。

我不明白他爲什麼要那樣笑，爲何他和學長聽見我的名字都會有奇怪的反應？連鄭令宜也是，我的名字這麼怪嗎？

在走向公車站的路上，我始終想不通。我並不想自作多情，卻仍不由自主地妄想著，也許是因爲學長喜歡我，所以大家聽到我的名字才會有這種反應。

我忍不住傻笑，即便只是可笑的幻想，小粉絲幻想能被偶像注意到，也還在合情合理的範圍內吧？

「沈雁？」一聲叫喚把我拉回現實，劉旻文從一旁的寵物店裡走出來，手上還抱了隻小貓咪。

「劉旻文，你怎麼在這？這隻貓好可愛，你養的嗎？」我湊過去撫摸有著灰黑條紋的小貓，牠的身子幾乎只比劉旻文的手掌大一點，無辜地眨著眼睛。

「你是虐待牠嗎？爲什麼牠看起來沒什麼精神？而且好瘦。」

「不要亂講，我很疼牠好嗎？牠就是我在美術教室救的那隻小貓，因爲最近都不吃東西，所以我帶牠來看醫生。」

「咦？你當時說的是眞的？我以爲你是騙人的耶！」我十分訝異。

「妳一直都不相信我嗎？我怎麼會騙妳。」劉旻文不太高興，而我只是笑了笑，靜靜看著小貓，劉旻文也反常地沒有再說話。

我們兩個就這樣坐在公車站的長椅上，我撫摸著小貓，腦中忽然冒出一個想法。

「劉旻文，這隻貓可不可以當我的模特兒？」我抓住他的手。

「啊？」他似乎嚇了一跳，差點鬆手讓貓摔到地上。

「離校慶還有一些時間，我想要畫這隻貓，當成我用來展出的畫作。拜託！」我雙手合十請求。

「可以是可以，但妳要怎麼畫？又不能把貓帶去學校。」

「好問題。」我思考著，總不能要他帶著貓去公園，如果貓跑掉就糟了，或者被其他人看見的話，不就像是我們在約會嗎？當然更不可能去他家或是我家。

「我知道了，你家不是就在學校附近嗎？那你放學後偷偷把小貓抱來學校，我可以在大禮堂畫。」我開心地提議，劉旻文看似有些爲難，但還是答應了。

於是我們約定從明天開始，而達成協議後，劉旻文露出了笑容，不是平常會看見的那種不懷好意的壞笑，而是帶著溫柔，也許是因爲貓咪的關係吧。

我有些驚訝，一直以來我都認爲劉旻文自私又任性，沒想到他會願意救小動物，還收養了貓咪，並帶牠去看醫生，原來他也是有善良的一面。

「妳笑得好噁心。」結果這個人馬上又狗嘴裡吐不出象牙。

「對了，劉旻文，你是什麼社團的？」我無視他的挖苦，隨口找話題。

「籃球社。」

「那……」

你跟學長同社團嘍？我差點這樣問。

「怎麼了？」他狐疑地看我。

「沒事。那你們有要表演什麼嗎？」我轉移話題，不禁有點埋怨自己怎麼不順勢問他認不認識學長，但又懷疑起自己想知道這件事的理由。

眞的單純只是身爲追星族想了解偶像的事嗎？我已經快無法用這個理由說服我自已了。

「籃球社不用特別宣傳也會有一堆人入社，所以我們沒準備。」他聳聳肩，「妳要搭的公車來了。」

上了公車，我對他揮手，然後習慣性地走到最後面的座位，卻突然覺得奇怪。劉旻文怎麼會知道我搭的公車是哪一班？

我拿出書包裡那張學長背影的畫，看向前方學長上次坐的位子，感覺好像只要閉上眼睛，就會看到他坐在那裡。

◆

媽媽很滿意我的考試成績，她直說都是因爲有補習的關係。不過，雖然補習的確有用，但要不是有學長在，我也不會這麼認眞吧。

每次聽課聽到快睡著的時候，一瞥見隔壁教室的學長那認眞的側臉，我就會覺得自己也該努力。

而托徐安安的福，杜小娟每科成績都達到了及格邊緣，對於這樣的成果，徐安安仍不甚滿意，但杜小娟已經感激涕零了。

徐安安是一年級的第一名，當她上臺領獎時，旁邊站著的正是二年級的第一名蔡政宇學長。對此，我的內心說有多羨慕就有多羨慕，司令臺上有如光芒所在之地，我永遠觸及不了，然而學長就在那裡。

劉旻文遵守約定，每天放學都會偷偷帶小貓來學校。爲了不被臺上的管樂隊成員發現，所以我們總是躲在大禮堂最後方的角落。

貓咪相當乖巧，牠多半窩在椅子上打盹或伸懶腰，偶爾才會跳下來隨意閒晃。這時候劉旻文總會想把牠抓回來，但我會制止他，畢竟這樣才有在畫活物的感覺，而且貓咪晃了一會兒後，還是會自己跳回椅子上。

「劉旻文，其實你可以回家沒關係，或者可以去打籃球，我畫到一個段落再把貓還給你就好了。」因爲老是要劉旻文等我，我覺得很不好意思。

「又沒關係，這是我家的貓耶。」他坐在另一張椅子上，打量著我的畫。

我有些無奈，雖然這麼說也對，但我不習慣畫畫時被盯著看。

「對了，這隻貓叫什麼名字？」直到現在我才想起要問這件事。

「什麼？」劉旻文嚇了一跳，差點從椅子上跌下來。

「名字。」我指了指貓，牠正舔著自己的腳掌。

「嫣。」劉旻文回答，我看著他。

「菸？抽菸的菸？」

「不是，女字旁那個嫣。」他用手指在空中寫了一遍。

「你替牠取這麼夢幻的名字？」我調侃他，他只是聳聳肩，沒有其他反應。

過了一會兒，我用碳筆將嫣的大眼睛塗滿，今天的進度在此告一段落。

我習慣性往籃球場看去，那裡已經沒有人了。我難掩失望地將炭筆收進專用的鉛筆盒，裡面放了一包小小的乾燥劑。

忽然，我發現劉旻文目不轉睛地瞧著我，頓時感到不太自在。

「你幹麼？」

「我只是覺得，一樣都是畫畫，畫漫畫時的妳和畫媽的妳卻像是不同的人。」他說。

「我知道你想說什麼，畫漫畫感覺很宅，但畫素描就很文青，是吧？」我拿過一塊布蓋在畫上，接著將媽抱起來交給他，「明明都是畫，爲什麼大家老是有這種偏見？」

「妳不要亂誤解，我可不是想這樣說。」他接過媽，手一不小心碰到我就觸電似的一縮，導致媽摔落下去。

所幸貓的平衡感好，媽在空中轉了一圈後，順利地輕巧著地。

「你小心一點。」我嘟囔，劉旻文愣了下，趕緊抱起媽並道歉。

離開前，我看了眼講臺上的管樂隊，混血兒女孩還在練習。我禮貌性對她點頭道別，她也對我微笑。

我和劉旻文一起走到公車站，沒想到學長也在那裡。我連忙催促他快點回家，不知道爲什麼，我並不想讓學長看見我和別的男生在一起。

「幹麼，我陪妳等公車啊。」

「不用啦，你先回家，拜拜。」我壓低聲音說，一面偷瞄學長。

「沒差啊，我家就在這附近而已。」劉旻文大聲回應，我緊張地看著學長的背影，還好他沒注意到這裡。

「你講話小聲一點，這邊又不是沒人。你快回家啦，明天見。」我推著他，劉旻文卻怎樣也不肯走。

「沈雁，妳很奇怪欸。」他嚷嚷。和之前一樣，一聽見我的名字，學長便很快轉過來看我。

然而，學長驚訝的表情卻在看見我的臉後消失，接著重新面向馬路。

我有種想掉淚的衝動，難過的情緒悶悶壓在胸口，久久無法散去。

「沈雁，妳沒事吧？」當劉旻文再次喊我時，學長又微微側身看過來。爲什麼他會有這樣的反應？

公車來了，但我沒有與學長一起上車，而是留在原地等下一班，上了車的學長似乎望了我一眼。

「妳怎麼了？在氣我不走嗎？」劉旻文依舊處於狀況外，見他一臉莫名其妙，我有些內疚。

「不是。」我嘆口氣，「總之謝謝你了。」

劉旻文顯然並不相信，不過仍安靜地陪著我等公車。上車後，我對他揮了揮手，他看著我的眼神有些怪異，但我無暇去思考他的言行舉止有哪裡不對，因爲我的心思早已不在他身上了。

當學生們都收到校慶的邀請函時，我的畫也差不多要完成了，而我還在猶豫是否要上色。

「我覺得妳應該上色。」小宛學姊始終這樣對我說。

放學後，我待在大禮堂審視自己的畫，其他社員都已經決定好要展出哪幅作品，並且放進大禮堂牆邊的玻璃展示櫃裡了，獨缺我這幅。

「妳畫的貓好漂亮。」

一道細柔的聲音從後方傳來，我驚訝地回頭，是管樂隊的混血兒女孩。

她背著書包，手提裝樂器的黑色箱子，褐色髮絲束成馬尾，白皙的肌膚透著蘋果紅，琥珀色的眼睛就像寶石般。

「啊，妳好，那個……」我趕緊起身打招呼。

「我叫Emma，是管樂社的副社長，我常看見妳在這邊畫畫呢。」她放下手上的黑箱子，「真的畫得好漂亮。妳是一年級的吧？」

「對，我叫沈雁，叫我雁子就好。」我也自我介紹。副社長通常都是由高二生擔任，她果然是學姊。

「沈雁？」她歪著頭，上下打量我。

為什麼一聽到我的名字，大家都會有這種反應？

「這名字很奇怪嗎？」我終於忍不住問。

「我以後要叫妳雁雁。」Emma學姊笑著，感覺像是刻意忽略這個問題。

「Emma學姊，你們今天不用練習嗎？」此刻大禮堂裡只有我和學姊，其他美術社的社員和管樂社的人都沒有來。

「練得差不多了，也要給大家一點時間休息，不然表演時狀態不會好。」她拉過一張椅子坐下，將書包隨意丟在地上。

「這張是打算在校慶時展出嗎？」她指指我的畫，我點了點頭，然後側身好讓她能看得更清楚。

「我在考慮要不要上色。」我總覺得用炭筆所畫出的模樣已經是最完美的，如果上色的話就不對了。

可是其他社員所展出的作品都上了既鮮豔又豐富的色彩，只有我的是素描，放在一起怪突兀的，像是不合群，也像刻意標新立異。

「不用啊，這樣就很好看了，有時候上了顏色反而會失去特色。」Emma學姊輕快地說，她轉轉琥珀色的眼珠子，「這樣才多了想像空間。」

我有如被點醒。

是啊，這麼說也對。

「學姊，謝謝妳。」我向她鞠躬，而她哈哈地笑了。

於是，我交出這幅沒有上色的素描畫，小宛學姊還是認為上了色才完美，劉旻文也覺得為我該把嫣美麗的毛色畫出來，不過我很滿意自己的作品。

校慶前一天晚上，我沒有在補習班見到學長。等下課後比較沒人時，我才偷偷跑去櫃檯詢問學長為什麼沒來。

櫃檯小姐是大學生，她面帶笑容，語帶調侃：「看樣子，以後蔡政宇沒來的話，我應該要廣播告訴大家原因，妳是今天第十個來問的女生了。」

我瞬間難為情地紅起臉，同時又莫名心酸。學長的仰慕者果然滿坑滿谷，我只是眾多粉絲裡的一個罷了。

學長請假的理由是「家裡有事」，這個答案再次讓我覺得自己離學長十分遙遠。如果是張瑞德，一定能知道所謂的「家裡有事」是指什麼事吧。

對於執著於這個小細節的自己，我感到不是很開心。

走到公車站，我看見對面的站牌旁站了一對男女，這時公車駛來，我上了車坐在窗邊，這才看清楚那兩人的模樣。

是鄭令宜與另一個我在學校裡看過的男生，他們摟摟抱抱著，互動親暱。

我很意外鄭令宜會在外頭與男生如此親密，也很驚訝她原來有男朋友，我以為她喜歡蔡政宇學長。

她沒有發現我，在公車離站前，他們兩個接吻了。

這件事所帶來的震驚並沒有在我心中停留太久，因爲隔日的校慶湧入了超乎預期的人潮，甚至還有許多國中生來參觀。我們這所高中是新學校，知名度還不高，所以這麼多人來，讓大家都受寵若驚。

校門口搭起了以粉紅色與紫色氣球交錯編成的拱門，兩旁還有巨大的氣球娃娃，每間教室都設有攤位，販賣點心或熟食，地板上貼了各式各樣的腳印狀貼紙，上面印著「電音社教室」、「戲劇社」之類的字樣。而操場上搭了一座大舞臺，各個社團的介紹會在那裡進行，社團表演也在同一個場地。

「要不要去籃球場看看？」杜小娟拉著我，滿臉興奮，「安安呢？」

「蔡正于來了，她要陪男朋友。」我指了指正在逛攤位的他們。

蔡正于比徐安安高一點，他穿著粉紅色的POLO衫，手上拿著一盒徐安安喜歡吃的章魚燒。

「她和男朋友在一起時，還是一副很冷淡的表情耶。不過蔡正于長得比想像中普通，我以爲安安會喜歡更……亮眼的類型。」杜小娟發表感想。

我注視著蔡正于的背影，明明曾經覺得他是個特別的男生，如今卻沒有任何感覺了，這是怎麼回事？

「但我覺得安安看起來很開心。」在我眼中，他們兩個很相配。

和蔡正于跟徐安安打過照面後，我們便朝籃球場走去。場邊擠了一堆女孩子，我們原以爲學長應該也在這裡，沒想到場上只有劉旻文與其他人。

「現在不是籃球社的宣傳時間嗎？」杜小娟問了旁邊的一個女生，那個女生正拿著寶特瓶揮動，一邊高呼加油。

「對啊，籃球社的成員全都在這裡。」對方回答，我和杜小娟的視線掃過整個籃球場，還是沒看見學長的身影。

「難道學長不是籃球社的？」我問，杜小娟聳聳肩。

一直以來都是我們誤會了嗎？

「那就幫劉旻文加油一下吧。劉旻文，不要扯後腿啊！」杜小娟拉開嗓門大喊，劉旻文先是瞪了杜小娟一眼，看到我之後卻漏接球。

「好遜！」杜小娟大笑，劉旻文又瞪了過來，這次他沒看我。場上展開一連串攻防，他一口氣拿了三分，我不禁連連驚呼。

「我想去大禮堂看看我們美術社的展覽怎麼樣。」

「我跟妳一起去。」杜小娟起身，準備和我一起走。

「不用，我很快就回來，妳先去操場占位置吧，等等還要看徐安安表演愚蠢的正手拍反手拍呢。」我偷笑。

「說得對！我馬上去占位置，好期待她男友看到後的反應。」杜小娟竊笑，於是我們兩個朝不同的方向跑。

來到五樓，這裡一如預期沒什麼人，畢竟本來就很少有人會過來看靜態展。不過這樣也好，在吵鬧的環境中很難靜心欣賞畫作之美。

我站在大禮堂的前門，裡頭只有三個人在欣賞展示的畫作，都是我們學校的學生。

我邁開步伐走過去，卻注意到有個人在我的那幅畫前面佇足。

是學長。

心跳頓時加速，當他的視線移至底下的作者名牌時，我能透過他的嘴型看出他唸了我的名字。

一瞬間像是電流通過全身，我渾身一顫，呆呆看著學長。

他看了看名牌，又看看我的畫，整個過程的每一秒鐘都彷彿被切割成無數幾個畫面緩速播放；接著，他從後門離開大禮堂，一旁原本在欣賞畫作的女孩也轉身跟著他走出去，是鄭令宜。

我本能地跟上他們，並保持一定距離，來到樓梯間時，鄭令宜開口喊了學長：「蔡政宇學長。」

學長在樓梯下方疑惑地抬起頭，我趕緊煞住腳步，躲到附近的柱子後面，豎起耳朵努力偷聽他們的對話。

「我是一年八班的鄭令宜。」

鄭令宜的背影站得挺直。

她要做什麼？她要說什麼？

我嚥了下口水，發現喉頭乾澀無比。

「學長，我很喜歡你。」

我聽到了什麼？她不是有男朋友嗎？

就在昨天，我還看見他們接吻。

「抱歉，我……」學長開口，又停頓下來。

「沒關係，學長，你不用回答我。」鄭令宜打斷學長的話，也打斷我的思緒。

她幽幽地接著說：「我知道你喜歡沈雁。」

第四章

比起鄭令宜有男友卻還是向學長告白這件事，這句話更讓我吃驚。我差點跪坐在地上，雙手不停顫抖，心臟的跳動更不只是用劇烈兩個字就能夠形容。

我屏息等待學長的回應，他僅是挪動了身子，衣服摩擦的聲音在我耳中如此清晰，而鄭令宜輕輕笑了一聲。

「我都知道，但我還是想說出我的心情。打擾學長了。」說完，鄭令宜便跑開了，過了一會兒，學長的腳步聲才在樓梯間響起，逐漸遠去。

遠方傳來的喧鬧聲頓時變得好遙遠，我的腦中迴盪著鄭令宜那句「你喜歡沈雁」，身子幾乎無法動彈。

我無疑是高興的，卻又感覺有些不眞實，不過這樣一切都說得通了。包括爲什麼每次學長聽見我的名字都會有奇怪的反應，還有張瑞德、鄭令宜、Emma學姊也是，以及剛才學長爲什麼會在我的畫作前逗留，並唸了我的名字。

我雙手摀著自己的臉頰，掌心感受到的溫度熱熱燙燙的。我眞的非常開心，開心得幾乎要掉下眼淚。

這時廣播響起，宣布社團介紹時間即將開始，我連忙朝樓下跑去，卻因爲有點腿軟而險些跌倒。

操場上已經擠滿了學生，還有許多人待在樓上的走廊欄杆邊往下看。從這裡望過去，我才發現原來誰站在欄杆邊都能瞧得一清二楚，也就是說，學長肯定早就知道我下課時都在偷看他了。

想到學長，我又臉紅了。

杜小娟對我奮力揮手，她與蔡正于坐在前排的座位，同時我也看見Emma學姊拿著低音號站在舞臺旁。

「妳也太慢了吧。」杜小娟拉著我坐下，遞給我節目表。

「我……」我想告訴她，學長喜歡我。

「好了，要開始了。」但杜小娟打斷了我的話，舞臺上的燈光也暗下，我只得先趕緊入座。

「第一個社團就是安安的羽球社。」坐在杜小娟右邊的蔡正于興奮地和我說，這時候我才想到要仔細打量他。他變高了，髮型也不太一樣，讓人覺得有些陌生。

主持人介紹了羽球社的創社理念以及平時的社團活動，接下來，滿臉不悅的徐安安就拿著羽球拍上臺了。

「我是羽球社的社員，一年七班的徐安安，現在爲你們演示羽球的基本技巧。」她面無表情說出這串一聽就知道是制式臺詞的話，然後開始示範羽球的各種打法。

臺下幾乎沒有人在認眞觀賞，大家都盯著節目表，幾個女孩子更是嘰嘰喳喳地熱烈討論。

演示完畢後，徐安安便下臺走到我們這裡。她臭著臉在蔡正于身邊坐下，不發一語，我和杜小娟對望一眼，都不敢說話，因爲那表演實在是太丟臉了，自尊心強的徐安安肯定很生氣。

好吧，其實我和杜小娟還是有偷笑，不過沒讓徐安安看見就是。

蔡正于安撫著徐安安，說她表現得很好，徐安安的表情這才緩和下來。

「接下來是管樂隊的表演。」杜小娟確認著節目順序，原本站在舞臺旁的管樂隊與Emma學姊正往臺上移動。

「接著歡迎我們學校的管樂社，平常升旗與頒獎時都有賴管樂隊演奏配樂，前陣子他們參加校外比賽也獲得了優異的成績。我們先請副社長說幾句話。」主持人說完，臺下響起掌聲。

Emma學姊一手拿著低音號，一手接過麥克風，看起來有些緊張，但她依舊揚起美麗的微笑，「我們今天所要表演的樂曲不同以往，是大家耳熟能詳的輕快作品，久石讓大師的〈龍貓〉。」

管樂隊成員紛紛就定位，Emma學姊把麥克風交還給主持人，走到隊伍的右邊，指揮則在舞臺中央站定。原本臺下還有些騷動，但指揮的動作一下，瞬間整齊響起的合奏馬上令大家安靜下來，注意力全被吸引了過去。

我有些訝異管樂隊竟能演奏出如此美妙的音樂，平常他們在大禮堂練習時，我總是覺得聽起來十分吵雜，如今在這麼寬廣的場地演出，樂器的聲音卻能交織成悠揚而動聽的旋律。

Emma學姊的臉頰紅通通的，眼神專注，其他管樂隊成員也全心投入演奏，我這才發覺，前陣子能和他們一同在大禮堂度過社團時間是多麼幸運，原來我一直都和一群認眞的人在一起。

一曲演奏完畢，現場響起如雷掌聲，我和杜小娟也奮力拍著手，我們都深深被感動了。如果不是熱愛畫畫，我肯定會因此毫不猶豫地加入管樂隊。

Emma學姊露出笑容，管樂隊全體成員站起來深深鞠躬，接著走下舞臺。

「我覺得好感動喔！」杜小娟眼眶泛淚，她和我一樣激動。

「你們學校的管樂隊水準眞高。」蔡正于讚嘆，徐安安也因爲管樂隊的精采演出而心情好轉。

收拾好樂器的Emma學姊從舞臺後方走出來，似乎在找位子坐，於是我對她揮手，指了指旁邊的空位。

「雁雁，我們表演得怎樣？」她的臉上都是汗水，帶著光彩的笑容非常美麗。

「超厲害的，我們好感動！」方才的震撼還停留在心裡，使我無法平靜。

「我好高興，謝謝妳。」Emma學姊開心地抱住我。

「學姊，妳不去休息一下嗎？」我問。因爲校慶活動結束時，管樂隊還需要再演奏一次校歌。

「等等是我想看的表演，我看完再去休息。」Emma學姊拿出手帕擦拭汗水，身上散發出淡淡的清香。

我拿起節目表查看，下一個節目是吉他社的表演，表演者是……

「接下來是我們班的蔡政宇要表演，我怎麼能不幫他加油呢？」Emma學姊甜甜一笑。全場爆出一陣尖叫，我將視線投向舞臺，學長已經背著吉他坐在中央。

「大家好，我們是吉他社，就由我們學校的大帥哥蔡政宇來爲大家表演吧。」張瑞德拿著麥克風，嘻皮笑臉地說，學長尷尬地笑了笑。

「學姊，妳和蔡政宇學長同班？」我問，目光沒有離開舞臺上的學長。

「對呀。哇，要開始了！」學姊連忙從口袋裡掏出相機準備錄影，其他女同學也是，杜小娟自然不例外，而一旁的蔡正于嘟囔著抱怨自己的名字很菜市場。

「我是二年八班的蔡政宇，要帶來James Blunt的〈You're Beautiful〉。」學長一說完，尖叫聲更是響徹雲霄，他困擾似的皺了皺眉。

他一邊彈著木吉他一邊唱歌，低沉的嗓音輕柔地迴盪在耳邊，有些麻麻癢癢的。我覺得學長整個人都在發亮，陽光好似全灑落在他一個人身上。

My life is brilliant.
My love is pure.
I saw an angel.
Of that I'm sure.

周遭的聲音似乎都遠去了，整個世界只剩下學長的歌聲。

而所有的人潮似乎也都散去了，整個世界只剩下我和他。

She smiled at me on the subway.
She was with another man.
But I won't lose no sleep on that,
'Cause I've got a plan.

我的全副心神被他拉去，每一條神經都被他所牽引，學長就像磁鐵一般，渾身上下帶著令人無法抗拒的吸力。

You're beautiful.
You're beautiful.
You're beautiful, it's true.
I saw you face in a crowded place,
And I don't know what to do,
'Cause I'll never be with you.

唱到這裡時，學長往臺下看了一眼，再度引起女孩們的尖叫，我的心臟猛然一揪，而學長的視線又移回遠方。

Yeah, she caught my eye,
As we walked on by.
She could see from my face that I was,
Flying high.

不知不覺中，我落下一滴眼淚，感覺世界彷彿以學長爲中心轉動著。

突然之間，我明白了，學長在我心中早已不只是偶像，我早已不只是以追星族的心態追隨著學長的身影。

總是想掉淚、胸口常常莫名疼痛，而這種心情明明令人難受，我卻不討厭。

因爲我已經喜歡上學長了，在這一瞬間，我終於明白。

And I don't think that I'll see her again,
But we shared a moment that will last till the end.

察覺自己的心意後，看著臺上的學長，我突然產生一種感覺——他不再是遙不可及的人了。

「這個臭屁鬼唱得不錯耶，一定會更受歡迎的。」Emma學姊讚賞地說。

我想起Emma學姊第一次聽見我的名字時的表情，想起學長和張瑞德聽見我的名字時的反應，也想起鄭令宜剛剛的告白。

「學姊，蔡政宇學長他是不是喜歡……」即使已經確定了，我仍怎樣也說不出「我」這個字。

You're beautiful.
You're beautiful.
You're beautiful, it's true.

「喜歡？噢，應該很多人知道吧，畢竟他那麼受歡迎，所以我第一次聽見妳的名字時才嚇了一跳，怎麼會有這麼像的名字。」Emma學姊笑著，「他喜歡的人是一年一班的，叫做程雁，和妳的名字差一個字。」

But it's time to face the truth,
I will never be with you.

學長演唱完畢，而我的腦袋嗡嗡作響，什麼都無法思考。

才剛發現自己喜歡學長，才剛以爲是兩情相悅，就被狠狠潑了桶冷水。果然天底下不會有那麼美好的事，我實在太可笑了，居然以爲自己可以和學長在一起。

✦

「妳這次畫的漫畫難得結局是悲劇。」徐安安翻著我最新的作品，「不過我喜歡。」

「妳怎麼會喜歡悲劇？」杜小娟皺著眉頭，「現實已經夠悲慘了，好歹漫畫要喜劇收場吧。」

「我這次就是想畫悲劇。」我懶洋洋地趴在欄杆上，看向籃球場上的學長。

徐安安和杜小娟對看一眼，而後杜小娟忽然用力抱住我。

「妳這傻瓜，都說學長那種人遠遠看就好了，誰叫妳眞的喜歡上他。」

「妳就是滿腦子浪漫幻想，才會鬧出這種烏龍。」徐安安無奈地說。

「好了啦，我誤以爲他喜歡我已經夠丟臉了，妳們不要再糗我了。」我癟著嘴。

原來學長是把我的名字聽成程雁了，所以才會在聽到別人喊我時三番兩次轉頭，卻在看見我之後，發現並不是程雁。

杜小娟拉著我去偷看過程雁，她的頭髮短短的，身材修長，相當男孩子氣，原來學長喜歡那種類型的女生。

而那天學長表演時，程雁也坐在臺下，所以他才會往下看。

光是這樣回想，我的心中就有種苦澀的感覺。其實一直以來，我都沒想過能和學長有進一步的發展，也不奢望他會喜歡我，可是這個誤會還是令我產生了一絲絲期待。

「我和安安去看過妳展出的畫了，那隻貓畫得好漂亮喔！」

「那是劉旻文養的，叫做嫣。」

「嫣？好怪的名字，他以爲自己是瓊瑤嗎？」杜小娟噗嗤一笑，還故意跑到劉旻文面前「嫣嫣嫣」地喊個不停。

我和徐安安待在走廊上，看著杜小娟和劉旻文鬥嘴。

「好幼稚。」徐安安翻了個白眼。

「妳說小娟？」

「我是說劉旻文，居然把貓的名字取做嫣。」

「我覺得挺特別的呀。」我用眼角餘光瞥見學長離開了籃球場，正往教室的方向走。

「我不是那個意思，他是取諧音，跟妳……」徐安安停頓了一會兒，而後別過頭，「算了，當我沒說。」

我不知道徐安安究竟想說什麼，但也沒興趣追問。學長已經踏入一樓走廊，於是我等著他出現在二樓陽臺。

得知學長喜歡程雁後，我才注意到許多小細節。

例如學長經常站在二樓陽臺是有原因的，因爲程雁的教室在三樓，剛好就在學長教室的樓上、我的教室樓下，所以他也才會常在打籃球時朝這邊望來，想必是爲了看程雁會不會出現。

明白得越多，我就越覺得自己好像笨蛋，自作多情到這種地步，實在太丟臉了。

而在我失戀後不久，鄭令宜也不再來補習班，這讓我感到十分驚訝。她是衝著學長才來補習的，難道是因爲學長拒絕了她，她便理所當然地不補了？

對此，我無法理解。

在我還搞不清楚爲何鄭令宜有男朋友又要向學長告白的情況下，她就從我的生活中消失了。也許是由於自尊心作祟，所以她才無法繼續待在補習班吧。

我希望自己不會變成像她那樣，我不在乎自己的暗戀能否有結果，並不是一定要和學長在一起才有意義，我很珍惜喜歡學長的這份心情。

因此，我繼續不時偷看學長、繼續乖乖去補習、繼續每天去大禮堂畫畫，生活沒有太多不同，只是在大禮堂的時光變得愉快多了。自從欣賞過管樂隊的表演後，他們練習的聲音對我來說也不再那麼擾人了。

我坐在舞臺下描繪管樂隊練習的場景，雖然樂音零零落落的，聽起來卻莫名和諧。

「雁雁，妳這次畫了什麼？」Emma學姊從舞臺上跳下來，跑到我身邊。

「我在畫你們練習的樣子。妳看，這是妳唷。」我指著畫紙角落一個拿著低音號的女孩。

「哎呀，這樣我會不好意思啦。」學姊難爲情地擺擺手。

自從校慶後，我和Emma學姊的感情就越來越好，每當我一個人待在大禮堂畫畫時，她總會過來和我聊天。雖然Emma學姊對畫畫一竅不通，但因此她所說出來的意見通常也較爲客觀。

「我覺得那幅畫讓我很不舒服。」某天放學，Emma學姊指著小宛學姊那幅巴別塔的畫說。

「不舒服？」那幅畫還掛在牆上，鮮豔的紅底搭配搶眼的橘色建築物，第一眼很難不被吸引。

「有種強迫觀賞者接受的感覺，存在感非常強烈。」Emma學姊打量著那幅畫，「我知道畫這幅畫的三年級學姊，她個性比較強勢，喜歡和人爭論。也不能說這樣不對，但我不太認同。」

「我懂妳的意思，她總是希望別人接受她的意見，對吧？」我想起當初畫嫣的時候，小宛學姊一直要我上色的事。

Emma學姊認同地點頭，「妳除了畫這些素描，還有其他作品嗎？」

「咦？」我有點害羞，但還是決定告訴Emma學姊，「我有在畫漫畫。」

「眞的？那我要看！借我看嘛。」Emma學姊哀求，拉著我的手晃啊晃的，我拗不過她，於是便把自己的畫本拿出來。老實說，目前爲止只有徐安安和杜小娟看過，因此我還眞有些不好意思。

「我明天還妳！」Emma學姊開心地接過畫本放進書包，離開大禮堂時，她差點與正要進來的小宛學姊相撞。

「對不起。」Emma學姊說，轉過頭和我揮手道別。

「妳認識那個女生？」小宛學姊走到我這裡，看了看我畫的管樂隊練習場景。

「認識，她是管樂社的副社長。」我繼續修飾畫作，加強幾個地方的光影變化。

「我不怎麼喜歡她。」

「咦？爲什麼？」我感到驚訝，開朗的Emma學姊應該很受歡迎才對。

「反正就是不喜歡。」小宛學姊靠向窗邊，我也走過去往籃球場的方向看，Emma學姊正在場上和學長聊天。

「眞討厭。」小宛學姊說。

我小心翼翼瞧著她，今天的小宛學姊似乎怪怪的。

身爲面臨大考的高三生，小宛學姊越來越少在社團時間出現了，那幅巴別塔的畫已經是她最近的一幅畫作。

後來我與小宛學姊隨意聊著其他事，卻發現她時不時注意樓下籃球場的動靜，每當Emma學姊碰觸到學長時，小宛學姊就會輕輕地嘖一聲。

「學姊，妳是不是……」話到嘴邊，我又吞了回去，覺得這麼問似乎不太禮貌，「妳是不是希望我的畫能上色？」

小宛學姊挑了挑眉，「那當然，不上色的話，人家怎麼有辦法在第一時間注意到妳的畫？色彩就是爲此而存在的。」

的。

小宛學姊的看法確實有道理，可是我不想爲了吸引他人注意而上色，色彩不該是這樣用的。

我頓時意識到，我和小宛學姊的認知差異極大，就如同Emma學姊對那幅巴別塔的形容，小宛學姊的主張太過強烈，令人不舒服，卻又無法忽視。

✦

即使天氣越來越冷，我和杜小娟還有徐安安仍一如往常趴在欄杆邊偷看學長，每當冷冽的風吹來，我和杜小娟就會抱在一起尖叫。

「妳們好吵。」徐安安冷冷地說。

「拜託，天氣已經夠冷了，妳不要再當冰山美人讓溫度下降好嗎？熱情點！徐安安！」

雖然牙齒打著顫，杜小娟還是在原地蹦蹦跳跳的，企圖喚醒徐安安的熱情，卻只換來更冰冷的眼神。

我望著籃球場上的學長，寒風似乎一點也沒有對他造成影響，他仍穿著短袖在球場上奔馳。就算天陰陰的，有學長在的地方就彷彿有陽光。

「雁雁！」

「Emma學姊？」

Emma學姊一臉神祕地笑著，拿著我的畫本從樓梯下走上來。

「妳特地拿來還我嗎？等社團時間再給我就好啦。」

Emma學姊只是笑著走來，徐安安稍微往旁邊挪了挪，讓出空間給她，Emma學姊探頭朝籃球場看去，又笑了一下。

「怎麼了嗎？」見Emma學姊笑得不懷好意，我感覺似乎有哪裡怪怪的。

「雁雁，妳實在太容易被看透了。」Emma學姊指著我的畫本，然後再指向籃球場，「妳們不覺得雁雁完全藏不住祕密嗎？」

徐安安點點頭，杜小娟同情似的拍拍我的肩膀，Emma學姊把畫本還給我。

「學姊，妳到底在說什麼？」我接過畫本，依舊狀況外。

「這實在太明顯了，一看就知道。」Emma學姊又笑了，「妳的漫畫是以蔡政宇爲主角吧？」

我的臉瞬間紅了起來，急忙翻開畫本。

有這麼明顯嗎？

「眞的非常明顯。」徐安安的語調沒有任何起伏，臉上卻多了看好戲般的笑意。

「早說妳喜歡蔡政宇嘛，我可以幫妳呀！難道妳們從來沒想過要幫雁雁？」Emma學姊看著杜小娟和徐安安，她們一齊搖了搖頭。

「我覺得與其給她希望，不如直接打碎她的美夢。」徐安安認眞地回答。

「沒錯，反正一定不會有結果。」杜小娟也用力點頭。

「妳們眞是好朋友。」Emma學姊大笑。

沒錯，我最好的兩個朋友說話既直接又傷人，我只能無奈地聳肩。

「反正我又沒有想怎樣。」我確實沒奢望什麼，我自己也明白絕對不會有結果，「學長都有喜歡的人了。」

Emma學姊和她們對看一眼，杜小娟跟徐安安一副不予置評的樣子，見狀，Emma學姊再次露出笑容。

「妳不會想認識他嗎？」學姊靠近我一些，那琥珀色的眼睛絢爛得像顆寶石，美麗得像是要將我吸入。

「我沒想過那種事。」好半晌，我才回答。

「為什麼？」

「因為、因為本來就不太可能，而且我也不知道要跟學長說些什麼，所以我想還是算了。」

Emma學姊盯著我沒說話，徐安安則彷彿在思考什麼。杜小娟望向籃球場上的學長，然後轉過身，「能夠認識也好，說不定可以有機會更進一步。」

「妳不是說不可能？」我回。

「那是因為之前我們和學長完全沒交集，現在有學姊幫忙，情況就不一樣啦，對不對？安安。」杜小娟淘氣地笑，想徵求徐安安的認同，徐安安微微歪頭瞧著我。

「有機會認識固然不錯，但並不代表就能和學長更進一步。」

「妳幹麼潑冷水啊！」杜小娟沒好氣地埋怨。

「要先替雁子進行心理建設，不然期望越高，失望也越大。」徐安安的話不無道理，而且我還沒忘記程雁事件帶來的慘痛教訓。

杜小娟沒說話，大概是同意了徐安安的看法，而Emma學姊拉起我的手。

「雁雁，妳自己覺得呢？只是遠遠看著蔡政宇妳就滿足了嗎？再過一年他就要畢業嘍，而且他也許會交女朋友，難道幾年後妳不會後悔現在沒有認識他？」

學姊用力握著我的雙手，那力道讓我明白她是認真地在詢問，若我拒絕這個機會，那麼她也會尊重我。

我陷入思緒之中。

幾年後我會不會後悔？

我不確定，雖然很可能會既後悔又遺憾，可是現在的我缺乏勇氣，根本不敢跨出這一步。

「我……」她們三個都在等我回答，但我怎樣也說不出答案。我將視線移往籃球場，學長正好搶下了一記籃板。

「我猜雁子是想卻又不敢。」徐安安開口，一針見血。

「那我們幫她決定。學姊，拜託妳了！」杜小娟對學姊說，眨著圓圓的大眼睛。

「雁雁，那就這樣決定嘍？」學姊將我的手握得更緊，我輕輕點了頭。

「太好了！」杜小娟和學姊歡呼出聲，徐安安也露出難得的笑容。

「其實，我早就知道妳會答應，所以已經把妳的漫畫拿給蔡政宇看過了。」

這番突如其來的爆炸性宣言，讓我瞪大眼睛反握住學姊的手。杜小娟拿過我的畫本迅速翻了翻，大笑出聲，而徐安安瞥了眼籃球場上的學長，然後湊到杜小娟身邊看著漫畫裡的學長。

「那他有什麼反應？」徐安安開口，她的眼神流露出一絲緊張，不過在我看來多半還是想看好戲。

「他笑了，他很喜歡藝術方面的東西，原本還想加入美術社，只是他說他沒什麼畫圖的天分，所以才被張瑞德硬拉去吉他社，但他也待得挺開心的就是。」Emma學姊聳聳肩。

「所以他知道雁子喜歡他？」杜小娟提出最關鍵的問題，我們都盯著Emma學姊，學姊神祕地笑了笑。

「我不清楚耶。」

我們瞬間無力地垂下肩膀，杜小娟走回我身邊，徐安安則是繼續翻閱我的畫本。

「因爲他就只是笑，不過他有看完妳畫的漫畫，還說很期待後面的發展。」

聞言，我的心中瞬間燃起希望，徐安安將畫本闔上，催促我快去畫漫畫，杜小娟也開心得鬼吼鬼叫。

「學長知道我是誰嗎？」我好不容易才說了句話。

「其實我不確定，我說妳叫沈雁，還有說妳是美術社的。」Emma學姊轉了轉那琥珀色的眼珠，「對了，他問我妳是不是有在補習，因爲我也不清楚，所以只能回答他不知道。妳有補習嗎？」

我的心臟像是被揪了一下，呼吸也停滯了幾秒。

「她有補習，所以學長肯定知道雁子是誰，哇！」杜小娟近乎尖叫地說，教室裡的同學紛紛往我們這邊看過來，劉旻文也從窗戶探出頭。

「妳小聲一點啦！」我連忙摀住杜小娟的嘴巴，劉旻文一臉狐疑盯著我們，過了一會才縮回頭，繼續和其他男生聊天。

「害羞什麼？總之我會盡力幫妳的，比起程雁，妳和蔡政宇更相配。」學姊說，此時鐘聲響起，「要上課了，雁雁，妳快點畫後續吧，我和蔡政宇都等著看唷！」

說完，Emma學姊快步下了樓梯，我傻愣愣地站在原地，連一句感謝的話都沒來得及說出口。

「好可愛的學姊。」徐安安莞爾，轉身走回教室。

「雁子！加油啊！」杜小娟用力拍了下我的肩膀，也進了教室。

我總覺得她們八成是想看好戲，不過還是挺感激的。我轉頭望著樓下，學長離開了籃球場，準備要回教室。他穿起運動外套並拿著礦泉水，張瑞德走在他身邊，兩個人打打鬧鬧的。

「沈雁，妳還不進來？」劉旻文拉開窗戶對我喊，我雙手抱著畫本往教室走。

踏進教室前，我又朝樓下瞄了一眼，學長正打開礦泉水。當他仰頭喝水的那瞬間，我們對到了眼。

我緊張得下意識握緊畫本，無法移開視線，僅僅一秒，或許根本不到一秒，但我們確實四目相接。

學長並沒有多作停留，他繼續和張瑞德說話，身影逐漸沒入一樓走廊。

第五章

期末考結束，我們迎來了上高中後的第一個寒假。杜小娟依然保持低空飛過的成績，徐安安依然是一年級的第一名，而學長依然還是二年級的第一名。

除了照常去補習班上課，如今出門時，我也會注意不要太邋遢，因為學長就住在附近，所以連倒垃圾時我也小心翼翼。

只是就像每次買樂透都希望自己會中頭獎，結果卻往往連一個號碼都沒有中一樣，預想中的巧遇始終沒有發生。然而莫非定律不是沒有道理的，上天總喜歡在你偶爾鬆懈時，給你致命一擊。

今天我隨性地用鯊魚夾把長髮盤起，穿著拖鞋與鬆垮的T恤來到我家樓下的白星書局，竟然看見學長在裡面。

我無疑是開心的，卻又害怕被他發現，雖然這不是我在寒假期間第一次看到他，畢竟我們上同一間補習班，但在自家附近遇見學長絕對是我獨有的福利。

學長身穿深藍色T恤與迷彩花紋的長褲，待在禮品區挑選相框，他似乎煩惱著要買哪一款。

「蔡政宇，你好了沒有？不是說要一起打電動？」張瑞德突然從我後方走出來，我嚇了一跳，立刻躲進兩側架上擺滿絨毛娃娃的走道，並抓過一隻白色兔子娃娃遮住自己。

「等一下啦，你覺得這兩款相框哪個好？」學長兩手分別拿著粉紅色與黃色的相框。

「都很娘。」張瑞德敷衍地說。

「女生喜歡這種吧，粉紅色好了？」

「你要送誰？」張瑞德問，又馬上拍了下自己的腦袋，「我問這什麼廢話？一定是程雁。」

「那問屁。」

聽學長乾脆地承認，我的心一陣刺痛，苦澀的感覺在胸口蔓延。

「我實在搞不懂你爲什麼喜歡她，她很中性欸。」張瑞德搶過學長手上的相框放回原位，然後拉著學長往店門口走，「快去你家打電動了啦，我大老遠來，你還在這邊挑禮物。」

等學長他們走遠後，我將兔子娃娃擺回架上，走到相框所在的陳列架前。我輕撫粉紅色相框的邊緣，學長剛剛才摸過。

我的生日也快到了，難道不只是名字，程雁和我的生日日期也差不多嗎？

不，不是程雁和我差不多，而是我和程雁差不多。

我實在太天眞了，差點沒搞清楚自己的位置，我只是學長的眾多愛慕者裡的一個，不能因爲認識了Emma學姊，就自以爲更接近學長了。

注視著粉色相框，我鬆開手，覺得十分傷心。我確實不奢求什麼，卻還是不自覺地感到難過，即使我並沒有哭泣。

原來就算只是暗戀，也會讓情緒有這麼大的起伏。

✦

寒假期間，補習班每個禮拜都會舉行週考，並將成績公告於公布欄。我常假借確認自己的成績順便搜尋學長的名字，不過其實也不會花太多時間，因爲他總是第一名。

某天下課，我拿了自己的上課證，然後照例待在公布欄前查看成績單。四周都是其他學生，有的人在等電梯，有的人也在看成績。

「沈雁？」

突然，有個人喊了我的名字，不像是在叫我，只是一個單純的疑問句。我循聲投去目光，是張瑞德。

而學長自然站在他身旁。

他們看著公布欄上的成績單，周遭的女孩們因爲學長的出現而顯得蠢蠢欲動，學長雙手插在口袋，張瑞德則推著他的大眼鏡，再次重複：「沈雁？」

我的心臟劇烈跳動，他們沒有將視線移到我身上，於是我緩緩躲進人群中，希望不要被學長發現。

「打錯了嗎？應該是程雁吧？等等，我好像有印象，有一次我在這裡撿到沈雁的上課證。」張瑞德抓著後腦杓。

「是沈雁沒錯，一年七班有個沈雁。」學長開口。

我壓著自己的胸口，覺得心臟幾乎要跳出來了。

學長記得我，學長知道我。

光只是這樣，就令我開心得像要飛上天，止不住嘴角的笑容。幸好這次我的週考成績還不錯，否則就丟臉了。

「是喔，這麼巧。你認識？」張瑞德一面說，一面走到公布欄旁邊將自己的上課證拿走。

「是Emma認識。」學長也拿了他的上課證，兩人隨即走向電梯。

我站在斜後方偷聽他們說話，只見一群女孩子連忙跟上學長，和他們一起等電梯。

電梯門一打開，學長與張瑞德率先進去，女孩們隨即蜂擁而上，他們頓時被擠到最裡面，整個電梯都是女生。

我站在電梯外，既慶幸學長沒看見我，又有點失望。我隱約瞧見學長將上課證收進胸前口袋，然後驀地抬頭，和他對上眼的那刻，我嚇了一跳，而學長對張瑞德說了幾句話，接著張瑞德也看過來。

電梯門緩緩關閉，在即將闔上的瞬間，學長笑了。

我整個人傻住，不明白這是什麼情況。

學長的笑容在腦海中盤旋，久久無法散去，我就這樣呆站在電梯前，腦袋空白了好一陣。

長。

等我回過神時，下堂課的學生們已經來了。我按了電梯，心中祈禱別在公車站遇見學長。

雖然我很想認識學長，可是當眞的有機會時，又忍不住退縮。

我並不勇敢，一點也不。

一路東張西望地從補習班走到公車站，都沒有發現學長的蹤影，於是我鬆了口氣，失望的情緒卻也矛盾地升起。

愛情最美的階段或許就是暗戀了，那種喜怒哀樂全受對方牽引的感覺既甜蜜又苦澀。當暗戀一個人時，對方在你的想像中永遠是最完美的姿態，即便事實上他可能並不完美，但得不到的總是最美好的，有些人所追求的，就是這樣的戀愛。

我知道自己對學長的了解以想像居多，卻無法勇敢地打破幻想，對此，我既煩躁又莫名樂在其中。

我想到徐安安也說過，有些人會愛上暗戀的感覺，我不清楚自己是不是如此，可是如果把這種想法告訴她們，大概又要被取笑了。

我嘆了口氣，覺得自己實在是自尋煩惱。

「沈雁。」

「劉旻文？」我訝異地看著身穿黑色上衣的劉旻文，自放寒假以來，除了杜小娟和徐安安，他是我遇見的第一個同班同學。

「妳爲什麼在這裡？」

我隨手從背包裡抽出參考書給他看。

「補習？也太慘了吧。」

「沒你的成績慘。」我白了他一眼，「你呢？要去哪裡？」

劉旻文將手裡的袋子打開，湊到我面前。

「嫣？哇！牠長大了。」

嫣轉轉咖啡色的眼珠子，聽說貓不太會對人類示好，但嫣似乎還記得我，牠輕輕舔了舔我的手心，粗糙的舌頭弄得我好癢。

「為什麼牠對妳就這麼友善？」劉旻文抬起他的另一隻手，手臂上滿滿都是貓的抓痕。

「也許是我比較討喜嘍。」我抱起嫣，「你是要帶牠去散步嗎？可是貓又不需要散步。」

「我帶牠去打預防針。」劉旻文指了指後面的寵物店，「王博宇原本也說要一起來，卻給我放鳥。」

「王博宇？」

「就是和我一起發現嫣的那個學長，他也是籃球社的。」劉旻文坐到公車站的長椅上，我在他身邊坐下。

「你要回家了嗎？」我想將嫣放回寵物袋，牠卻一直不肯進去。

「我陪妳等公車吧。」劉旻文接過嫣時，稍稍碰觸到了我的手指，他似乎因此愣住了，而或許是我的錯覺，他的耳朵好像泛紅了。

「這麼貼心？」我沒事似的將手放到膝蓋上，然後蹺著腿胡亂唱起校歌。

「妳們眞的很愛唱校歌。」劉旻文笑著說。

我和杜小娟還有徐安安的確常在走廊的欄杆邊一面偷看學長，一面唱校歌。我臉不紅氣不喘地說：「有什麼不好？我們的校歌滿好聽的啊。快點，你也一起唱。」

「我才不要，好白痴。」劉旻文打死不肯配合。

突然，「噗嗤」一聲噴笑傳來，我轉過頭，居然是張瑞德。

他憋不住笑聲，卻假裝在看行道樹，我感到一陣暈眩。我在心裡祈禱，身體微微往前，往張瑞德的另一邊看去——噢，不。

學長就站在張瑞德的右邊，雖然臉上沒什麼表情，可是我知道他在忍笑，他的眼裡盈滿笑意。

我覺得好丟臉，只想趕緊找個地方躲起來，「糗斃了」這三個字完全不足以形容我現在的心情。

「沈雁，妳的公車來了。」劉旻文站起身對公車招手，學長也走向正在靠站的公車。

「蔡政宇，明天記得帶遊戲片過來啊。」張瑞德的聲音帶著笑，他邊和學長說再見邊瞧著我，離開時還故意大聲唱起校歌。

學長不禁大笑，上了公車。

「沈雁，妳在幹什麼？快點啊。」劉旻文朝我喊。

你這個大白痴，我現在不想上公車啦！學長也搭同一班車，我才不敢！

我在心裡吶喊，滿臉通紅站在原地一動也不動，公車上的學長透過車窗似笑非笑看著我，害我覺得糗到不行。

「快點啦。」劉旻文過來推我，其實我可以抵抗的，只是拉拉扯扯的太難看，於是我就這麼被推上公車。

因爲放寒假的關係，平常乘客多半是學生的公車上人不多，只有幾個老爺爺與老奶奶。學長坐在後面的第一個雙人座，他每次都坐在那裡。

我向公車外的劉旻文揮手道別，這一瞬間，我既討厭劉旻文，卻又感激他。

如果不是因爲遇到他，我也不會在公車站那麼大聲地唱校歌，就不會被學長笑；可如果不是他硬推我上公車，我也不會有機會和學長接觸。

我要不要和學長說話？

我該不該和學長說話？

我的腦中一片空白，根本不知道該如何是好。

我硬著頭皮往公車最後一排右邊的座位走去，那裡是我的老位子。

我知道學長一直在看我，但我沒有看他，我不敢，怎樣都不敢。

最後，我還是跟以前一樣，躲在最後面注視學長的背影。當他按了下車鈴後，我沒有跟著下車，而是多坐了兩站再走回家，以免被認爲是跟蹤狂。

後來，我在畫本上畫了一段故事，劇情是在公車站唱著校歌的女主角引起了男主角的注意，女主角因此被搭話，於是兩人之間產生若有似無的曖昧。

「妳的漫畫畫得很好，可是爲什麼妳不去和蔡政宇說話呢？」Emma學姊蹙著眉嘟嘴，模樣十分可愛。

「我眞的會很緊張……之後去補習的時候，我也是一看見學長就跑，如果來不及跑就躲起來。」如今都開學了，我還是只敢趴在欄杆邊偷看學長。

「我這個寒假回洛杉磯度假，完全無法關心你們的進展，搞得我很著急。」

我和Emma學姊待在大禮堂，今天我不用補習，管樂隊也不用練習，於是這裡就變成我們放學後的聊天空間。

學姊走到窗戶旁，陽光灑落，令她的褐色髮絲閃閃發亮，我不禁看呆了，一時沒說話。

「怎麼啦？」學姊沒有轉頭。

「學姊，妳眞的好漂亮。」我忍不住說。

「謝謝妳。」學姊大方地接受。

鄭令宜和學姊一樣都是美女，可是給人的感覺卻差很多。

「學姊，妳沒有男朋友嗎？」我問。一定有很多人喜歡學姊的吧？

「沒有。」

「那妳沒有喜歡的人嗎？」

「有呀！」學姊轉過頭，琥珀色的眼珠子轉啊轉的，「我喜歡妳啊。」

「我也喜歡妳。」我微笑。

「雁雁，妳眞的好可愛，如果妳積極一點，蔡政宇絕對會拜倒在妳的石榴裙下的。」

我覺得Emma學姊的看法過於樂觀了，不過這番話還是很令人感激。

「Emma學姊才是，一定有很多人想跟妳交往。學姊眞的沒有喜歡的人嗎？」

學姊聳聳肩，「我沒有喜歡的人，我也不能喜歡。」

「這是什麼意思？」

「我爸媽打算等我高中畢業以後，就帶我搬回洛杉磯定居。」

「眞的假的？」我瞪大眼睛。學姊要去美國？

「我爸爸是外國人，到時他會請調回美國……」Emma學姊無奈地說，語氣十分失落。

「那妳不是就得和朋友分開了？」

「沒辦法，而且這樣就算我交了男朋友，我們也注定得分開，所以大家還是當朋友就好。」

「妳的同學都知道這件事嗎？」

「知道。說眞的，畢業後大家一樣會各奔東西，其實我在不在臺灣也沒差。」

學姊說得雲淡風輕，可是她怎麼可能不難過？必須離開自己熟悉的地方，這需要多大的勇氣？

「因此我決定，至少畢業前要做些好事，例如把妳和蔡政宇湊成一對！」她笑開來，受到她的感染，我也笑了起來，卻不知怎麼的有點悲傷。

Emma學姊收起我的畫本，說要拿給學長看。雖然非常難爲情，但我還是很期待學長看過之後的反應。

「對了，之後就是社團成果發表了，雁雁，妳的作品會再被展示出來嗎？」

「不會，美術社的成果發表只會展示三年級社員的畫作，算是專屬畢業生的展覽，因爲他們即將考大學了，算是一種餞別吧。」我歪著頭，想到小宛學姊快要畢業了。

「眞可惜，我還在想如果妳的畫有再展出，我就帶蔡政宇來捧場。」學姊兩手一攤，我害羞地笑了笑。

「雁子！我們兩個的社團活動結束了，妳那邊結束了嗎？」杜小娟在大禮堂前方喊著，「Emma學姊要不要一起來？」

「去哪裡？」

「雁子今天生日，我們要一起去吃飯。」徐安安探出頭，「學姊，一起來吧。」

「今天妳生日？」Emma學姊訝異地看著我，「怎麼沒有先告訴我？」

我只是傻笑，先告訴學姊的話，不就像是在討禮物嗎？

「沒關係啦，學姊，一起去吧。」杜小娟走進大禮堂，話音在室內迴盪。

「我今天有事情，妳們應該早點告訴我的。」Emma學姊一臉懊惱，「雁雁，祝妳生日快樂。」

「謝謝妳，Emma學姊。」我開心地笑。

我們一起走到校門口，學姊揮手道別，還不忘再大喊幾次生日快樂，讓我有些不知所措。

「沈雁！」劉旻文突然出現在我們身後。

「你不是回家了？」杜小娟疑惑地問。

「妳們要去哪裡？」劉旻文身上還穿著制服，不過把襯衫的釦子全數打開了，裡面是黑色T恤。他提著寵物袋，嫣待在裡面。

「我們要去幫雁子慶生，你想跟嗎？」杜小娟抬高下巴，徐安安則抱起嫣逗弄著。

「好……」

「才不給你跟，哈哈哈哈！」劉旻文還沒說完，杜小娟就大笑著拒絕他。

「妳很無聊。」劉旻文翻了個白眼。

「又沒關係，一起去吧，但我們打算去我家附近的火鍋店，所以得坐公車。」我開口，順便摸了一下嫣。

「那我先帶牠回家，妳們在公車站等我。」劉旻文說。

「不行啦，萬一火鍋店沒位子就糟了，你趕快把貓帶回家，我們去等公車，如果公車來了我們就先走，你隨後到。」

「好吧，那等等見。」說完，劉旻文便快步跑過馬路。

「他居然會這麼積極地想跟我們一起吃飯，還眞難得。」杜小娟說出了我心中的疑問，徐安安倒是沒發表意見。

抵達公車站時，公車正巧靠站，我們連忙跑上車，在最後面那排座位坐下。杜小娟傳了訊息給劉旻文，要他自行前往火鍋店。

「劉旻文最近變得好奇怪。」杜小娟一邊說一邊用手搧著風。

「怎樣奇怪？」徐安安問。

「我從國中就認識他了，他以前很皮，雖然現在也皮啦，但就是怪怪的。」杜小娟歪著頭，似乎不知道該怎麼表達。

「國中生和高中生一定有差的吧，幹麼那麼在意他？」徐安安說著，露出不懷好意的表情，「妳喜歡他？」

「誰會喜歡他！」杜小娟大聲反駁，徐安安卻瞇起眼睛。

「拜託，妳不要鬧了，我絕對沒有喜歡他，而且我覺得他喜歡雁子。」

「啥？」這下換我提高聲音了。

他喜歡我？可是我一點感覺都沒有。

「看來，小娟妳不如我以爲的那麼遲鈍。」徐安安顯然贊同杜小娟的說法，她們同時看向我，像是在徵詢我的意見。

「不要亂講，我完全不覺得。」我反駁。

「妳都在看學長，當然不覺得。」徐安安吐槽，「他把貓的名字取做嫣，妳都沒想到什麼嗎？」

「什麼？」

「還什麼？」徐安安模仿我呆滯的表情，翻了個白眼，「就是『雁』！」

「啊！原來是這樣，眞肉麻！」杜小娟恍然大悟，笑個不停。

「妳們不要亂講啦！」我極力撇清。

之前我以爲學長喜歡我，還自作多情了一番，後來卻發現一切只是我胡思亂想，所以劉旻文這件事也一樣，根本不可能。

當菜都上齊，鍋裡的水也滾了，劉旻文終於到了。我向他招手，他見到我便笑了起來，我頓時有些彆扭。

杜小娟見狀，低聲說：「妳不要太在意，就當我亂說吧，反正妳喜歡的是學長。」

在她說這句話的同時，劉旻文剛好來到座位旁，他的臉色略顯奇怪，不過杜小娟剛剛的音量很小，他應該不至於聽見。

「幹麼擺臭臉？」杜小娟用手肘頂了頂他。

「沒什麼。」他從包包裡拿出一個裹著糖果色包裝紙的方形禮物，「給妳。」

我和杜小娟她們都愣住了，「這是什麼？」

「生日禮物啊，來壽星的飯局，怎麼能不送禮物？」劉旻文說，語氣聽起來有點緊張。

「我、我……什麼壽星的飯局，我可沒有要請客喔。」我趕緊說。

「我知道啦，快點拿去，手很痠。」他催促，我只好接過禮物。

「打開看看是什麼！」杜小娟興沖沖地說。

「小娟，雁子的禮物留給她回家自己拆吧。」徐安安雖然也好奇，但並沒有逼我打開。

「呿，好吧。」杜小娟嘟起嘴巴，接著把她一直提著的大袋子遞給我，「這是我和安安合送的，是抱枕，睡覺的時候可以抱唷。」

「哇，謝謝妳們，我好開心！」我高興地抱緊收到的禮物。

「不用太感動。好了，劉旻文，給你。」杜小娟撈起好幾隻蝦子放進劉旻文的碗裡。

「我不吃蝦子啊！」劉旻文怪叫。

「誰要給你吃了，是要你剝。」杜小娟瞪他。

「為啥要我剝？我不吃蝦子就是因為不喜歡剝。」

「男生和一群女孩子吃飯，就是要這樣。對不對？安安、雁子。」杜小娟要我們兩個附和，徐安安乾脆地點頭，想必蔡正于也都會幫她剝蝦。

劉旻文看過來，我雙手一攤，示意他剝，於是他認命地開始笨拙地剝蝦。

杜小娟得意地笑了，而劉旻文將剝好的第一隻蝦子放到我的碗中，杜小娟和徐安安立刻意味深長地互看一眼，令我有些難為情。這隻蝦子似乎吃也不是，不吃也不是。

吃完火鍋，我送他們到公車站，然後帶著禮物回家。

把杜小娟和徐安安送的熊抱枕放在床頭後，我打量著劉旻文送的禮物，想起她們兩個說的話，不禁遲疑了下。

沒這回事，是她們看見黑影就開槍，我不需要想這麼多。

所以，我拆開劉旻文的禮物——竟然是粉紅色的相框。

我看了盒子上的標籤，正是在白星書局買的。我不會忘記這個粉紅色相框，學長曾拿在手上，猶豫著要不要買下來送給程雁。自從那天起，我每天都會去看看粉紅色相框還在不在，老闆總是告訴我那是最後一個，要買要快。

我沒有要買，我才不要買。

我只是想確認學長買了沒有，送出去了沒有。

昨天去看時，相框還在，今天相框卻到了我的手上。

但這不是學長送我的，而是學長爲程雁挑選的，即使他沒買下，我依舊如此認爲。

內心一陣酸楚，我將相框收回盒子，小心地置於抽屜最深處，並輕輕關上抽屜，以爲這麼做就可以將那份悵然關起來。

第六章

我趴在欄杆上，望向站在二樓陽臺聊天的學長。因爲天氣太冷的關係，徐安安和杜小娟都不想出來。

我的脖子圍著圍巾，手也藏在放有暖暖包的口袋裡，呼出的氣都化爲白煙。明明冷得要命，我依舊像個傻瓜似的往下偷瞄著學長。

「沈雁，妳爲什麼每天都待在這裡？」劉旻文冷不防出現在我旁邊，「下面有什麼嗎？」他將頭探出欄杆外。

籃球場上現在空蕩蕩的，中庭也沒什麼人，而學長剛好返回走廊了，所以劉旻文東看西瞧，還是不曉得我在看什麼。

「妳到底在看啥？」劉旻文滿臉狐疑，盯得我莫名心虛。

「就、就看看天空，看看建築物嘍。」想起那個相框，再想起杜小娟她們的話，我頓時有些結巴。

「最好是。」劉旻文壓根不信，嘴角卻掛著笑意，不知怎麼的，他就與我一起待在這裡了。期間我又偷偷往樓下看，但學長沒有再出現。

「我要回教室了。」我猜學長應該不會再走到陽臺，便轉身準備離開，劉旻文也跟上，這時班上的幾個男生朝我們走過來。

「聽說吉他社要和我們打友誼賽。」其中一個男生說。

我瞪大眼睛，吉他社不就是學長加入的社團嗎？

「比賽？吉他社和我們八竿子打不著邊啊。」劉旻文一頭霧水。

「應該是因爲蔡政宇的關係吧，他們不是常和我們打球？」

我一驚，所以劉旻文和學長打過球？我從沒有注意過學長以外的人。

「你答應了嗎？」劉旻文問。

「這要看社長他們的決定，我只是剛好聽到。」

「那就叫王博宇快點答應吧。」劉旻文大笑，似乎還瞄了我一眼。

他們繼續討論和吉他社比賽的事，而我爲了得知更多情報，所以也沒有進教室。

「雁子，妳還不進來？」杜小娟從教室裡拉開窗戶對我喊，我看了手錶，這才發現已經上課五分鐘了。

我準備進去，劉旻文卻走回欄杆邊，雙手撐在欄杆上，整個上半身探出去，「蔡政宇的教室就在下面對吧？」

我回頭看他，劉旻文也看著我。

「對吧？」

他在問我……是嗎？

「下來啦，很危險耶。」幾乎就在我說這句話的同時，樓下傳來急促的哨音。

我們往聲音傳來的方向看去，學務主任站在中庭怒氣沖沖大吼：「在幹什麼！快下去！

統統給我站在那邊不准動！」

還在走廊上的人都嚇了一跳，一時竟忘了要逃，劉旻文立刻推了推我，「沈雁，妳趕快先進教室。」

「我不是說統統不准動嗎？」

主任出現在走廊的另一頭，動作快得不可思議。

場面頓時安靜下來，教室內的學生都從窗戶往外偷看，我們班的同學也竊竊私語著。

「雁子……笨蛋。」我聽到徐安安低聲說，杜小娟則滿臉擔憂。

「剛剛是誰整個人趴在欄杆上？」主任問，沒有人回答。

「不說是嗎？很有義氣嘛，全部跟我到學務處。」主任吼道。

所有人慢慢跟在主任後面走，劉旻文不斷小聲要我找機會回教室，可是我哪敢？就我一個女生而已，跑掉了多明顯。

我從不曾因爲被老師找去以外的理由去學務處過，這使我非常緊張，甚至害怕得發抖。

主任再次詢問是誰探出欄杆外，我知道，其他人也都知道，是劉旻文。

可是沒有人會當洩密的那個人，因此大家不是搖頭就是不說話，問了兩三次後，主任火大了。

「這時候就很團結嘛，不說？不說的話每個人都記警告。」

我嚇到了，大家卻一副無所謂的樣子。我不安地在背後絞著雙手，滿腦子想的都是被記警告的話該怎麼辦。

「是我。」突然，劉旻文自己坦承了，我們都驚訝地看著他。

主任滿意地點頭，最後也沒有記劉旻文警告，只是要他罰寫三百遍「我以後不會再把身體探出欄杆」。

放鬆下來的大家嘻笑著返回教室，劉旻文和我走在最後面。

「你突然承認嚇了我一跳。」一個男生轉頭說。

「不然大家都會被記警告啊。」劉旻文聳聳肩。

「被記警告也不會怎樣，老師最喜歡用這招來嚇我們。」另一個男生不屑地說，然後他們笑了起來。

「我們是不會怎樣，但沈雁不一樣啊。」劉旻文說，其他人點頭。

「也對啦。」

我有些訝異，雖然本來就是他惹出來的事，這句話還是讓我覺得他挺體貼的。

「謝謝你。」我由衷地說，劉旻文搔搔頭，對我露出憨憨的微笑。

徐安安對於劉旻文意外的貼心舉動讚不絕口，杜小娟則認為劉旻文喜歡我的可能性增加到了百分之九十。

「沒這回事好嗎？只要是有良心的人，在那種情況下都會承認。」我一如往常站在欄杆邊偷看學長，他正和劉旻文那群人在籃球場上打球。

「旁觀者清。」杜小娟開口。

「當局者迷。」徐安安接口。

「妳們去表演相聲算了。」我翻了翻白眼。

「雁雁！」

Emma學姊興奮地從樓梯下跑上來，手裡拿著一個信封，顯得非常開心。

杜小娟往旁邊挪了一點，學姊自然地加入我們，臉上難掩喜悅的表情。

「雁雁，昨天沒和妳吃飯慶生真是不好意思，也沒送到妳禮物。」

「不用啦，Emma學姊，不用送禮物的。」我連忙揮著手，要學姊送我東西也太厚臉皮了。

「一定要送的，所以這是我要給妳的禮物！」Emma學姊將信封交到我的手裡，我疑惑地瞧著。

「妳打開看看。」學姊催促，杜小娟和徐安安靠了過來，我打開信封拿出一張紙。

是照片！

是學長的照片！

我驚訝地看著照片，徐安安「哇」的一聲叫出來，杜小娟更是興奮得語無倫次，根本聽不懂她在說什麼。

「妳喜歡嗎？」Emma學姊笑咪咪的，我張大嘴巴，一時說不出話。

「我先說，這可不是我偷偷拍的，是直接和蔡政宇要的，我有說是要給妳。」

杜小娟和徐安安都讚嘆著學姊的用心，學姊笑容滿面，顯然對自己準備的禮物感到相當滿意。

我簡直不敢相信能拿到學長的照片，這絕對可以排進我人生中最開心的幾件事之一。照片中的學長應該是在自家，他坐在電腦桌前，穿著夏季制服，臉上帶著似笑非笑的表情。

「謝謝妳，學姊，我好高興。」我好不容易才說出道謝的話，學姊心滿意足地摸摸我的頭。

「這個也給妳。」她又從口袋裡拿出一張紙，「這是我們班的課表，應該多少有點用處。」

「學姊，妳實在太有心了，我好感動。」杜小娟誇張地做出擦眼淚的動作，學姊被逗樂了，笑個不停。

「還有，這個還妳。」Emma學姊把昨天跟我借的畫本還給我，故意賣關子似的只說了這句。

「學長看了有什麼想法嗎？」我咬著下唇，莫名難爲情。

「他說……」Emma學姊轉轉漂亮的眼珠子，「女主角唱校歌的地方很可愛。」

「什麼？雁子，妳把唱校歌畫進去了？」杜小娟搶過畫本翻開。

「他眞的這麼說？沒有說很蠢之類的？」我緊張地問。

「他的確說了很可愛三個字喔。雁雁，要不下次妳自己把漫畫拿給他看？拖拖拉拉的，我看得好焦急呀！」Emma學姊提議，杜小娟和徐安安都點頭贊同。

我用力搖頭，「我、我還需要一點時間，我還需要一點……勇氣。」

「眞是皇帝不急急死太監。」徐安安兩手一攤。

Emma學姊依然尊重我的決定，但也提醒我：「很多時候機會是眨眼就過了喔。」

目送Emma學姊離去，接下來上課時，我都在研究學長班上的課表。這節他們是電腦課，電腦課的教室就在五樓，而且通常會提早下課。

如果我們班的教室是樓梯旁第一間就好了，這樣我說不定有機會偷看學長，能聽到聲音也好。

想不到，意料之外的事情發生了。

在下課前五分鐘，走廊傳來了腳步聲，於是我抬頭往外看，發現Emma學姊正對我揮手。我揚起手要回應，學姊卻拉了拉她身旁那個人，指指我這邊。

是學長！

他的嘴角帶著淺淺笑意，隨著Emma學姊指的方向看過來，在我們對上目光的瞬間，我感覺渾身彷彿有一道電流竄過。

不需要照鏡子，我也知道自己的臉肯定紅了，臉上的熱度是如此清晰，我的手停滯在半空中，連呼吸都忘了。

「沈雁，專心上課。」臺上的老師喊了我一聲，我趕緊低下頭，「外面的同學也安靜。」

學長姊他們輕輕笑了起來，我顫抖著不敢再往外看，直到下課爲止，我都呆坐在位子上。

我只記得劉旻文過來說了句：「那些學長姊也太沒禮貌。」

以及杜小娟和徐安安竊笑著說：「學長看著妳笑。」

心臟跳動的頻率彷彿已經超過了我所能承受的程度，如果哪天學長就站在我面前，我說不定會因為心跳過快而死。

✦

放學後，我在大禮堂遇到許久不見的小宛學姊，她坐在窗邊看著籃球場發呆。

「小宛學姊，妳決定好成果展要畫的主題了嗎？」我放下書包，架起畫架。

「大概想好了，但還沒開始畫。」小宛學姊的目光沒有離開籃球場，我也將視線移往球場，學長和劉旻文都在。

「妳打算畫什麼呢？」

「人。」

我有些訝異，一向喜歡神話題材的學姊難得會想畫人。

「要畫哪個藝人嗎？還是找好模特兒了呢？」

小宛學姊沒有回答，依舊盯著籃球場，於是我只好回到自己的畫架前，取出一張畫紙，思考著今天要畫些什麼，最後決定畫大禮堂。

再過不久，美術教室就整修完畢了，到時候我便要離開這個我曾經嫌棄的地方，作畫時再也不會有優美的樂音陪伴。

我將畫架移至大禮堂最底端的靠牆處，整座禮堂盡收眼底。臺上只有幾樣樂器，今天管樂隊沒有練習。

在我畫畫的這段期間，小宛學姊完全沒有移動過，只是一直注視著籃球場。

「學姊，妳喜歡籃球嗎？」我想到早上劉旻文他們說要打友誼賽的事，「籃球社和吉他社好像要打友誼賽，要不要去看？」

小宛學姊轉過頭，似乎有些驚訝，「我記得籃球社的一年級社員裡，有很多你們班的學生吧？」

我點頭，「不過要看雙方社長是否同意，目前還不確定會不會舉行。學姊對籃球賽有興趣嗎？」

「如果確定會辦，請一定要告訴我。」小宛學姊認眞地請託，又將目光投向球場，「那之中有我想畫的人。」

是指籃球社裡有她想畫的人嗎？

小宛學姊這句話十分令人好奇，但我沒有多問，就這樣靜靜地畫完大禮堂，當我要離開時，才發現小宛學姊不知什麼時候已經走了。

抵達公車站時，天色已暗，而劉旻文居然站在那裡。他告訴我，和吉他社的友誼賽會在下禮拜舉行。

「你是在等我嗎？」我提出這個疑問，見他點頭，我頓時驚訝，「你等我就是爲了告訴我這件事？」

「妳要來幫我……們加油。」劉旻文的舌頭像是打結了一樣，我不禁感到好笑，他似乎有點緊張。

「你剛剛是不是在籃球場打球？」我走到站牌旁，劉旻文跟過來。

「原來妳有看到，就是跟吉他社的稍微熱身一下……」突然，劉旻文打住了話，視線越過我的肩膀。

我轉過頭，發現是學長和張瑞德。他們是何時站在我身後的？

「沈雁。」劉旻文開口，我立刻轉回頭。

我的臉想必又紅了，身子也僵硬不已，注意力全都放在我背後的學長身上。

「沈雁。」劉旻文又叫了我一次。

我的雙腳有些顫抖，手心不斷冒汗。今天才剛拿到學長的照片，還得知學長說我畫女主角唱校歌那幕很可愛，現在就遇見學長了，我感覺好像快要喘不過氣。

「怎……怎麼了？」我的聲音居然分岔。

「沈雁，我問妳，妳有喜歡的人嗎？」劉旻文說。

天啊，他這時候問這什麼問題！

我好想逃走，但是Emma學姊說過的話在腦海中盤旋。也許現在是個好時機，如果錯過了，可能就不會再有這樣的機會了。

我的思緒陷入混亂，憑著一股衝動脫口大喊：「我有喜歡的學長！」

劉旻文的表情變得沉凝，帶著幾分怒氣盯著我——不，應該說是盯著我的身後。

「幹什麼啊？」張瑞德小聲說。

我又轉頭，對上了學長的目光，他似笑非笑地伸手攔下公車，上車之前，他再看了我一眼，接著望向我的後方。

學長的雙眼彷彿有魔力一般，剎那間我忘了所有的猶豫和擔憂，踏出腳步，就也要跟著上車。

「沈雁！」劉旻文拉住我，這聲呼喚也把我的神智拉回來。

公車的門關上，張瑞德對學長揮手後轉身離開。見公車遠去，我惱怒地回頭瞪了劉旻文。

「是他嗎？」劉旻文理直氣壯地質問。

「對，而你搞砸了。」我把氣出在他身上，不再與他說話，然而直到下一班公車到來之前，劉旻文都沒有離開。

「所以，妳告白了？」聽完我的敘述，徐安安劈頭便問。

我搖搖頭，瞥了在教室裡的劉旻文一眼。如果劉旻文真的喜歡我，那我昨天那麼說就太傷人了，但當時我真的對他的行爲感到非常氣憤。

雖然杜小娟覺得劉旻文不會想那麼多，徐安安也認爲在愛情中很難不傷害任何人，但我的心中還是有些愧疚。

我發現，即便你對某件事的看法與別人不同，但當所有人都肯定地說你錯了，久而久之，你就會不知不覺接受別人的看法了。就像我本來並不覺得劉旻文喜歡我，徐安安和杜小娟卻都這麼認爲，於是我也漸漸這麼以爲了。

「我覺得自己好丟臉。」我垂頭喪氣，悶悶地說。

「雖然丟臉，不過以後想起來，妳說不定會覺得自己很可愛。」杜小娟摸摸我的頭。

「妳是老人嗎？用幾年或者以後想法會不同這種話來安慰人。」徐安安翻了翻白眼，她向來認爲人應該活在當下。

「學長在下面。」杜小娟沒理她，而是指了指二樓陽臺，我也看過去。

「學長現在已經知道妳喜歡他，妳還在漫畫裡畫過女主角待在欄杆邊偷看這樣的情節，如果他眞的對妳沒意思，大可不必出現在陽臺。」徐安安分析，「所以，他現在比以前更常待在陽臺，是爲了要讓妳看他嗎？」

又來了，不要再給我希望了。

「我決定，我的座右銘要改成凡事往最壞的可能想，但保持最樂觀的態度。」

杜小娟一臉不解，徐安安也轉過頭。

「舉例來說就是，學長不可能會喜歡我，但他待在陽臺也許是因爲我。」

「說眞的，我喜歡妳這句話。」徐安安點頭，而杜小娟完全不懂。我往樓下偷瞄，學長正在和他的朋友說話，看起來十分開心。

「不要鬧啦！」突然，學長大叫一聲，試圖阻止他的朋友做什麼。

「程雁，快點答應蔡政宇啦！」他的一個朋友朝上方大喊，學長馬上抓住他返回走廊，我們三個默默看著這一幕。

「我不知道該說什麼。」徐安安第一個開口。

「所以我說，凡事都要往最壞的可能想。」我試圖用毫無起伏的語調掩飾自己的沮喪，卻還是洩漏了一絲悲傷。

杜小娟什麼話都沒說，只是眨著水汪汪的大眼睛，緊張地瞧著我。

「妳幹麼？我沒事啦。」我聳聳肩。

我又不是第一天知道學長喜歡程雁，雖然的確會為此難過，但我並沒有奢望什麼，至少學長知道我就夠了。

「貪婪是人類的原罪之一，總有一天想要的會越來越多的。」徐安安緩緩說，她好像總是猜得到我在想什麼。

「人本來就是貪心的啊，想要就去爭取，這有什麼不對？」杜小娟插著腰反駁。

「那如果爭取不到該怎麼辦？」徐安安盯著杜小娟的眼睛。

「努力爭取過，總比以後後悔好吧。」杜小娟回答得理所當然。

「又是以後。」徐安安沒好氣地說，逕自走回教室。

杜小娟一邊發牢騷一邊也進了教室，我跟著她們走。進教室前，我探出頭往二樓陽臺看了下，發現學長又出現了，而且只有他一個人而已。

我沒料到他會再出來，於是趕緊把握機會多瞧幾眼，他正拿著一本書翻閱，卻不像是課本。我瞇起眼睛想看清楚那是什麼，越看越覺得眼熟——

那是我的畫本！學長在看我畫的漫畫。

雖然我知道他會看，但親眼見到他正在看的刺激實在太大了。我雙手緊握欄杆，連牙齒都在打顫，我想確認他看到哪裡了，於是趴到欄杆上想稍微拉近距離，身子不自覺地往前傾。

「沈雁！」

劉旻文冷不防從後面抱住我的腰，我嚇了一大跳，下意識大叫一聲，學長因此抬頭望來。這一瞬間，我們四目相接，我的臉頰一陣燥熱，學長輕輕地笑了。

時間有如靜止了一般，學長就這樣注視著我。

「沈雁，妳知道妳差點掉下去嗎？」劉旻文用力將我拉回來，大聲斥責，我著急地再度探出欄杆，只捕捉到學長離開的背影。

我失望地嘆口氣，劉旻文抓著我的肩膀，「妳就那麼……喜……」他吞吞吐吐的，欲言又止，我不解地看著他，此時徐安安走出來。

「你們在吵什麼？趕快進教室了。」徐安安皺著眉頭，我這才發現有不少人往我們這邊看。

「劉旻文，都是你那麼大聲啦，我只是稍微往前一點而已。」我推開劉旻文的手，然後拉著徐安安一起進教室，而劉旻文一句話也沒說。

後來Emma學姊拿畫本來還我時，笑著說學長表示女主角站在欄杆邊要小心點，讓我瞬間紅透了臉，但任憑她們如何逼問，我都沒說出事情的原由。

「算了，不逼妳說了。」Emma學姊終於停止搔我癢，「蔡政宇還說，男主角一定會對女主角印象深刻，因爲那樣很可愛。」

我再次臉紅，感覺渾身輕飄飄的，心也漲得滿滿的，腦袋一片空白，幾乎無法思考。

這是學長第二次說我可愛了。

「雁雁，我絕對全力支持妳！」Emma學姊燦爛一笑，拍拍我的背，美麗的琥珀色眼睛在我心中留下深刻的烙印。

多年後再想起她，永遠都是那笑彎了琥珀色雙眼的模樣。

如此美麗，美得令人心痛。

第七章

很快到了籃球社和吉他社進行友誼賽的日子，友誼賽結束後不久就是社團成果發表會，而發表會過後不久，三年級的學生便將迎來學測。雖然我不是考生，也仍爲小宛學姊感到緊張。

我依約告知了學姊比賽時間，不過當我看見她帶著相機來球場時，還是有些驚訝。

「我不是說那之中有我想畫的人嗎？」小宛學姊淡淡地說。

「沈雁！」劉旻文大聲呼喚，招手要我過去。他的旁邊站了一個高大的男生，頭髮短短的，膚色黝黑，臉上帶著陽光般的笑容。

「這位是王博宇學長，我們的社長，就是美術教室事件的罪魁禍首。」劉旻文介紹，王博宇立刻架住他的脖子。

「都說好不再提美術教室的事了，我也請你大吃一頓賠罪了。」王博宇的聲音低沉，充滿磁性。

「好啦。沈雁，這次和吉他社的比賽雖然是友誼賽，但我們私底下還是有賭局，輸的要請吃飯，所以妳要爲我加油喔。」劉旻文說，我下意識回答了「好」。

回到場邊後，我越想越覺得奇怪。劉旻文把我叫過去，就只爲了介紹籃球社社長給我認識？

不對，嚴格說起來，像是我被介紹給他們社長認識，這種感覺十分詭異，我又不是劉旻文的誰。而且他還要我爲他加油，這讓我的腦袋亂糟糟的。

「給妳。」杜小娟塞給我兩個空寶特瓶，「安安也有。」

「劉旻文剛剛叫妳幹麼？」徐安安接過寶特瓶。

我把事情經過告訴她們，杜小娟點著頭，徐安安則肯定地表示：「劉旻文喜歡妳。妳要不要考慮他？與其追著遙不可及的學長，不如把握身邊的人。」

我往籃球場看去，發現學長正在繫緊鞋帶，這瞬間我驀地有種錯覺，學長彷彿不再那麼遙遠了。接著我發現，許久未見的鄭令宜就坐在球場的另一邊，她究竟有沒有男朋友依舊是個謎。

見她用迷戀的眼神凝視學長，我有些難過，因爲她顯然還喜歡著學長。沒有因爲被拒絕而退縮，也沒有因爲可能不會有結果而放棄，看似很傻，但暗戀就是如此。

「Emma學姊在那邊。」杜小娟指著坐在最前面的學姊，她正開心地向我們揮手。

來看這場友誼賽的人很多，絕大部分都是衝著學長。小宛學姊站在人群最後方，不斷舉起相機猛按快門。

比賽開始，杜小娟拿著寶特瓶敲啊敲的，一面大喊「劉旻文加油」之類的話，徐安安則胡亂揮著寶特瓶，一副漫不經心的樣子。

學長搶過劉旻文的球，輕鬆閃過三個人，出手射了一記三分球。

「好厲害！」我高舉雙手歡呼，其他女孩子也尖叫著，這時劉旻文看了過來。他似乎不太開心，那不悅的眼神令我嚇得放下手。

「劉旻文是不是在生氣？」我小心翼翼地問徐安安，而他還瞪著我。

「喜歡的女生幫別的男生加油，當然會吃醋了。」徐安安竊笑。

我覺得有點討厭，因爲她們一直說劉旻文喜歡我，劉旻文也時不時投來目光，令我很不舒服。

一開始是吉他社領先，但籃球社的表現很快漸入佳境，中途張瑞德還犯規導致對方得到罰球的機會，不過他和學長始終面帶笑容，態度輕鬆。最後比賽結束，籃球社獲勝，張瑞德語氣懊惱地喊著要請籃球社吃飯了，卻依舊笑咪咪的。

聽見其他女孩子都在說學長好帥，我就知道學長的粉絲又增加了。

籃球社和吉他社的成員分別站成一排向彼此敬禮，而後就地解散，劉旻文對我招手，學長和張瑞德也待在附近。

我拉著徐安安和杜小娟一起過去，雖然很緊張，不過只要能更接近學長一點，哪怕只是一步也好，我都願意。

「我看見了，妳根本都在幫吉他社加油。」劉旻文劈頭就說，學長他們瞥了過來。

「你小聲一點啦。」我壓低聲音，身體好像又在發抖了。

張瑞德盯著我們這邊，接著走了過來。我的心跳得很快，但學長沒有跟著他，然後Emma學姊從另一邊跑來。

隨著張瑞德越走越近，我也越發忐忑，心臟簡直要從嘴巴裡跳出來。我用手肘頂了頂杜小娟和徐安安，她們兩個這才注意到。

「怎麼了？」劉旻文轉過頭，這時張瑞德已經走到我們面前。

我發現張瑞德在看的人是杜小娟，於是和徐安安往旁邊挪了一點，距離她幾步遠。

「妳是……杜小娟嗎？」張瑞德開口，杜小娟疑惑地打量他，我跟徐安安面面相覷。

「你是……」杜小娟瞇起眼睛，仔細瞧著幾乎被眼鏡遮住半張臉的張瑞德，然後恍然大悟地一拍手，「你是張瑞德？雁子、安安，他是我國小時認識的鄰居。」她喚我們過去，此時Emma學姊剛好跑到這裡。

「蔡政宇、Emma，超巧的啦，她就是我以前提過的那個鄰居妹妹。」張瑞德對學長招手。

「雁子，好機會。」徐安安在我耳邊小聲說，拉著我往杜小娟那裡走，同時學長和Emma學姊也朝張瑞德走去。

這樣我就可以和學長認識了嗎？這樣一切就會不同了嗎？

我揚起笑容，雖然腳步有些顫抖，不過已是滿心期待。

當我經過劉旻文身邊時，他拉住了我的手。

「幹麼？」我訝異地問，並且想甩開他的手，可是他抓得很緊。

「你可以當我的模特兒嗎？」另一方面，小宛學姊不知何時來到學長面前，「我想要畫你。」

我怎樣都沒想到，原來小宛學姊想畫的人是學長，我一直以爲她是想畫籃球社的人。

「你可以當我的模特兒嗎？」小宛學姊又說了一次。

Emma學姊一臉莫名其妙看著我，似乎想知道這是什麼情況。

杜小娟和張瑞德的敘舊被這個突發狀況打斷，而徐安安趕緊看準機會扯開劉旻文的手，繼續拉著我往杜小娟那裡走。

「現在是怎樣？那個學姊是誰？」杜小娟完全沒發現劉旻文剛剛的行爲，一個勁兒地問我小宛學姊的身分。

我轉過頭偷瞄，劉旻文已經離開了。

「我覺得以後不能再開劉旻文和雁子之間的玩笑了。」徐安安望著劉旻文的背影說，杜小娟雖然不清楚是怎麼回事，還是傻愣愣地點頭。

「妳要蔡政宇當妳的模特兒？」開口的是Emma學姊。她一邊說一邊覷著我，似乎要我也講幾句話，可是我一點立場都沒有。

小宛學姊不悅地瞪著Emma學姊，顯然是覺得Emma學姊憑什麼發言。

「我沒辦法當模特兒。」學長拒絕了小宛學姊，準備轉身走過來。

「要不然你讓我拍幾張照片，這樣我就可以拿來看著畫。」小宛學姊拉住學長的手。

這句話連外人聽起來都覺得怪了，更何況是當事人。

學長皺起眉頭，輕輕推開小宛學姊的手，「我不願意，不好意思。」

「拜託，只要幾張……」小宛學姊又想攔住學長，Emma學姊卻擋在她面前。

「妳不要這樣，蔡政宇都說不願意了，妳沒聽到嗎？」Emma學姊抬著下巴，這不是她刻意高姿態，而是因爲她比小宛學姊矮。

「妳爲什麼每次都要這麼接近蔡政宇？」小宛學姊生氣地喊，這下子大家都明白了。小宛學姊喜歡學長，所以她討厭和學長如此親近的Emma學姊。

那照理說，她應該會更討厭程雁才對呀？

如果她知道我也喜歡學長，不就討厭死我了？

「我和蔡政宇同班，當然比較接近。」Emma學姊似乎沒弄懂小宛學姊的意思，理直氣壯地大聲反駁。

「不要吵啦。」學長有些尷尬，四周圍觀的人增加了。

「杜小娟，我們下次再聊。」眼看苗頭不對，張瑞德連忙說，接著瞥見站在杜小娟身邊的我，「妳和沈雁同班？」

「嗯，下次你和蔡政宇學長一起來找我們吧！」杜小娟情急之下仍不忘爲我著想。

張瑞德點點頭，然後過去一手勾住Emma學姊的手，一手搭上學長的肩，「想和我家藝人說話得經過我這個保鑣，還有Emma經紀人的同意才行。」他對小宛學姊說，隨即拉著兩人快步離開球場。

「雁雁，我們晚點聊。」Emma學姊喊，我尷尬地向她揮手。

當我也正想走的時候，小宛學姊卻輕柔地喚了我的名字，讓我渾身起了雞皮疙瘩。

「小宛學姊……」我戰戰兢兢地轉頭。

「妳不覺得那女的憑什麼這麼做嗎？」她的語氣充滿對Emma學姊的不滿。

「呃，小宛學姊……」我不知道該怎麼回答。我和Emma學姊交情非常好，但小宛學姊向來很照顧我，在這種情況下，我似乎說什麼都不對。

「雁子，妳今天不是要補習？」杜小娟突然出聲，拉住我的一隻手。

「對啊，不能遲到。」徐安安也拉起我的另一隻手，兩個人幾乎是架著我離去。

此刻我深深覺得，有朋友眞是太好了。等回到教室後，我趕緊問她們到底該怎麼辦，杜小娟來回踱步，徐安安則眉頭深鎖。

「之後妳面對她，就都說不知道、不清楚、不要問我。」杜小娟提供了一個消極的辦法。

「我覺得有困難，畢竟馬上就是成果展了，我們接觸的機會只會更多。」我無奈地聳聳肩。以小宛學姊的個性，絕對不會輕易放過我的。

「反正也只有兩個辦法，第一個就是小娟說的，裝傻。」徐安安插著腰，「第二個是直接跟她挑明，她那樣做不對，而且妳也喜歡學長。我個人是建議選第二種做法，不過妳應該不敢。」

我默默點頭，講得好聽點是我不喜歡跟人正面起衝突，講得難聽點就是我太膽小。

「沒有大家都不會受傷，又能達成彼此目的的方法嗎？」我問。

「沒有。」杜小娟和徐安安異口同聲。

我嘆氣，眞心覺得人生好難。

雖然還沒想好該怎麼辦，但我總不能一直躲著小宛學姊。幸好美術教室已經裝修完畢，Emma學姊和小宛學姊不會在大禮堂碰頭，也就不會再發生衝突了。

這天，美術社難得全員到齊，大家在嶄新的教室裡作畫，個個興奮異常。重新漆過的牆壁白得發亮，窗簾也全數換新，雖然格局和擺設大致沒有改變，不過多了一個大大的畫具專用櫃，裡面擺滿各式各樣的畫具。

我愉快地削著炭筆，絲毫沒發現小宛學姊靠了過來，因此她出聲叫我時，我嚇得讓筆掉到了地上。

「妳的反應怎麼這麼大？」她不解地撿起筆交給我。

「沒有啦。」我尷尬地笑了笑，趕緊轉回頭，想專注在自己的畫作上，然而小宛學姊沒有離開，看來我是逃不掉了。

「雁子。」學姊開口，「我看妳那個朋友好像認識蔡政宇身邊的人，妳能不能幫我請他說服蔡政宇當我的模特兒？」

如果可以，我也想畫學長。事實上，我已經畫過很多次學長，但若能好好看著學長畫肯定更好，所以我並不希望讓別人畫他。

任何戀愛中的人都會想獨占自己喜歡的對象，可是我不喜歡抱持這種想法的自己。

「學長那天不是說不願意嗎？」我戰戰兢兢回答，小宛學姊臉色一變。

「所以我才想請妳幫忙。要不是Emma那女人攪局，蔡政宇說不定會答應，我看她一定喜歡蔡政宇。」

「Emma學姊才沒有。」我下意識地脫口說，又慌張地閉上嘴巴。

我這個笨蛋！

「妳怎麼知道她沒有？」小宛學姊挑眉。

「因、因爲……學長不是有喜歡的女生嗎？」我胡亂解釋，大家應該都知道程雁，而果不其然，小宛學姊的臉色微微一黯。

「我知道，但我想畫蔡政宇這件事，和他有沒有喜歡的人並不衝突。況且，接下來我將要面臨大考，我只是想完成一個願望，畢竟我以後就再也見不到他了，所以希望至少可以把畫他當成自己的畢業禮物。」

小宛學姊輕柔的嗓音裡帶著一絲哀愁，我頓時有些心軟。明年的這時，學長也要畢業了，屆時我肯定同樣會希望能留下什麼當紀念，因此我可以理解小宛學姊的想法。

「那我去問問看好了。」我說，小宛學姊開心地抱住我，我的心情卻十分複雜。

杜小娟很訝異我居然會答應，她覺得這樣子不好。但幫助學姊完成畢業前的願望，我想應該是好事才對。

我不想要因爲喜歡某個人，就企圖獨占他的一切，甚至不惜傷害他人。

這是好事，我不會後悔的。

「妳知道嗎？妳這叫濫好人，不對，應該是假好人。」徐安安對此嗤之以鼻，她的語氣凌厲，「妳明明也喜歡學長，卻在那個學姊不知情的狀況下答應幫她，如果立場互換，妳會怎麼想？」

「可是我的出發點是好的。」我反駁。

「不管妳的出發點是什麼，表面上看起來就是假好心。」徐安安嘆氣，「但既然已經答應了，就必須幫到底。妳有心理準備嗎？」

「徐安安，我聽不懂妳在說什麼。」我搖搖頭。反正學長也不會答應，我只是當傳聲筒而已。

徐安安沒好氣地睨著我，雖然無法確切解讀出她眼中的情緒，不過我知道她並不開心。

「雁子，妳確定？那我要去問張瑞德嘍。」杜小娟在一旁不安地看著我們。

我猶豫了一下，最後還是點點頭，「嗯，麻煩妳問問妳國小時的鄰居了。」

「三八！」杜小娟打了我的背一下。

據杜小娟所說，在她念國小的時候，張瑞德住在她家對面，那時他們是很好的朋友，直到有天張瑞德要搬家了，杜小娟才發現自己挺喜歡他的。當時兩人就這樣斷了聯繫，沒想到如今會重逢。

這種偶像劇般的情節居然在現實中上演，讓徐安安絕望地說世界眞是無奇不有。

但我覺得有一點挺奇怪，張瑞德老是跟在學長身邊，杜小娟怎會從來沒有發現？

得知我的疑問，杜小娟只是吐吐舌頭，表示她以前都把注意力放在學長身上，根本沒留心學長身邊的其他人。

杜小娟發揮了她的行動力，下一堂下課，她就去二年三班找了張瑞德，結果張瑞德的反應是：「幹麼還要再問？那女的很怪欸！」

那天學長就已經婉拒了，所以張瑞德的反應在意料之中，就算他還是去問了學長，我想學長肯定也會拒絕。

下午第二堂課的下課時間，Emma學姊來找我。

「那個小宛學姊眞的很讓人不舒服。」她劈頭就說，「不過站在她的角度想，畢業前的確會希望抓住點什麼吧，只是蔡政宇是她的學弟耶，她居然喜歡學弟。」

「爲什麼男生可以喜歡學妹，女生卻不可以喜歡學弟？」杜小娟好奇地問，Emma學姊想了老半天，答不出個理由。

「喜歡就喜歡，也沒分什麼可以不可以吧。」徐安安翻著書，隨口說了句。

但在我看來，她喜歡上那麼幼稚的蔡正于實在不可思議，比學姊喜歡學弟還令人驚奇。

「所以學長沒答應？」我認爲答案不會有意外。

「不。」

Emma學姊搖頭，我瞪大眼睛。

「張瑞德問過蔡政宇了，而蔡政宇決定答應。不過他說他只有兩天有空，所以妳要跟小宛學姊說清楚。」

我簡直不敢相信，學長答應了？

「可是之前在籃球場，學長不是……」

「可能因爲那天小宛學姊的舉動太奇怪，所以蔡政宇才會拒絕。也許他後來想想，又覺不就好了？」

得能夠理解，總之他就是答應了。」Emma學姊無奈地聳聳肩，「妳也挺奇怪，別答應幫她

「對啊，我跟雁子說過不要這樣，但她就是人太好……」杜小娟附和。

我的腦袋嗡嗡作響，我沒料到學長會答應，完全沒想到。

「答應幫忙就要幫到底。」徐安安再次提醒。

這個道理我明白。

只是想不到，這句話竟會變得如此刺耳。

放學後，我來到美術教室，小宛學姊已經坐在椅子上等我。

「雁子，怎麼樣？蔡政宇答應了嗎？」

小宛學姊的臉上難得泛著紅暈，越過她的肩頭，我可以看見樓下的籃球場，學長和張瑞德在球場上，杜小娟也是。

我沒有回答，只是輕輕苦笑。

「到底怎樣？」學姊急切地問，此時張瑞德不小心跌倒了，杜小娟跑到他身邊，學長站在原地哈哈大笑，杜小娟似乎叫他不要笑，並作勢要追打他。

光是這一幕就讓我不禁嫉妒杜小娟，明知道杜小娟對學長沒有任何情愫，我的心仍舊好酸好酸，我連最要好的朋友都嫉妒。

而僅僅只是想像小宛學姊近距離地注視學長、想像在作畫過程中他們可能會聊的事，我

便不由得怒火中燒。

「學長沒答應。」我沒有看小宛學姊的臉，雙手緊緊抓著窗臺邊緣，「他覺得那樣很奇怪。」

小宛學姊慢慢地坐回椅子上。

「那我畫伊甸園好了。」半晌，她開口，聲音略帶哽咽。

我的心隱隱作痛，不知道是因為學長出乎意料答應了小宛學姊的要求，還是因為我騙了小宛學姊。

我為自己醜陋的心思感到可怕，對小宛學姊來說這是最後的機會，我卻親手毀掉了，只因為那份自私。我不喜歡學長被另一個女孩子注視那麼長的時間，也不喜歡他們單獨相處。

到頭來，我和徐安安說的一樣，是個假好人。

第八章

社團成果展順利結束，所有高三生正式停止一切社團活動。

小宛學姊的展出作品如她所說，正是伊甸園。夏娃拿著蘋果站在樹下，亞當則站在夏娃後方，整幅畫充滿了強烈的色彩，所有顏色都是鮮豔的橘紅黃，依然很有小宛學姊的風格。

站在那幅畫前方，我感到非常難過，可是我並不後悔。若今天展出的是學長的肖像畫，我會更難過，所以我一點都不後悔。

正因如此，我才難過，我討厭這樣的自己。

✦

天氣逐漸回暖，我趴在欄杆邊感受陽光，並偷瞄著學長。

「好多人。學長在下面嗎？」徐安安難得主動尋找學長的身影。

「在那邊，第二個籃球架下面。」

「我沒看到。」徐安安搖頭。

「我也沒看到。」杜小娟搭上我的肩膀，「啊，就是張瑞德旁邊那個嘛。」

「沒錯。」我又指了指學長所在的位置，徐安安依然搖頭。

「安安沒看到是正常的啦。」杜小娟像是明白了什麼，我們兩個疑惑地看著她，她得意地笑，「不是都說喜歡的人會閃閃發亮嗎？即使世界是黑白的，妳也會在他身上看見色彩，即使他在人群之中，妳還是能第一眼就瞧見他。」

「可是學長沒有在發光啊。」

「這是比喻啦！所以，安安妳看到學長了嗎？」

徐安安瞇著眼睛搜尋，最後兩手一攤。

「那雁子，學長在哪裡？」

「就在那裡呀。」我覺得很明顯。

「妳什麼時候視力這麼好了？」徐安安一臉狐疑。

「所以說，不是他眞的在發光，而是妳的目光會自動鎖定他。」

杜小娟一副戀愛大師的架式，但我和徐安安都發現了她話中的破綻。

「剛剛好像有另一個人也找不到學長。」徐安安開口。

「卻能馬上找到張瑞德。」我接口。

杜小娟滿臉通紅，支支吾吾地辯解是因為她和張瑞德認識很多年了。

我和徐安安互看一眼，同時露出微笑。

看來，杜小娟戀愛了。

「妳和學長目前到底怎麼樣了？」徐安安突然問我，我不明白她的用意。

「妳這個呆子，Emma學姊那麼幫妳，現在小娟還和學長最好的朋友交情那麼好，妳怎麼就這麼不懂得利用機會？」徐安安用力推了我的腦袋一下。

我不是沒想過這些，然而又覺得像現在這樣就好，至少學長知道我是誰。要是我想更進一步，學長卻拒絕了，那該怎麼辦？到時如果他不再看我畫的漫畫、不再出現在二樓陽臺、不准Emma學姊幫我打聽情報，那我就連偷看他的機會都沒有了。光是如此想像，我就不禁害怕，那樣太慘了。

「不然我約張瑞德出去，然後叫他帶學長一起來，Emma學姊和妳還有安安也一起，妳覺得怎麼樣？」杜小娟靈機一動，接著馬上朝樓下大喊張瑞德的名字，我緊張地想摀住她的嘴巴，可是張瑞德已經揮手回應了。

「我不要，妳是想看我害羞致死嗎？」我紅著臉生氣地說，杜小娟調皮地笑了笑，也對張瑞德揮手。

「好啦，妳眞的很膽小耶。」杜小娟揶揄。

我要求杜小娟別在張瑞德面前亂說話，否則就跟她絕交，她敷衍地答應。

她不懂得因爲太喜歡一個人，所以害怕改變的那份擔憂。

說我膽小或不夠積極都沒關係，雖然有些人認爲被拒絕又不是世界末日，但學長幾乎等同於我的全世界，等同於我向前的動力。

如果他拒絕我了，我的世界就會瓦解。

我寧願一直偷偷看著他，也不願親耳聽見他拒絕我。

所以我嫉妒小宛學姊，也羨慕她，至少小宛學姊有說出口的勇氣。

當我們的注意力再次回到籃球場上時，學長他們已經不見了。

「安安，學長和張瑞德呢？」我問，徐安安只是聳肩。

「我不知道，我又看不見會發光的他們。」她翻著手裡的書。

我和杜小娟繼續尋找他們的蹤影，同時一搭一唱地哼起校歌，不久，徐安安突然猛地拍了我的屁股。

「很痛欸，安安，快，一起唱嘛！」我笑著回頭，卻看見學長。

他和張瑞德不知何時站在了我們身後，杜小娟還在大聲唱著校歌，不忘叫我跟上，我用力地扯了下她的裙子。

「幹麼啦？」杜小娟轉過身想打我，接著也傻住了。

「妳們眞的很愛唱校歌。」張瑞德和我說，學長笑了起來，我的臉瞬間漲紅，腦袋徹底打結了。

「怎……怎麼了？」杜小娟率先開口，顯得有些緊張。

「妳剛剛不是對我招手？我以爲妳是要我上來。」張瑞德聳聳肩。

我不敢看學長的臉，又忍不住用眼角餘光偷瞄他，他絕對正在爲我的反應竊笑。

「對了，我介紹一下，這是徐安安，她是一年級的第一名，是才女喔！另外，她男朋友的名字和蔡政宇學長很像。」杜小娟站到我和徐安安中間，簡單介紹。

「蔡政宇，你的名字也太菜市場了吧。」張瑞德推了學長一下。

「你也可以說是受歡迎。」學長痞痞地說。

天啊，學長的聲音就在我耳邊，他的人就站在距離我不到十步的地方。

我彷彿快要窒息，心臟也好像快跳出來，根本什麼也無法思考，連抬頭都做不到。我非常緊張，牙齒不斷打顫。

「這位是沈雁，她是美術社的，畫畫很厲害，也有在畫漫畫，我們都叫她雁子。」杜小娟將我稍微往前推，並且把手放在我的背上，想緩和我的情緒。

我把頭垂得更低，盯著自己的鞋尖，一句話也說不出來。

「我早就知道沈雁了，不用介紹也沒關係。」張瑞德意有所指，我頓時羞窘無比，內心又搔癢難耐。

「我們同一間補習班。」沒想到，學長開口了。我瞬間抬頭，對上學長的眼睛。

徐安安和杜小娟低低笑了聲，用眼神示意我加油。如果眼睛和頭髮也會因爲害羞而發紅，那我現在一定整顆頭都是紅的。

「所以你們都對雁子有印象？」也許是看出我眞的太過緊張，徐安安一反常態地主動找話題。張瑞德理所當然地點頭，而學長只是瞧著我，沒有說什麼。

我的眼眶溼溼熱熱的，明明並不悲傷，卻很想掉眼淚。

「對了，之後我們一起出去玩好不好？」杜小娟提議，然而此時劉旻文走了過來。

「沈雁，跟我去找老師。」

「劉旻文，你自己去啦。」杜小娟不滿地搶在我之前回答。

「美術老師要找沈雁。」劉旻文的目光冷峻，讓杜小娟愣了下。不等我說話，他便拉起我的手往樓梯走。

我回過神，立刻甩開，「我自己會走。」

劉旻文惱怒地轉頭，以不悅甚至是責難的語氣說：「妳幹麼臉紅？而且妳根本不是那麼安靜的人，那種做作的樣子噁心死了。」

我驚愕地瞪著他，不敢相信這種難聽的話居然出自他的嘴裡，況且學長還在，爲什麼要讓學長看見這麼尷尬的場面？

「關你什麼事？你講話很過分。」我顫抖著聲音，感覺周遭的人都在注意我們。

「那根本就不是妳。」劉旻文靠向我，我往後一退。他的目光炙熱無比，我覺得十分不自在。

「這不重要。美術老師找我幹麼？」

他停頓一下，坦白地說：「我是騙妳的。」

「你有問題啊？」我大喊，直接轉身。因爲他莫名的謊言，讓我錯過了認識學長的機會，這實在太可笑了。

沒想到劉旻文再次拉住我，我一個踉蹌往他懷裡摔去，而他抱住我。我渾身起了雞皮疙瘩，連忙推開他，劉旻文差點因此摔到樓梯下，幸好及時抓住了扶手。

我什麼話都不想再說，只是忿忿瞪了他一眼，而後轉身便見學長盯著我，臉上的神情複雜難解。

「妳就這麼喜歡那個學長？」劉旻文喊。

學長睜圓了眼睛，張瑞德張大嘴巴，並用手肘頂了學長一下，杜小娟和徐安安則顯得不知所措。

我望著學長，感覺自己的臉龐逐漸發熱，眼眶也溼潤起來。如果要跟學長告白，也不該是在這種情況下，我覺得自己對學長的心意被劉旻文踐踏了。

我憤恨地轉頭叫劉旻文閉嘴，但他絲毫不在乎我的感受，再次走來，並挺直身子大聲說：「我喜歡妳。」

四周看熱鬧的人發出驚呼，原本待在教室裡的人也跑出來，我徹底紅了臉，不是因爲害羞，而是因爲難堪。

「你……你說什麼？」我開了口，才發現自己的聲音在抖。

「我說，我喜歡妳。」劉旻文堅定地重複，周圍又是一陣騷動。

「好，我們知道了。」杜小娟和徐安安適時出現，徐安安用手蓋住我的眼睛，杜小娟則拉著我回教室。

雖然眼睛被遮住了，但是途中我撞到了一個人，我知道那是學長。

我拉開徐安安的手轉過頭，正好看見學長和張瑞德的背影，他們往樓梯下走去，和走上來的劉旻文擦身而過，劉旻文停下腳步怒瞪學長，張瑞德的表情也轉爲防備。

「劉旻文，你有病！」杜小娟氣急敗壞。

她是代替我喊的。

我從來沒有這麼生氣過，也沒有這麼難受過，學長並不喜歡我，我單方面的感情已經足夠造成他的困擾了，如今劉旻文又刻意挑釁學長，學長肯定會認爲我的存在很煩人。

我過了好一會才意識到自己掉眼淚了，只覺周遭的人都在看笑話，這件事絕對會很快傳遍整個學校。

學長拍了拍張瑞德的肩膀，張瑞德顯然對劉旻文的態度十分不滿，不過還是沒說什麼，於是劉旻文只能站在樓梯口，瞪著學長他們下樓。

我很想過去賞他一巴掌，但我必須克制，不能再鬧更多笑話了。我忍住怒氣，在自己的位子上坐下。

「我會去跟張瑞德和學長道歉，雁子妳不要擔心。」杜小娟坐到我前面，徐安安抽了張衛生紙幫我擦乾眼淚。

劉旻文走過來，徐安安立刻擋住他。教室外擠滿了圍觀的人，就連班上的同學們也和我們拉開一些距離，一副看好戲的樣子。

「我剛剛說的都是眞的，但很抱歉，我太衝動了。」劉旻文的確語帶歉意，卻難掩傲氣。

我該說什麼？我能說什麼？

太多複雜的情緒在心中翻騰，我只能怒視劉旻文。

杜小娟似乎想罵些什麼，然而徐安安制止了她。

「你不該讓雁子爲難。」徐安安冷靜地說。

劉旻文默默點頭。

徐安安嘆了口氣，「沒有誰有錯，要上課了。」

回座位前，劉旻文再度投來目光，其實我看不清楚他的表情，不過還是能感受到他的沮喪。

「怎麼會誰都沒有錯？他做錯了啊！」杜小娟生氣地說，一副恨不得過去打劉旻文的樣子。

「他只是喜歡雁子而已。」徐安安壓低聲音，我無法接受這個理由，卻能理解，因爲我也爲了獨占學長而欺騙小宛學姊。

劉旻文很惡劣，可是我和他一樣。

在愛情之中，沒有誰是比較高尚的。

這件事果不其然傳遍了校園，成爲大家的八卦焦點，只是傳到後來事實被扭曲了。我不想再管，也希望學長不要管。

小宛學姊想必聽聞了，因此即使三年級學生已經停止所有社團活動，我還是不敢踏入美術教室。我也不敢見學長，連去補習班上課，我都故意坐在教室最後面，下課後更刻意等同學都走得差不多了才離開。

我討厭劉旻文，這是我現在唯一的想法，但我的心在拉扯。就如所徐安安說，他只是因爲喜歡我，然而我仍無法不感到憤怒。

這段期間，Emma學姊曾經來找過我，她看起來略顯憔悴，總是聊著其他話題，似乎刻意避談這件事。

某天，放學後我和Emma學姊坐在大禮堂裡，我可以看見籃球場上的學長和以前一樣打著球，雙眼的視線卻有些模糊。

「雁雁，我不知道該說些什麼。」

她的語氣不如以往開朗，因此我相當不安。難道她是要說，學長因為那天的事而討厭我了嗎？

學姊拉起我的手，我想學長肯定說了什麼，只是善良的她說不出口。

「學姊，沒有關係，妳可以告訴我的，我做好心理準備了。」我吸吸鼻子，坐直身體。

Emma學姊眼眶泛淚，「我……要回美國了。」

「什麼？妳不是說畢業後才會回去嗎？」

「情況有變，我爸爸提早調職，所以……」

「妳什麼時候要走？」我無比震驚。

「就快了。」學姊淚如雨下，我也跟著掉淚，我明白她有多捨不得。

「那妳高中的學業怎麼辦？還有妳的朋友？還有……」我焦急地問，一切好不真實，離別來得太快了。

「這些不重要。」學姊抓住我的手，「我答應過妳，在去美國前要促成妳和蔡政宇在一起，所以我很著急。」

「這沒關係的。」都這種時候了，學姊居然還在為我著想。

「不是，不是那樣，」學姊搖著頭，漂亮的眼睛裡充滿淚水，「因爲我答應過，所以我才急，我想在離開前看見你們在一起，我……」

我看著學姊。

到底怎麼了？爲什麼學姊會如此激動？

「我聽說了那件事，就是有人對妳告白，還挑釁蔡政宇，所以我直接去問了蔡政宇。我問他對妳有沒有好感，有沒有可能跟妳在一起。」

我渾身緊繃起來，屏息等待著學姊接下來的話。

「他說……妳很可愛、也很單純，不過對不起，他喜歡的是程雁……」

這一瞬間，我心痛不已，這份疼痛甚至令我相信，人可以因爲心痛而死。

我很愛哭，可是聽到這番話時，我的表情卻平靜得連我自己都覺得不可思議。

難過不見得要掉眼淚，掉眼淚只是其中一種宣洩的方式。

如果哭了，我害怕這份心痛的感覺會隨之逐漸淡去。

我不知道自己有多喜歡學長，但是學長爲我帶來的任何感受我都想留下，即使是深深心痛的感覺，我也想珍惜。

「這沒什麼好道歉的，我早就知道了。」我撒了謊，其實我曾經有過期待。

我拉起Emma學姊的手，努力擠出一個微笑，然後帶著學姊往美術教室走。

「新的美術教室很漂亮吧？連油漆的味道都還沒散掉。」我架好畫架，接著打開畫具專用櫃拿出炭筆，仔細地削了起來。

「雁雁……」

「學姊，妳坐在這裡，等我一下就好。」我拉過一張椅子給學姊，她不安地坐下。

「雁雁，妳沒事吧？」

「我很好。」我回答。

準備完畫具，我從櫃子裡取出一張白紙，放在畫架上。

「Emma學姊，我很感謝妳，無論是在畫畫還是戀愛方面，妳都給予了我很多幫助。」

我注視著學姊，鼻子一酸，眼淚就這樣滑了下來，「現在我要送妳一份禮物，請問妳願意讓我畫妳嗎？」

Emma學姊雙手摀住嘴巴，臉頰因爲哭泣而微微紅了起來。她點頭，眼淚隨著她的動作滑落。

「那妳要笑喔。」我揚起帶淚的笑容，Emma學姊也笑了。

我仔細看著Emma學姊的臉，因爲或許很快就再也看不到了。她的臉龐輪廓立體，有著漂亮的尖下巴，還有寶石般燦亮的琥珀色眼睛，褐色的髮絲相當柔順。她微微抬首呈四十五度仰角，露出美麗的笑容。

學姊保持微笑坐在那裡，帶著春天氣息的暖風吹了進來，令窗簾隨風飄揚。在這樣的背景襯托下，學姊簡直宛若天使。

「學姊，妳好漂亮。」畫完之後，我將畫交給學姊，裡頭的學姊笑容滿面，陽光灑落在她的身上，如夢似幻。

「妳把我畫得太美了。」她哭哭啼啼地說，伸手抱緊了我。

幾天後，Emma學姊便離開了。杜小娟和徐安安一時也難以接受，管樂社更是因爲少了副社長而陷入混亂。

我一樣每天上課、吃飯、補習、畫畫，只是做任何事情都像是少了什麼，提不起勁。徐安安和杜小娟始終陪在我身邊，我卻依舊像個空殼。

我時常會想起Emma學姊，包括那漂亮的琥珀色眼睛，以及身上熊寶貝衣物柔軟精的香氣，還有那親切的微笑、熱情的幫助。

她曾經給我一個也許能和學長在一起的夢想，我一輩子都會記得這位美麗的混血兒學姊。她的存在有如一場美夢，帶來希望，也帶來失望，我會永遠想念她。

我不像鄭令宜，即使被學長拒絕了，我還是繼續去補習班上課，卻刻意躲著學長。我總是偷偷看著他，他和張瑞德都不會發現我，我可以把自己隱藏得很好。

我也依舊會趴在欄杆邊，雖然學長再也沒有出現在陽臺，不過至少還是會去打籃球。劉旻文有時也會跟我一起站在欄杆邊，他從沒開口說過什麼，我也沒理過他，僅是每天看著學長，倒數著暑假的到來。

學測成績出爐後，小宛學姊確定考上了知名的藝術大學，而我沒有去恭喜她。自從欺騙她後，我始終逃避著她，彷彿這樣就不用面對自己說謊的事實。

補習班裡，高二班級的上課氣氛也開始變得沉重，他們經常在寫模擬試卷。有時經過落地玻璃窗前，會看見學長眉頭深鎖盯著試卷，但我總是很快轉過頭，避免被學長發現，造成他的困擾。

隨著時間流逝，我漸漸覺得，曾經跟學長那麼接近的記憶好像都是假的，雖然嚴格說起來，我並沒有和學長說過話，只是差一點就能成爲朋友。

我知道只要我肯開口，杜小娟就會拜託張瑞德帶著學長過來，可是我不敢。也許什麼都不做，就能令這份喜歡的心情慢慢被沖淡，至少我是這麼想的。

這天補習班下課後，我依然等大家都離開了，才收拾東西朝電梯走去，卻意外見到學長站在公布欄那裡，於是我立刻轉身逃進廁所。

被那樣拒絕後，我已經無法再次承受與學長對眼的痛苦。

我多等了十幾分鐘才探頭出去，學長已經走了。我鬆了口氣，離開補習班前往公車站，卻遠遠望見劉旻文在站牌旁，頓時不由得眉頭一皺。

會變成如今的局面都是他的錯，要是他沒有亂告白，或許我和學長還能成爲朋友。

我走到公車站，並沒有理他，而是逕自坐到椅子上。劉旻文摸摸鼻子，在我旁邊坐下，我瞪了他一眼，卻瞧見他手裡抱著媽媽。

「媽！牠已經完全長大了呀。」我開心地伸手，卻馬上驚覺不對，清了清嗓子別過頭。這傢伙心機眞重，想用貓咪來討好我。

「沈雁。」劉旻文喚了聲，故意把媽的前腳放在我的手臂上。

這實在太犯規了，怎麼可以打這種溫情牌？

「沈雁，妳不要再生氣了好不好？」劉旻文哀求，將嫣放到我的大腿上。

我努力克制想摸嫣的衝動，但是嫣對我喵喵叫著，不斷用鼻子頂我的手掌討摸。

好吧，我投降了。

「嫣，好久不見，妳好嗎？」我搔著嫣的下巴，嫣舒服地瞇起眼睛，而劉旻文一副鬆了口氣的樣子。

「我沒有原諒你。」我冷冷地對他說，「但我不想再冷戰下去，算了。」我抬起頭，劉旻文的表情很複雜，像是想哭又像是想笑。

「你幹麼？」我有點被他的表情逗樂了。

「沈雁，我眞的很抱歉，我以後不會再那樣了，妳也別再不理我好嗎？」劉旻文誠懇地道歉。

「永遠不要再那樣。」我低聲說，劉旻文沒有說話。

直到公車來了，我才將嫣交給他，他拉著嫣的前腳揮啊揮的說再見，我扯出一個微笑。上了公車，我坐到最後面的老位子，看著前方學長常坐的位子，瞬間淚眼婆娑，而劉旻文待在站牌旁目送我。

看著劉旻文就像看著我自己，所以我無法對他視而不見。雖然我明白，如果想讓他死心，那就不該理他，以免讓他有所期待。

但……或許是出自虛榮心吧，在我這麼痛苦的時刻，我希望他繼續喜歡我。讓我知道還是有人喜歡我，我並不是沒有價值。

因為即便沒有劉旻文攪局，學長喜歡的依然是程雁。

永遠不是沈雁。

✦

畢業典禮當天，一、二年級各班必須指派五個人參與典禮，我便是其中之一。

典禮結束，我瞧見小宛學姊正在與其他人合照，於是趕緊離開禮堂，免得和她打照面。之後，我獨自前往美術教室，小宛學姊那幅伊甸園高掛在牆上，十分鮮豔美麗。

這個主題一定比畫學長好，我暗暗安慰自己。

突然一聲雷響，天空很快被烏雲籠罩，下起了大雷雨。

「糟了，我沒有帶雨傘……真是的。」我喃喃自語，挨到窗邊，看著外頭的滂沱大雨。

「這種雷陣雨一下子就會停了。」

我被這輕柔的聲音嚇了一跳。小宛學姊是什麼時候來到美術教室的？

「小宛學姊……恭喜妳畢業。」我尷尬地說，不自在地將一側的髮絲勾至耳後。

「謝謝。」學姊微笑，「妳喜歡這幅伊甸園嗎？」

「當然，畫得很美。」我站在原地，乾澀的喉嚨使我吞嚥困難。

「我啊，一直都畫著神話中的事物、畫著不存在於現實的東西，」小宛學姊將畫拿下來，抽出畫紙捲起，「所以在畢業前，我才希望能畫蔡政宇，以證明他的存在不是夢，證明我這兩年來暗戀的心情不是虛假的。」

我感到胃部一縮，冷汗從額角流了下來。

「雁子，妳不想幫忙可以直說，爲什麼要搞小動作？」小宛學姊依舊面帶微笑，「原來妳和蔡政宇認識，聽說是三角關係？妳一定在心裡嘲笑我，對吧？」

「沒有，我眞的沒有，我和學長不是那種關係。」我連忙解釋，小宛學姊聽到的傳言想必不是眞實情況。

「那妳說，妳有沒有騙我？」小宛學姊問，我答不出來。

即使她所聽聞的與事實有差距，我仍是欺騙了她沒錯。

「妳也喜歡蔡政宇對吧？爲什麼不告訴我？爲什麼他明明已經答應要當我的模特兒，妳卻騙了我？」小宛學姊冷笑，一字一句如利刃般刺著我的心。

雷聲轟隆作響，撞擊著我的心臟、衝擊著我的腦袋。

我開口想說些什麼，可是一點聲音都發不出來。

「妳應該知道這件事對我來說有多重要，我氣的是妳騙我，氣的是妳搞小動作，這是我這輩子唯一的機會，但妳殘忍地破壞了。」小宛學姊流下眼淚，「連我的心情都不懂，妳有什麼資格畫畫？」

我的心猛然一震。

「因爲妳，我也許將永遠無法從我的高中生活畢業，這全是妳害的，學妹。」小宛學姊冷冷說完，離開了美術教室。

我嫌惡起自己，不是因爲小宛學姊的話點醒了我，而是因爲我一直都知道這件事對她來說有多重要，可我還是選擇毀掉她的夢想。

喜歡一個人的心情是那麼簡單，爲什麼我卻把事情弄得那麼複雜？

爲什麼最後我會變得討厭喜歡學長的自己？

這場雷雨下得再大，也無法沖走我心中的髒汙。

✦

暑假前一天，我和杜小娟、徐安安坐在福利社附近的長椅上喝飲料，享受升上高二前最後的悠閒時光。三三兩兩走進福利社的學長姊們個個臉色蒼白，我想他們大概快被沉重的課業壓垮了。

「雁子。」徐安安驀地用手肘頂了我一下，我往她示意的方向看去。

學長和他的同學走了過來，他的同學看了我一眼，似乎小聲對學長說了些什麼，但當學長轉過頭發現是我後，便迅速移開目光，直接踏進福利社。

難過的情緒逐漸擴散，學長無視我的態度，令我又瞬間對自己感到十分厭惡。

「回教室吧。」既然學長不想看見我，我也不願在這裡惹人嫌。

杜小娟和徐安安滿臉心疼，之前我把事情都告訴她們了。

Emma學姊的離開，加上學長的拒絕，讓一切希望都破滅了，我的勇氣蕩然無存。

我失去了動力，杜小娟她們也不知道該怎麼幫我。

「妳實在太喜歡學長了，才什麼都不敢做。」杜小娟這樣說。

我無法反駁，我始終躊躇不前，卻又妄求太多。

因爲太喜歡，所以也太在乎他的想法。

我們一起返回教室，過了一會兒，外頭出現騷動，杜小娟趕緊喊我並指了教室外面。

走廊的欄杆邊站了一排男生，有些是隔壁班的，不過其中一個人是學長。

「雁子，我們快出去。」杜小娟拉著我，我甩開她的手。

「我不要。」

「幹麼？學長在外面耶。」

「剛剛他刻意避開我的視線，現在這樣……」我不知道學長究竟想怎樣，但我不想再自作多情。或許他是要找別人，也或許他只是忘記我的教室在這層樓。

無論徐安安和杜小娟怎麼勸我，我都不肯出去，十足的意氣用事。

學長和他的朋友們直到鐘響才離開，徐安安說她願意以性命擔保，剛才學長盯著我看。

我不願意相信，我已經被拒絕了，不會再抱持妄想。

我只擔心我的感情會再次造成學長的困擾，並且暗自慶幸劉旻文不在，不會來添亂，我實在無法再承受一次讓學長對我降低評價的風險。

後來，每當我回想起高中生活，印象最深的不是學長喜歡的女孩和我的名字相似，也不是他拒絕我那時的悲傷，更不是當我知道他離開時的心痛。

而是趴在欄杆邊偷看學長的日子。
內心忐忑不安、小鹿亂撞，在欄杆邊偷偷看著學長。
高中三年，深深烙印在我的記憶裡的，就是那段時光。

第九章

暑假期間，補習班的課程繼續，即將升上高二的我改到高二教室上課，而我選了學長以前坐的位子。升上三年級的學長也換到樓上的教室了，因此就算不刻意閃躲，我也很難在補習班見到他。

杜小娟不只一次表示，她和張瑞德關係還是很好，只要我願意，她隨時都能拜託張瑞德約學長出來，但我總是婉拒她的好意。

這不是矜持，也不是放棄，我不明白自己的感覺，也許是因爲學長那句話眞的傷到我了。

我開始避免談論學長，總是默默傾聽徐安安說羽毛球社和與蔡正于之間的事，或者聽杜小娟說她和張瑞德的相處點滴，每當她們兩個暫停話題看我時，我就會講起補習班及課業方面的問題。

「八月初我和蔡正于會參加社區舉辦的羽毛球賽，妳們要不要來看？」徐安安問，我們正待在飲料店翻閱這期的雜誌。

「既然安安都開口了，哪有不去的道理？是吧。」杜小娟開心地笑，我也點頭。

「比賽地點在我家附近那所小學的活動中心，雁子，妳和小娟要一起來喔。」徐安安說，她的模樣似乎有些憔悴。

「當然。安安，妳是不是身體不舒服？」

「怎麼這樣說？」徐安安摸摸自己的臉頰。

「妳好像瘦了一點，沒事吧？」杜小娟打量著徐安安，她的確瘦了。

「妳們想太多了，總之妳們一定要來。」徐安安說完就低下頭繼續看雜誌，我和杜小娟面面相覷，並不覺得是我們想太多。

但徐安安不願意說的話，無論怎麼逼問也是徒勞，因此我們只能等她自己開口。

✦

雖然我和徐安安念同一所國中，彼此居住的社區卻距離很遠，有時候我眞的覺得學區的劃分方式挺怪。

「如果安安知道我們遲到，一定會不開心的。」我無奈地說，我們坐在觀眾席，徐安安已經在場上了。

「這給妳。」杜小娟從自己的大包包裡拿出紅色的大聲公。

「妳是爲了準備這個才遲到？」

「嘿嘿。」杜小娟吐了吐舌頭，然後扯開嗓子高喊加油，徐安安卻因爲杜小娟的喊聲而漏接球。

「她在瞪妳啦。」我趕緊搶下大聲公，徐安安本來就不喜歡受人注目。

「哇，蔡正于，加油！」

旁邊的女孩子喊著，我趕緊朝場內看。

難道學長也來了？

「她們應該是在幫安安的蔡正于加油。」杜小娟在我耳邊輕聲說。

我無力地垂下肩膀。說的也是，學長怎麼可能會來這裡。

同樣在場上的蔡正于對我旁邊的女孩們揮手，這讓我感覺有些不對勁，卻又說不上來是哪裡不對。她們熱切地回應蔡正于，還興奮地尖叫，彷彿見到了偶像。

徐安安打球時不太專心，頻頻失誤。

「安安怪怪的。」杜小娟說，我用目光示意她看旁邊那些女孩子。

杜小娟點點頭，徐安安是被那些女孩影響了，而我們有不好的預感。

後來徐安安和蔡正于組成的男女雙打得到了第三名，不過徐安安顯然一點也不開心。我和杜小娟跑下去恭喜她，努力地搞笑試圖讓她打起精神，徐安安卻只是看著另一邊被女孩子包圍的蔡正于，我們注意到其中有個女生和他特別親暱。

「他班上的同學跑來看。」徐安安低聲說，「而且是大老遠跑來。」

她的語氣裡流露出不快，蔡正于和那些女孩子笑鬧著，而有幾個女孩不時往這瞥來，眼神帶有敵意。

「妳比她們漂亮一百倍。」杜小娟肯定地表示，徐安安只是淺淺一笑。

其實這和漂不漂亮一點關係也沒有，但我們也只能用這種話來安慰。

徐安安說要先去歸還比賽用的識別號碼牌，離去的背影明顯有些消瘦。
「我第一次看到安安露出那種表情。」徐安安走遠後，杜小娟擔心地說。
我的心中莫名不安，因爲我也是第一次看到她這樣。
「蔡正于，過來。」我高喊，「我們請你跟安安吃好料的！」我故意用大家都聽得見的音量說。徐安安一直以來都不是多話的人，卻很少如此沉默，所以我必須幫幫她。
「可是我們班的女生要請我吃東西。」蔡正于一副爲難的樣子。
「你白痴啊，不陪女朋友陪朋友？」我吼了一句，那些女生頓時安靜下來，個個瞪著我。
「幹麼這樣說話，她剛轉學過來，總要多照顧人家吧？」蔡正于指著和他特別親暱的那個女生。
「你是故意的還是裝傻？」我不敢置信，而蔡正于露出不高興的表情。他已經不是我國中時認識的那個人了。
「沒關係，陪你的朋友吧。」徐安安不知何時走回我們身邊，平靜地說。
「怎麼……」杜小娟還想說話，被徐安安制止了。
「不然我們一起去吃？」蔡正于提議。
「不用了。」徐安安說完便轉身離開，我和杜小娟急了，瞪了蔡正于一眼後追上徐安安。
離開前，我又回頭看了蔡正于，他依舊和女孩子們嬉笑著，那不在乎的樣子，跟國三畢業那天準備告白的緊張背影有著天壤之別。

事已至此，我和杜小娟只好使出渾身解數想讓徐安安開心點，然而她只是淡淡地說：「謝謝妳，雁子，妳面對妳的愛情時一點也不勇敢，卻爲了我站出來說話。」

我頓時覺得好想哭。

一起吃完飯後，我和杜小娟目送徐安安離開。她的消瘦想必就是由於這個原因吧。

後來，徐安安沒有再提這件事，她只說她不想談。

開學後，學長鮮少出現在籃球場上了，我和學長的距離似乎越來越遠，有時候想著心裡就一陣酸苦。但只要知道學長還在樓下的教室，還在同一所學校，我便覺得好多了。

「現在發下去的是畢業旅行地點的調查表，大家勾選好想去的地方後，再交回來給我。」劉旻文在講臺上說。

我看了一眼，選項果然是墾丁跟花蓮，杜小娟直嚷著沒有創意。

「我要選墾丁。」說完，徐安安在墾丁這個選項的方格中打勾。

「那要玩水耶，妳不是不喜歡？」徐安安一向喜歡安靜的地方，好山好水的花東應該才是她會感興趣的。

「我們畢業旅行的時間和蔡正于的學校一樣，他們決定去墾丁。」徐安安的語調毫無起伏。

我和杜小娟除了訝異還是訝異，她不是會黏男朋友的類型，這段日子又發生什麼了嗎？

「妳和蔡正于……怎麼了？」猶豫了一會，我還是開口了，徐安安已經六神無主好一陣子，這不是我認識的她。

「我覺得他想花心吧。」徐安安自嘲地笑了笑。

杜小娟立刻大叫：「爲什麼？有妳這麼漂亮的女朋友，他還想偷吃？」

「我發現妳的想法比雁子還不切實際。」徐安安瞪著杜小娟，「我不喜歡聽到人家說『妳那麼漂亮』之類的話，好像我不用努力，光靠外表就可以了。」

「我沒有這個意思，我只是覺得蔡正于不知好歹……」杜小娟顯然嚇到了，她急忙想解釋，徐安安卻抬手表示不想聽。

「好啦，那我們也選墾丁。」我趕緊打圓場。徐安安正在氣頭上，說什麼話都會傷人，而杜小娟是一根腸子通到底，發言老是沒經過大腦，不如別再多說。

兩個人的眼眶都有些溼潤，我知道她們都不是故意的。

沒想到，最後調查的結果是花蓮高票獲選，徐安安因此不高興了一個禮拜。她開始常躲在女廁偷用手機講電話，我和杜小娟雖然心疼，卻無能爲力，只能看著徐安安的臉色一天比一天差。

「我們去找蔡正于談談吧。」杜小娟不只一次這樣說。

「妳知道安安的個性，她會不開心的。」我也不只一次這樣回答。

結果，我們什麼都不能做。

愛情是兩人的世界，他人永遠無法干涉。

✦

三天兩夜的畢業旅行終於到來，第一站是太魯閣。這裡我至少來過三、四次了，每次都很佩服司機先生的駕駛技術。坐在窗邊絕對是種折磨，山路旁的峽谷深不見底，光是用看的就讓我雙腳發抖。

「沈雁，妳要不要吃？」劉旻文從遊覽車中央的走道過來，手裡拿著巧克力棒。

原本坐在我旁邊的杜小娟霸著麥克風唱歌，早就跑到別的位子去了，徐安安則是一個人坐在最後面，用外套蓋住自己的臉假寐。我沒有漏看她那微微顫抖的肩膀，卻不能過問。

「謝謝。」我接過劉旻文遞來的巧克力棒，他自然地坐到我身邊。

「徐安安怎麼了？」他小聲地問。

「沒想到你也注意到了。」

「她的狀態很不好，這個大家都有發現吧？」劉旻文說，我對他聳聳肩。這不是能隨便和別人說的事。

劉旻文沒接話，也沒離開，我欣賞著窗外的風景。無論來過幾次，壯麗的自然景觀都還是令人不禁讚嘆。

「妳知道嗎？如果在這邊丟一根羽毛下去，它會往上飛喔。」劉旻文指著外面。

「爲什麼？」

「峽谷中的空氣密度不一樣，所以羽毛不會掉下去，就好像螞蟻從聖母峰上掉下來不是會摔死，而是會餓死。」劉旻文講完便大笑，但我沒有任何反應。他又乾笑了幾聲，「很冷，我知道。」

「我覺得還滿有趣的。」我淡淡地說，劉旻文的臉一陣紅，這讓我感到微妙。

「劉旻文，你走開。」杜小娟走回來，用手打了下劉旻文。

「很痛欸。」劉旻文站起身，離去前不忘看我一眼。

「他真的很積極。」杜小娟喝了一口水，然後望向徐安安，「安安是不是在哭？」

我點點頭，徐安安的肩膀依然在顫抖，我們只能裝作沒看見。

下車後，徐安安有氣無力的，提不起精神，我和杜小娟也不知道該說些什麼，只好隨意地拍攝四周的風景，懷著不暢快的心情結束了這天的行程。

回到飯店，徐安安馬上打了電話給蔡正于。房間裡很安靜，能清楚聽見電話那頭蔡正于所在的地方傳來女孩子們的聲音。

「你在幹麼？」徐安安的臉色非常難看。

「我和班上同學在放仙女棒啊！」蔡正于開心地說，絲毫沒感受到這裡降到冰點的氣氛。

「男生還女生？」

「有男有女啊。」蔡正于壓低聲音，大概是走到了別的地方講電話。

「你騙人，我剛剛聽見的都是女生的聲音！」徐安安大喊，我和杜小娟嚇了一跳。我們坐在另一張床上，壓根不敢出聲。

「妳最近很愛無理取鬧，好好的畢業旅行，就不能讓我開心點嗎？」

蔡正于聽起來也不高興了，徐安安卻沒有退讓，繼續跟他爭吵。

老實說，徐安安這麼做並不好，我沒料到她的反應會如此失控，在我心中，她一直都很冷靜、很有想法，想不到面對感情問題也會失去理智。

「如果妳已經不信任我了，那我們講再多也沒有用。」

「是你讓我不信任你的！」徐安安怒斥。

「妳可以不要鬧嗎？」蔡正于的吼聲從電話那頭傳來，「我在畢業旅行，不要掃興好嗎？我要掛了。」

「你敢掛，我們就分手！」徐安安的表情十分可怕，淚水在她的眼眶中打轉。

「隨便妳。」蔡正于說，接著眞的掛斷電話。徐安安大叫一聲，把手機往地上摔，我和杜小娟久久不敢有動作。

突然，我的手機響了，我們兩個嚇了一大跳。我連忙看了眼手機螢幕，是劉旻文。他什麼時候不打，偏偏挑這時候。

「幹麼？」我接起來，沒好氣地問。

「沈雁，要不要來我們的房間玩？」劉旻文那裡非常熱鬧，和我們這邊完全相反。

「不要，你那邊好吵。」我小聲說，一邊瞄著徐安安。

「我們有偷買酒，快點過來嘛。」劉旻文笑得很開心。

「買酒？被老師抓到就死定……」

「我們過去。」徐安安搶過我的手機，講完後就切掉，我瞪大眼睛。乖寶寶徐安安居然要去男生的房間？

「不要去啦，被老師抓到怎麼辦？」杜小娟看著正在穿外套的徐安安。

「已經點過名了，沒關係，妳們不去的話，我自己去也可以。」徐安安打開房門。

我和杜小娟互看一眼，趕緊穿上外套拔起房卡，跟徐安安一起前往劉旻文他們的房間。男生的房間在另一個樓層，我戰戰兢兢，擔心被老師發現，幸好一路暢行無阻，我們很快來到房門前。

「妳們眞的過來嘍。」劉旻文的臉頰微微泛紅，大概是酒精造成的。

「沒錯，我們來喝。」徐安安一馬當先踏進房間，我和杜小娟跟著進去。

裡面的男生都是我們班的籃球社成員，加上劉旻文總共有四人，而徐安安立刻拿起一罐啤酒大口灌下。

「安安！」我搶過她手裡的啤酒，男生們都被徐安安的舉動嚇到了。

「我只喝一罐就好，我發誓。」徐安安伸出手，我不情願地將啤酒還給她，她又灌了好幾口，在另一邊坐下。

「抱歉，她心情不太好。」杜小娟開口，劉旻文他們愣了愣。

「我是不是不該打給妳？」劉旻文小聲地在我耳邊問，我瞪了他一眼。

徐安安這副模樣固然令人心疼，但或許總比讓她悶在房間好。

「我不知道。」我無奈地說。

「我們要回去了，被老師發現就糟了。」等徐安安喝完啤酒，我和杜小娟便連忙攙扶著她離開。

從頭到尾，我們在劉旻文他們的房間只待了不到五分鐘。大概是因爲三兩下就把一罐啤酒喝完，徐安安的臉頰十分紅潤，在回房的路上，她不斷咒罵蔡正于，我們安撫著她，要她冷靜些，而好不容易回到房間後，徐安安從咒罵轉爲大哭。

「就算我們念不同的高中，但每天都會打電話給對方、每個禮拜都會見面，爲什麼距離這麼近，他還是會劈腿？爲什麼我們從國三畢業到現在這麼多年……他卻可以輕易喜歡上別人？我什麼都給他了，全都給他了，他怎麼能……」徐安安歇斯底里地哭喊。

我們誰也沒見過徐安安如此失控，原來這樣一個聰明獨立的女孩，也會因爲愛情而變得脆弱。

「他只是和其他女生玩在一起，並不是劈腿吧。」杜小娟趕緊緩頰，徐安安搖了搖頭。

「對我來說那就是了，當他已經不再把我的感受當一回事，劈腿也只是早晚的事而已，無論如何，我就是這樣認爲。」徐安安態度堅決，滿臉淚痕，「即便我把自己都給他了，他還是轉身得這麼乾脆。」

「你們需要找個時間好好談談……」杜小娟輕拍著徐安安的背，不安地看著我。

「妳不會覺得可惜嗎?」我也對徐安安柔聲說。喜歡的人也喜歡自己，兩人進而在一起，這是多麼不容易的事，我不希望看見他們分開。

「如果早知道會結束得這麼難堪，那還不如停留在他追求我那時候，這樣他在我的記憶中永遠是個美好的人，而不是一想起他，就只有痛苦。」徐安安嗚咽著。

「安安，妳沒有錯。」杜小娟心疼地說。

「是啊，這代表蔡正宇也不過就是那種人，早發現總比晚發現好。」我竭盡所能想安慰徐安安，雖然說出來的話如此無力。

但徐安安蒼白的臉上漸漸展露出微笑。

「是啊，有妳們就夠了。」她擦掉眼淚，「讓妳們見笑了，我想我會和他好好談談，然後分手。」

「什麼?」我和杜小娟愕然。

「我不喜歡現在的自己，也已經無法再信任他，這麼一來，即使對他的感情再深也走不下去。」徐安安聳肩。

「可是妳確定嗎?安安，也許你們只要解開誤會就行……」

徐安安抬手制止我說下去，她的雙頰依然泛紅，眼神卻清澈明亮，「我和妳們不一樣，妳們都對戀愛懷有夢幻的想像，可我不是。愛情既現實又殘酷，上一秒彼此相愛、下一秒形同陌路並非不可能，長痛不如短痛，我寧願果斷地放手，也不要像現在這樣暗自哭泣，卻發現對方一點也不在乎。」

徐安安說得認眞，這一瞬間，我的心中有什麼崩解了。

相愛的兩人都可能分開了，更何況是幾乎毫無交集的我與學長。

跟徐安安和蔡正于相比，我和學長根本不算認識。她把自己給了蔡正于，而我只能給予學長我的感情，這份戀情始終都是單向的。

如果我能踏出暗戀學長的泥沼，也許就能看得更清楚。

畢業旅行回來後，徐安安眞的和蔡正于提了分手，而蔡正于乾脆地答應。

我不免心寒，國中時他是那麼喜歡徐安安，爲什麼會輕易因爲別人的出現而改變？人的感情眞的這麼容易變嗎？

受到這件事影響，我決定不再躲躲藏藏地逃避，並打算向學長告白。

過去我總是依賴Emma學姊的幫助，如今必須靠自己跨出這一步了。

即使學長間接拒絕過我，我還是想親口對他說，我喜歡他。若他當面拒絕，也許我反而能好過一點。

不過，我已經許久沒看見學長了，在學校遇到的機會已經很少，更別說在補習班，如果想找學長，大概只能去他的班上。

於是，我趁著去找美術老師的機會，鼓起勇氣前往學長的教室，然而我在門口東張西望了半天，始終沒找到學長的身影。

子了。

後來去補習班，我特地走到樓上，公布欄那邊沒有學長的上課證，看來他可能請假一陣子了。

「沈雁，這是畢業旅行時拍的照片，妳挑一下。」劉旻文拿了相簿給我，我翻了翻，在照片清單上勾選自己想要的照片。

「妳沒什麼精神。」劉旻文坐到我前面的位子，我繼續翻著相本，只是搖頭，沒有回應。我想他不會喜歡聽見我提起學長。

「好了，就這些。」我把相簿還給他，然後來到走廊，杜小娟和徐安安趴在欄杆邊。

「怎麼啦？」我搭上她們兩個的肩。

「小娟在看張瑞德。」徐安安指著坐在一樓花圃邊讀書的張瑞德，她已經能和我們說笑了。也許她的心中仍有傷口，不過還有我們陪伴著她。

「都三年級了，妳看他整天抱著書拚命啃，也不知道到底讀進去了多少。」杜小娟傻笑著，語氣十分親暱。

我搜尋著張瑞德的周遭，難得沒有學長的身影。

「我發現好像很久沒看見學長了。」杜小娟邊說邊往二樓陽臺望，徐安安則將視線投向籃球場。

「難道他都在教室裡念書？」徐安安說，但我覺得不可能。

我看著一個人念書的張瑞德，感覺十分不習慣。

今天在補習班，我依然沒看到學長的上課證，因此忍不住去問了櫃檯小姐。

「三年級的蔡政宇？他已經沒有在這裡補習了。」

「什麼？」我瞪大眼睛，「這是什麼時候的事？」

「有一陣子嘍。」櫃檯小姐抱著一堆講義往教室走，「妳快去教室吧。」

我不可置信地走下樓，原以爲只是因爲教室的樓層不同，我才會幾乎沒見到學長，想不到學長早就沒來補習了。

爲什麼？不會是因爲我吧，這應該不至於。

我根本無法專心聽老師講課，下課後，我衝到樓上打算找張瑞德，可是三年級的學生已經先走了，教室裡空蕩蕩的，我的心中升起不安。

我想打電話給杜小娟，叫她問問張瑞德，可又覺得自己太小題大作，於是直到隔天上學，我才告訴她們這件事。

「不要想太多，三年級不是有衝刺班嗎？說不定學長是報名了衝刺班，才會很少在學校看見他。」杜小娟安慰我。

「妳還是幫雁子問一下好了，要不然我看她不會心安。」徐安安搖搖頭，於是我們三個前往一樓的教室找張瑞德。

「小娟？怎麼了嗎？」張瑞德的眼睛下方有明顯的黑眼圈。

「沒什麼，只是想問你一個問題，雖然有點奇怪。」杜小娟瞥了我一眼，徐安安要她快問，「好像很久沒見到蔡政宇學長了。」

張瑞德有些驚訝，他看了看我，接著視線轉回杜小娟身上，「蔡政宇他轉學了。」

「什麼？」杜小娟驚呼，「轉去哪裡？」

「正確來說，他是出國留學了。」

腦袋一陣暈眩，我的不安成眞了，但我沒想到學長會說消失就消失。

「爲什麼出國？他不是還沒畢業？」徐安安著急地問。

「想趕在十八歲前吧，當兵很麻煩，不過他也沒拿臺灣的身分證，所以好像也沒什麼差……」

我聽不懂張瑞德在講些什麼，我只知道學長離開了。

毫無預警，一點眞實感都沒有。

我才決定要告白，就得知這樣的消息。

學長和Emma學姊一樣去了國外，但至少我有和學姊好好道別，而面對學長的離去，我卻一點心理準備也沒有。想到這裡，我的眼淚不自覺地滑落。

「哇，沈雁妳哭了？」張瑞德手足無措，徐安安用手擦去我的眼淚。

「也太突然了，我們完全不知情。」杜小娟扶著我另一邊的手臂。

「蔡政宇說不想告訴太多人。」張瑞德聳肩，「而且那時候妳們剛好在畢業旅行。」

我不知道自己是怎麼回到教室的，只知道整個世界好像突然黯淡無光了。

第十章

在那之後，我渾渾噩噩的不知道過了幾天。

「妳之前的樣子就和雁子現在差不多。」隱約間，我聽見杜小娟這麼對徐安安說。此時已經放學，我們待在美術教室裡。

「雁子，請妳哭出來好嗎？」徐安安抓住我的手臂，「哭完會好很多的。」

我輕輕搖頭。

Emma學姊的離開，把我跟學長的一部分交集帶走了，而學長的離開，把我心中的一部分也帶走了。

「我不喜歡看妳這樣，前陣子是安安，現在換妳，我好討厭這個樣子。」杜小娟激動地說，她看起來快哭了，我的視線卻始終無法對焦在她的臉上。

徐安安掉下了眼淚，她一哭，杜小娟也哭了。

「爲什麼明明是很簡單的感情，帶來的傷害卻這麼大？」徐安安哽咽著說，「小娟，妳問問看張瑞德有沒有辦法找到學長。」

「我怎麼可能沒問？可是學長就像人間蒸發了一樣，根本沒和張瑞德聯絡。」杜小娟擦掉眼淚，抓住我的肩膀，「雁子，妳知道潘朵拉的盒子嗎？」

我茫然地搖頭。

「在希臘神話中，潘朵拉禁不起好奇，打開了宙斯交給她的盒子，結果導致焦慮、不安、疾病、黑暗等負面的事物統統跑了出來。潘朵拉嚇得連忙蓋上盒子，所幸盒子裡還剩下最後一個東西，叫做希望。」

杜小娟的眼眶泛著淚水，「所以妳要抱持希望，我不是叫妳傻傻地繼續喜歡學長，但妳要相信總有一天你們會再見面。也許得經過好幾年，可是你們一定會再次相遇，妳看看我和張瑞德，經過這麼多年後不是又重逢了？」

我知道杜小娟是想鼓勵我，眼淚卻仍掉了下來。我再也止不住哭泣，徐安安伸手抱緊我。

不要再給我希望了。

如果當初停留在遠遠偷看學長的階段，我就不會貪心地想要更多，結果拉近距離後才發現彼此之間沒有可能，爲此傷心痛苦，想逃離卻又捨不得。

我很感謝杜小娟和徐安安的幫助，同時也怨懟她們的幫助，因爲這讓我的暗戀無法結束，也不會結束。

不要再叫我抱持希望了，有時候希望也會使人崩潰。

這天，我將學長的照片，以及我畫過的所有關於學長的漫畫，連同粉紅相框全都收進箱子裡，塞到床底下。

以爲看不見，就能遺忘。

◆

「爲什麼爲什麼，這成績是怎麼回事？我明明很努力了呀！」杜小娟拿著剛發下的模擬考試卷，在走廊大聲嚷嚷。

「妳丟不丟臉，是怕大家不知道妳的分數嗎？」徐安安不自覺地一直用手去遮她剪得太短的瀏海。

「難道我永遠沒辦法考得更好嗎？」杜小娟淚眼婆娑看著我。

「拜託妳不要這樣看我，我也不願意每次都考這麼好。」

「妳太囂張了！雁子！」

我們三個笑成一團。

待在教室外的欄杆旁，我習慣性往二樓看去。

那裡站著幾個一年級新生，以前學長常站的位置，現在變成一個小胖子在吃包子。

我笑了一下，現在我可以光明正大地看著樓下了，可是探出頭的那瞬間，我還是會有學長就在樓下的錯覺。

升上三年級後，每天除了念書就是考試，以前徐安安總說高一時要打好基礎，現在看來挺有道理，多虧了當初爲了學長而去補習，再加上認眞學習的緣故，如今念書對我而言並不是太困難的事，至少付出了就能得到回報。

劉旻文拿著一本書從轉角出現，杜小娟低聲說：「我懷疑劉旻文有去偷考卷。」

「為什麼？」我問。

「他太誇張了，他的成績哪有那麼好，妳們知道他這次模擬考的成績嗎？」

「他很認眞啊，他連下課都在念書。」

現在的劉旻文和高一時的他簡直判若兩人，應該說，自從高二下學期後，劉旻文就像變了個人似的，不再調皮搗蛋，連考試成績都一次次在進步。

「可是安安才是班上的第一名，他怎樣念都沒她厲害啦！」當劉旻文走近時，杜小娟故意用他聽得到的音量說。

劉旻文瞪了一眼杜小娟，不過他的脾氣也收斂許多，以前的他肯定會和杜小娟吵起來，如今卻當作沒聽到。

「劉旻文變得太成熟了，不好玩。」杜小娟嘆氣。

「畢竟大家都要滿十八歲了。」

我十分滿意自己的模擬考成績，出題方向我都抓得滿精準的，徐安安則從不在意成績，因為一向好到沒話說，而杜小娟的成績其實也不差，只是自我要求太高。

聖誕節前一天，我們學校舉辦了一場聖誕晚會。為了紓解念書的壓力，我和徐安安決定一起去參加。

中庭裡到處掛滿了五顏六色的燈串，裝飾華麗的聖誕樹擺放在教務處門口，我和徐安安拿著校方準備的麵包和飲料，在夜晚的學校裡散步。

我告訴徐安安，我想到二樓的陽臺看看，徐安安點頭。

雖然現在是夜晚，可是待在二樓陽臺，只要閉上眼睛，我便彷彿能看見陽光灑落在這裡，而學長就站在我的眼前。

我走到學長常待的位置，抬頭往樓上看，發現其實距離並不遠，他應該能感覺到我在看他。如今的二年八班已經不是當初的二年八班了，不過在我心中，它永遠是學長的教室。

「接下來，我們請贊助這次晚會的家長會長說幾句話。」廣播中傳來主持人的聲音，我和徐安安望向中庭。

一名西裝筆挺的中年男子走上臺，溫文儒雅又不失威嚴。

我突然想起，學長的爸爸正是家長會長，不過學長已經離開學校了，所以應該不是他爸爸吧？

但中年男子致詞完畢後，我聽見主持人說「謝謝蔡會長」。

是學長的爸爸。

我的眼眶有些溼潤，覺得似乎可以透過學長的爸爸看到學長。不知道他過得好嗎？

「……教務處門口的木匾也是蔡會長所贈，大家一起謝謝蔡會長。」

教務處門口的木匾？我好像有印象。

「安安，我們去看聖誕樹。」

我們來到一樓的教務處，徐安安打量著快頂至天花板的巨大聖誕樹，上頭掛了許多小卡片，都是學生們寫下的願望。

我的目的其實不是看聖誕樹，我走到教務處門口，只見寫著「春風化雨」四個大字的木匾角落，的確有「家長會長蔡元泰贈」這行字。

我第一次遇見學長就是在這裡，那時我很訝異有人的名字和蔡正于那麼像。

眼淚不知不覺掉了下來，我迅速抬手擦掉。

「走吧。」徐安安轉過身，我對她點頭。

我沒有忘記學長，但沒人知道，我也不打算讓任何人知道。我不想抱持希望，卻仍不免期望，或許有天我們會再次相遇。

✦

劉旻文依然在追求我，我能感受到他的溫柔與體貼。我們的相處方式和以前差不多，只是會一起念書、一同出遊，有時他熱切的視線依舊令我不自在，不過我並不討厭，甚至已經習慣。

「雁子，妳要不要接受他？」杜小娟三天兩頭問我。

「妳應該也喜歡他吧？」徐安安同樣贊成我跟劉旻文在一起，她說劉旻文一定會非常疼我。

「可是……」我確實覺得劉旻文不錯，不過這樣就算喜歡嗎？

我以為的喜歡，應該是看見對方就會臉紅，心跳會快到無法負荷，全身會不自覺發抖，見不到時想他，見到他時又忍不住害羞地移開目光，還總是會下意識找尋他的蹤影……對，就像當初暗戀學長時那樣。

劉旻文不曾帶給我這樣的感覺，可是和他在一起，我的心相當踏實，像是終於踩到了陸地。

「和他交往看看吧，你們兩個那麼相配。」

「對啊，他等妳的答案也等夠久了。」

我搞不清楚她們是以什麼為標準來說我們很相配。

「不要一直講我，妳咧？」我指著杜小娟。

「什麼？我怎樣？」杜小娟退後一步。

「對呀，怎樣？」徐安安也將視線移到她身上。

「我老早就想問了，只是前陣子有太多事情。」

我看了徐安安一眼，她賊笑著搭腔：「是啊，妳是不是喜歡張瑞德？」

杜小娟紅著臉胡扯老師要找她，然後便匆匆忙忙逃跑了。

我和徐安安留在原地大笑，沒想到之前那麼急切想幫我的杜小娟居然如此純情。

「天氣眞好。」徐安安望著天空伸懶腰，我也望向天空。

學長離開後，我常像這樣凝視著天空，幻想在海的另一邊，他也看著相同的天空。

「哇！怎麼辦，張瑞德約我禮拜六去看電影！」下午的某堂下課時間，杜小娟拿著手機興奮地對我們喊。

「這不是很好嗎？第一次約會。」徐安安桌上翻開的運動雜誌停在羽球那頁。

「陪我去！」杜小娟拉住我們兩個的手。

「禮拜六美術社要去寫生。」我擺手。

「我禮拜六有排家教。」徐安安搖頭。

張瑞德考上了南部的知名大學，但依然每個禮拜都回來找杜小娟，有時還會教杜小娟功課，杜小娟也承諾會努力和他考上同一所大學。他們儼然就是一對情侶，只差沒告白而已，所以我和徐安安一點也不想去當電燈泡。

再過不久就要舉辦成果展，因此我更加珍惜待在美術社的時光。以往我從不參加校外寫生的活動，這次卻決定答應。

也許是大家都與我有類似的想法，禮拜六那天，幾乎所有三年級社員都到齊了。社員眾多，我們各自分散到公園的不同區域，老師也並不干涉大家作畫，每個人各畫各的。

我坐在一個角落看著前方的涼亭，涼亭可以算是亞洲國家的公園中的特色建築，所以我決定畫涼亭。

只有畫畫的時候，我才能拋開一切雜念，全心全意投入這屬於我的世界。

大多數的人寫生時，畫裡不會有人物，而是專注於描繪風景，但我總會在畫裡添上人物。畫山的話，我會畫幾個登山客；畫海的話，我會畫衝浪手點綴；畫學校的話，我會把學生也畫進去，畫街道則會畫上行人。我認為畫中必須有人，一幅畫才有生命力。所以畫完涼亭的草圖後，我便習慣性地畫了在涼亭裡休息的路人。

只是我不知道有沒有人發現，我的每幅畫裡的人物，都有學長的影子。

「沈雁，妳這幅畫也畫得很好，妳眞的沒有特地去上過繪畫課嗎？」當我把畫好的作品交給老師時，老師這麼說，「妳可以考慮以後讀美術方面的科系。」

我回以微笑，我確實認眞考慮過大學要念相關科系，並且也在準備作品集了。

交了畫作，我決定在公園裡散散步，卻聽見有人喊我。

「沈雁？」

「劉旻文？你怎麼會在這裡？」我十分訝異，劉旻文為什麼會出現在離他家這麼遠的公園？

「杜小娟跟我約在這個公園，說有大事，結果根本沒看到她的人。」

「她今天不是去看……」說著，我突然明白了，杜小娟是刻意要劉旻文來這裡的。

好啊，改天我一定要拷問她和張瑞德之間的進展。

「你們美術社來這裡畫畫？」劉旻文望著我後方的其他社員。

「是啊，我提早畫完了，所以在閒晃。」

「那我們去走走吧。」劉旻文說，我點頭。

劉旻文聊著他最近看的書，還有班上發生的趣事，而我靜靜聽著。

走到樹蔭下的健康步道時，他突然停下腳步。

「沈雁，妳開心一點嘛，我很久沒看過妳笑了。」

「有嗎？」我覺得自己並沒有不開心。

「如果妳和我在一起，我一定會讓妳每天都笑得很開心。」劉旻文有些不好意思地說，然後脫掉鞋子，踏上健康步道，「好痛喔！奇怪，我的身體應該很好啊。」

他一邊喊痛，一邊繼續在健康步道上往前走。

我望著他的背影，胸口揪了一下。

「你最近成績越來越好，也不再調皮搗蛋了。我聽一年級的社員說，老師們上課時甚至還會拿你來舉例，說了『三年七班的劉旻文以前很皮，但是後來變得很認眞』這類的話呢。」

「是啊，我很努力。」劉旻文依舊走著。

「你爲什麼這麼努力？你想考哪所大學？」我本來也想跟著踩上健康步道，但應該會很痛，所以還是作罷了。

「我在等。」

「等什麼？」

「我在等妳不喜歡那個學長，我在等我追上妳。」

他的話讓我愣住了。

劉旻文轉過頭，那張臉龐不再顯得稚氣，已經有了男人的成熟氣息，「沈雁，妳可以當我的女朋友嗎？」

「劉旻文，你為什麼會喜歡我？」一開口，我才發現自己的聲音有點沙啞。

「我也不知道……就一種感覺吧。」

「你從什麼時候開始喜歡我的？」

「其實我很早就向妳告白過了。」他抓抓鼻頭，害羞起來。

「哪有？」我瞪大眼睛，劉旻文早就跟我告白過？

「高一時，某天妳在走廊上，我不是過去跟妳說我喜歡妳嗎？」劉旻文漫不經心地看著在樹上歇息的鳥。

腦海中的記憶突然浮現，「那不是你跟朋友玩遊戲輸了的懲罰嗎？」我記得杜小娟是這樣說的。

「是懲罰沒錯，只是……那時的懲罰是，輸了的人要跟喜歡的人告白。」劉旻文羞赧地對上我的目光。

「所以……你那時候就喜歡我了？」

「嗯。」

我承認我被他打動了，我無法不把劉旻文當成自己的投射。學長已經離開將近一年，不知道是出於執著還是遺憾，我始終放不下。

「沈雁。」劉旻文過來拉住我的手，「我可以等到妳喜歡上我，我不要妳同情我。」

我可以感受到他的身子正微微顫抖，也看得出來他很緊張。

看到他就好像看到我自己，我努力念書，只為了能和學長站在同樣的高度，而我也在等學長不喜歡程雁，可是他終究沒有選擇我。我看著自己喜歡的人喜歡別人，我懂那種感覺。

劉旻文的手心傳來的溫度相當溫暖，讓我忍不住想依靠。我知道自己很奸詐，我的心依然十分脆弱，也許這時候出現的無論是誰都沒關係，我只是想找個人陪。

我反握住他的手，告訴他不用等了。

從現在開始，我有了第一個男朋友。

「怎麼過了一個週末，妳就從單身變成死會？」

我們三個在學校中庭享用從福利社買來的午餐，徐安安訝異著我和劉旻文進展之快速，而杜小娟高興得連連歡呼。

「妳還敢說，妳竟然把劉旻文騙去那麼遠的公園，萬一他沒碰到我呢？」我揪著杜小娟的馬尾。

「沒遇到就是沒緣分，有遇到就是命中注定！」杜小娟掙脫我的手，躲到徐安安背後笑著。

「那妳和張瑞德電影看得怎樣？」我問，一聽見張瑞德的名字，杜小娟的臉馬上紅了起來，我當然沒有放過這個好機會，立刻連珠炮式追擊，「那天你們去看哪部電影？他有牽妳的手嗎？他喜歡妳多久了？是不是從國小就開始了？」

只見她的臉越來越紅，我開心地大笑。

「不要那麼小氣，快說。」徐安安幫腔。

「反正，我們就在一起了咩。」杜小娟用蚊子叫般微弱的聲音說。

我和徐安安滿意地拍起手，恭喜我們三個之中最幸福的人。

「妳有劉旻文了，也很幸福呀。」徐安安瞧著我，我的心頭閃過一絲愧疚。

其實我還沒眞正喜歡上劉旻文，但我希望自己有天會喜歡上他。

「唉唷！大家都要幸福啦！」杜小娟驀地哭了出來，緊緊抱住我們兩個。

我明白她爲什麼哭，就像我想起徐安安被劈腿時的憔悴，徐安安想起我思念學長時的痛苦，杜小娟之前見我們兩個失魂落魄，肯定非常難過。這兩個總是陪伴在我的左右、一起哭一起笑的好朋友，是我最珍貴的寶物。

「妳們中午在中庭哭什麼啊？」放學時，劉旻文問我。

「你怎麼知道？」

「杜小娟哭得那麼大聲，大家幾乎都聽到了，還說妳們是陷入了三角戀情。」他大笑，我也笑了起來。

一如當初所承諾的，劉旻文每天都讓我笑得很開心。他會在學校附近的書店等我結束社團活動，再和我一起走到公車站，陪我等公車，徐安安她們都說，劉旻文是個稱職的男朋友。

我雖然算是喜歡劉旻文，不過這種感情說是愛情又仍不及。當他逗我笑，還有告訴我自己的事情時，我都感覺很快樂，而當他牽住我的手時，我也會忍不住緊張。

可是我知道，他對我的喜歡遠比我對他的喜歡多得多，對於無法回以他同等的喜歡，我有些自責。

「對了，杜小娟問我們這禮拜要不要一起去遊樂園。」劉旻文說。

「遊樂園？我們三個？」這組合也太奇怪了。

「當然不是，杜小娟會找她的男朋友。我也問過徐安安了，不過她說她不想來當電燈泡。」劉旻文聳聳肩，「話說，我其實很驚訝杜小娟和張瑞德居然在一起了，驚訝的程度堪比當初得知張瑞德考上好大學那時。」

我又不禁笑了。

劉旻文和張瑞德一起打過籃球，多少認識。張瑞德看起來吊兒郎當的，大家自然認爲他課業成績差，可事實上，張瑞德的成績是全校前十名，不過在杜小娟告訴我之前，我完全不知道這回事。

「你也差不多啊，升上高三後突然變得很用功，也變成熟了，大家都很震驚。」我笑著說。但其實我有點擔心當天的情況，畢竟張瑞德和學長是非常好的朋友。

出遊當天，我們在搭車的地點集合，杜小娟和張瑞德穿了情侶裝，張瑞德還是戴著那副將近遮住半張臉的大眼鏡。

我想張瑞德多半是被杜小娟下了封口令，一來他不太跟我說話，二來他連回答劉旻文的問題都不超過兩個字。

「大學生活好玩嗎?」

「好玩。」

「教授會不會很嚴格?」

「還好。」

「你是頭殼壞掉了嗎?講話這麼簡短。」

「沒有。」

於是劉旻文放棄跟張瑞德對話，而我瞄到杜小娟對張瑞德豎起大拇指。

抵達遊樂園，我和杜小娟吵著該先玩哪個設施，我認爲一開始該先挑戰最刺激的自由落體，這樣之後就什麼都敢玩了，杜小娟卻認爲該先從旋轉木馬之類的溫和設施玩起，慢慢培養膽量。

後來我猜拳贏了杜小娟，沒想到坐完自由落體後，我頭昏眼花，反倒是杜小娟興奮地吵著要再玩一次。

「妳乖，我陪妳再坐一次。」張瑞德柔聲對杜小娟說。

這一幕令我渾身起了雞皮疙瘩，卻又相當欣慰。

「雁子，再坐一次嘛。」杜小娟拉著我的手。

「拜託，讓我休息一下。」我無力地說，感覺天旋地轉。

「你們去玩，我們在這邊等。」劉旻文體貼地攙扶我坐到椅子上，我對杜小娟揮手，叫她快去。

「好點了嗎?要不要我去幫妳買水?」

我虛弱地點頭，他摸了摸我的頭後離開，我克制著想吐的衝動，接著被一個聲音吸引了注意力。

「蔡正于……」

我猛然抬頭，有個女孩拉著一個男孩走過去，我定睛一看，是蔡正于。

他也瞧見了我，一陣左顧右盼後，他要那女孩待在原地，自己走了過來。

「沈雁，好久不見。」

我對他微笑，卻有些惱火，畢竟他曾經把徐安安傷得那麼深。

「妳一個人?」他小心翼翼地問，我知道他眞正想問的是什麼。

「安安沒和我們一起來。」

果然，他的臉色微微一黯。

「那是你女朋友?」

他往後瞥了一眼，輕輕點頭，對方似乎就是當初坐在我旁邊爲他加油的女生。

「所以你眞的劈腿了?」

「我不知道該怎麼講，不過總歸來說我是傷害了安安。」他垂下頭。

「爲什麼?你明明國中三年都喜歡著她，爲什麼好不容易在一起了，卻又喜歡上別人?」我壓抑不了自己的情緒，提出這個一直很想知道答案的問題。

「我也想問爲什麼，果然沒有永恆不變的事物吧。」

「我對你很失望，蔡正于。」我冷冷回應，雖然非常想打他一拳，不過我畢竟不是徐安安。

「我自己也是。」

「但安安說過，在感情裡沒有所謂的對錯。」我咬著下唇。我沒有資格對別人說教，我也曾經爲了自己的私心而傷害小宛學姊、傷害劉旻文。

蔡正于苦笑了下，轉身走回他的女朋友身邊，卻不慎掉了東西。我下意識大喊：「蔡正于，東西掉了！」

這時，劉旻文回來了，他被我喊出的話嚇了一跳。

「謝謝，再見了，沈雁。」蔡正于對我揮手。

「剛剛那是誰？」劉旻文遞了一瓶礦泉水給我。

「徐安安的前男友。」

「他也叫……蔡政宇？」劉旻文像是隨口一問，但我明白他在想什麼。

「他叫蔡正于。」我試圖讓自己的發音更加清楚。

「眞的好好玩，你們應該再來玩一次的！」杜小娟跑過來，我告訴她遇見蔡正于的事，她說我應該賞他一巴掌。

「可惡，如果是我遇見他，絕對會揍他。」杜小娟生氣地做了個揮拳的動作。

「我看我們還是分開玩吧。」劉旻文突然拉起我的手。

「大家一起不是比較好？」我詫異地說。

「可是我們想玩的設施不一樣。」

「也對。」張瑞德同意劉旻文的話，「那我們約六點半在門口見？」

劉旻文對他點個頭，拉著我離開。

「為什麼要分開？」他把我拉進泛舟的排隊隊伍裡，但我覺得這種設施就是要人多才好玩，劉旻文的行為很不合群。

「玩這個好像會把衣服弄溼。」劉旻文看了下前方正在播放遊玩實況的電視螢幕，然後離開隊伍去買輕便雨衣。

後來我便放棄問他原因了，因為他始終答非所問。我們又玩了幾項刺激的遊樂設施，而後轉往可愛動物區。

這時正好是開放餵食動物的時間，我興沖沖地跑去和一群小孩子搶著餵食，劉旻文則待在欄杆外幫我提包包。

不久，小孩子越來越多，身處其中的我顯得特別突兀，於是我默默退出來，劉旻文卻不見了。

我到處尋找，發現他站在鳥類園區的介紹牌前方。

「沈雁，妳看。」他揮手叫我過去，「原來雁子不等於燕子呀？」他指著介紹牌上的說明。

「是啊，你現在才知道？雁子是雁鴨類的。」

劉旻文看看介紹牌上雁鴨的圖案，再看看我的臉，「真的有點像耶。」

我生氣地打了他一下。

「哈哈，我不是說長相，是習性。」

「習性？」

「遷徙啊。」他讀出一小段介紹文字，「秋季南遷，春季北返，內陸到遠洋、鹹水到淡水，都有雁鴨的蹤跡，好像隨處可見，又好像很難遇見。」

他溫柔的眼底流露出一絲感慨，我知道他在說什麼。

「那我應該是鴻雁或灰雁吧。」我勾住他的手，「被人類養慣了，所以不會離開。」

劉旻文先是一愣，隨即揚起笑容。

「抱歉，我剛剛可能有點吃醋。」

「吃醋？」

「當我聽見妳喊蔡正于時，我會想到另一個人。」

我的心沉甸甸的，當我喊蔡正于時，我也會想到另一個人，彷彿是藉由喊著蔡正于來喊著他。

「你想太多了。」但我還是對劉旻文說了謊。

他牽起我的手，將臉靠近我。四唇交疊的剎那，我不禁難過起來。

「哪一個朝代開始將《四書集注》訂爲科考範圍？」

「嗯，宋朝……北宋！」

「錯，是元朝。」

「可是北宋時期不是就有四大書院了嗎？」

「四大書院又不是四書集注。」劉旻文輕輕打了我的頭。

「你考得太細了啦！」我氣呼呼地說。

「妳又怎麼知道學測不會這樣考？」他彈了下我的額頭，然後在進教室前放開我的手。

我嘟著嘴巴，一進教室，杜小娟馬上跑過來。

「一大早就這麼甜蜜。」

「哪比得上妳和張瑞德。」我說，杜小娟的表情立刻變得羞澀。

自從上次去過遊樂園後，張瑞德更常回來找杜小娟了，他似乎非常希望杜小娟能和他考上同所大學，而杜小娟總是擔心著考不上的話該怎麼辦。

「不用那麼緊張，如果感情會因爲念不同學校而變質，那也別談了。」徐安安自從經歷了蔡正于事件後，對感情就看得更淡了。

我們都沒告訴她那天在遊樂園遇見了蔡正于，如今她已經不需要知道。

「這種話說得容易，可是要做到很難啊！」杜小娟又陷入苦惱，「雁子，妳好像都沒有這方面的煩惱。」

「雁子和劉旻文的成績都那麼好，只要塡的志願序相同，要念同一間學校滿容易的吧。」徐安安涼涼地說。

其實，我並不在乎我們會不會考上同一所大學，就算相隔很遠我也不怕。不是因爲我相信劉旻文，也不是因爲我對自己有信心，而是因爲也許哪天劉旻文告訴我，他喜歡上別人了，我也只會回答我知道了。

如此淡然又理性的愛情，是我從來沒有想過的。

「你們到哪了？」杜小娟突然盯著我問。

「圖書館或美術教室吧，說實話，我們很少約會。」我假日要補習，頂多是劉旻文會陪我等公車。

「不是啦！」杜小娟打了我一下，「誰想知道你們去哪裡約會，我是說你們，有……那個……接吻嗎？」

「那妳呢？」徐安安反問她。

「是我先問的！」

看杜小娟臉紅成那樣，我猜是有。

「妳不說，那雁子幹麼說？」徐安安笑著替我解圍。

「小氣鬼，告訴我又不會怎樣。」杜小娟一邊碎碎念一邊翻開課本。

和她們討論自己跟男朋友之間的進展，說實在的很難爲情，談戀愛應該是兩個人的事，況且我也不想讓她們知道。

平常放學後，我會先去美術教室畫畫，之後與在書店等待的劉旻文會合，我們偶爾會一起去看場電影。

除了在遊樂園的那個吻，我們沒有更多的親密行爲。

某天下課，我和劉旻文在福利社外巧遇許久不見的鄭令宜，她也認出我來，主動打了招呼。

「妳現在模擬考的成績都還不錯，榜上有名呢。」她依舊一如記憶中那般漂亮，身邊還有其他女孩子。

「多虧了補習吧。」我微笑。

「補習啊……那是好久以前的事了，當時我是爲了蔡政宇去的呢。」

我沒料到會從她的口中聽見學長的名字，頓時一愣，渾身僵硬。

鄭令宜瞄了眼在我旁邊的劉旻文，試探性地問：「他是妳的男朋友？」

我點點頭，沒有猶豫。

「蔡政宇就是那個學長對吧？妳以前喜歡的。」一旁的某個女生開口，鄭令宜大方承認。

「妳當時有男朋友，對吧？」我始終記得那天看見的畫面，鄭令宜聽了我的話也不驚訝，再次頷首。

我盯著她，「爲什麼妳有男友，卻還跟學長告白？」

劉旻文拉了我的手，而鄭令宜輕笑，「妳都聽到了？眞討厭。阿痞只是我用來打發時間的人，如果蔡政宇喜歡我，我馬上就能和阿痞分手。況且妳以爲蔡政宇很高尙嗎？聽說他去美國了對吧，那一定玩瘋了，同時和好幾個人交往都有可能。」

「妳……」我怒火中燒，她怎麼可以這樣說學長？我幾乎要伸手抓住她，但鄭令宜眼珠子一轉，露出了看好戲般的笑容。

「妳在氣什麼？」她歪頭瞧著我，又瞥了眼劉旻文，「這樣好嗎？」

瞬間，我雙腳發顫，不知是因爲憤怒還是驚慌。我不敢看劉旻文，就這樣愣愣地目送鄭令宜與她的朋友們訕笑著離開。

「你爸媽在家嗎？」

「不在。」劉旻文轉動鑰匙，我的心彷彿隨著開鎖的聲音怦怦跳動。

雖然劉旻文的家就在學校附近，但我從沒來過。我有些緊張，畢竟這是我第一次來男生的家。

稍早，鄭令宜走了之後，劉旻文牽起我的手。他的臉上掛著微笑，我卻緊張萬分。

他隨意聊著其他事情，好像剛才沒遇見鄭令宜這個人似的。

放學後，他提起我已經很久沒見到媽了，問我要不要去他家看貓。

我遲疑了下，找不到理由拒絕這略顯怪異的邀約。我的確想看看嫣，於是就來了。

劉旻文是獨生子，大門一打開，右邊是客廳，左邊有條走道，盡頭便是他的房間。

「你的房間意外地乾淨。」我把書包丟在灰色的單人床上，隨意翻著他桌上的雜誌，「『如何討女朋友的歡心』？原來你有在看這種東西。」

「欸，還我。」劉旻文一把搶過雜誌，「要不要看電影？我昨天租了一部還不錯的片子。」

「好啊。」我竊笑，目前氣氛相當輕鬆，我稍微安心下來，企圖將下午的不愉快拋諸腦後。

不過，鄭令宜怎能那麼說學長？學長絕對不是那種人。

我輕輕摸著嫣，劉旻文正忙著開啟電腦。高一時的我絕對不可能料想到有天會和他交往，一想到命運的不可思議，我不禁笑了起來。

「笑什麼？」劉旻文坐到我身旁，按下程式的播放鍵。

「不能笑嗎？」

劉旻文寵溺地看了我一眼，牽起我的手。

我們安靜了好一會兒，當劇情進展到男主角對女主角說我愛你時，他轉過來凝視我。

「沈雁，妳愛我嗎？」劉旻文認眞地看著我的眼睛，他常這樣問我，而我總是笑而不答。

要說出「我愛你」三個字很容易，但我不想欺騙他。我待在他身邊不就夠了嗎？爲什麼一定要說呢？

劉旻文抱緊我，不斷輕啄我的臉頰，最後吻上來。

「不要鬧啦，看電影。」我輕推著他，將視線移回螢幕上，可是他將我的身體扳過去面向他，又開始親吻我，我可以從那溫柔的吻感覺出他十分珍惜我。

他的雙手從我的肩膀往下滑，一手扶在我的腰上，一手放在我的後腦杓，讓我往後躺。

「等等……」情況有點不對勁，我睜開眼睛，劉旻文臉上是我從未見過的表情。他壓在我身上，低下頭繼續吻我，從額頭、臉頰、嘴唇，慢慢移至脖子，手也不安分地摸上我的腿。

「劉旻文，等一下……」

他沒有理會，我突然一陣恐懼。

我不要，也不想。

「我不要！」我用盡力氣推他，劉旻文往後一退，我立刻坐起身拉好自己的制服。

「爲什麼不要？」他問，而我呆愣住。

這是什麼問題，哪有爲什麼？

「我就說不要了！」我想再把他推開一點，但劉旻文不爲所動。

「爲什麼不要？」他提高音量，於是我生氣了。

「沒有爲什麼！我就是不要！」

「如果現在在妳面前的是那個學長，妳還會說不要嗎？」

「劉旻文，你說這什麼話？」我不敢置信，「你在懷疑我嗎？」

「今天妳只是單純不滿那女的亂講話，還是沒辦法原諒她侮辱妳心中的學長？」

他的怒氣徹底爆發，眼底是無盡的傷痛，我就像被看穿的僞善者，覺得如履薄冰。

「我是因爲不滿鄭令宜亂說話。」這個回答連我自己都不信。

「是哪個原因，我自己看得出來。」劉旻文將視線移開，「我知道那傢伙一直都還在妳心裡。」

我的心中有道門被打開了，不要，我不要它被打開。

我想壓抑自己的情緒，那扇門不應該被打開的。

「劉旻文……」我看著他，原本還在發怒的劉旻文頓時一愣，然後抱住我，放軟態度。

「對不起，對不起，我不會再這麼對妳了，對不起。」他恢復往常的溫柔，我卻感受不到任何東西。

在他送我回家的路上，我們都沒說話，氣氛異常尷尬。

「沈雁，對不起。」當我準備上公車時，劉旻文輕聲說。

我並不想要他的道歉，而當他輕撫我的臉龐時，我竟感到不舒服。突然，我覺得不能再這樣下去了，「劉旻文，我覺得我們……」

「妳上公車吧，到家再打給我。」劉旻文打斷我的話，神情顯得有些受傷。

我只好乖乖搭上公車，坐在老位子和他揮手道別，直到看不見劉旻文後，我才稍稍放鬆下來。

我知道我沒有喜歡上他，並開始後悔因爲想要有人陪而利用了他。爲什麼我老是在傷害別人？

淚水不斷滑落，我只能在心中不停地向劉旻文說對不起。

在我心中的那扇門後方，是一道欄杆，只要靠在欄杆邊往外看，就會看見學長站在下面的陽臺。

第十一章

之後，我和劉旻文的關係變得尷尬，我盡量避免跟他單獨在一起，因此常拉著徐安安和我們一起念書，而徐安安也沒多問。在這種微妙的氣氛下，寒假到來了。

高三的生活十分忙碌，除了考不完的試以及滿滿的補習課程，我還得準備申請入學的備審資料，以及社團成果展的展覽作品。

小宛學姊與那幅伊甸園不時浮現在腦海，但我總是搖搖頭，想把這段往事遺忘。我決定挑選高一時畫的嫣，還有那天去公園寫生時所畫的涼亭，以及學校的籃球場這幾幅畫來展出。

劉旻文打過幾次電話給我，我統統以忙碌爲由敷衍。我知道這麼做不能解決事情，卻還是反射性地逃避。

於是，我和劉旻文整個寒假都沒有見面，也沒通過幾次電話。我原以爲我們或許會就這樣分開，可是開學後，劉旻文的態度還是和以前沒有兩樣。

見他拚命地想讓我開心，我感到十分痛苦，他越是體貼，我越是難受。

我眞的想努力珍惜這個如此愛我的人，牽住他的手，讓他不再寂寞。

然而越是這樣想，我的心就越是背道而馳，於是我不禁對「喜歡」這份情感感到茫然。

爲什麼「喜歡」是需要努力的事？

我所認識的「喜歡」，應該是一種需要克制的感情才是。

對自己的嫌惡一天一天滋長，每當劉旻文對我微笑時，我便恨不得賞自己幾個巴掌。

✦

「感覺好像才剛送走上一屆的學生，這麼快又輪到你們了。」放學後在美術教室，指導老師感慨地說，「之後我們要爲三年級的社員舉辦成果展，大家應該都知道這個傳統吧？有帶畫來的三年級生可以交上來了。」

我上前繳交了寒假時就挑選好的三張畫。

「今年老師想來點不一樣的，多給你們一道畢業題目。」老師拿出手機連接上喇叭，我們面面相覷，都不知道老師想要做什麼。

「這次的題目比較特別，不是讓你們看著靜物畫，老師會放一首歌，然後你們根據這首歌的歌詞和旋律，畫出第一個想到的人物。可以是親人、朋友、戀人甚至藝人，前提是必須存在於現實中。」

大家聽了都躍躍欲試，畢竟難得有這麼特別的題目。我準備好炭筆，打算來張美麗的素描。

優美的鋼琴聲從喇叭中流瀉而出，女歌手的輕柔嗓音迴盪在教室裡，當我還在苦惱心中沒有人選浮現時，音樂進入了副歌。

我的腦袋尚未反應過來，隱藏在內心的情感卻先被喚醒。一滴眼淚落下，我迅速擦乾，接著看向窗外被夕陽渲染成金黃色的天空。

當這首歌播到第二遍，我才轉回頭面對畫紙。

我在紙上畫下淡淡的第一筆，接著是第二筆、第三筆，慢慢加重力道。這個人我畫過不下百遍，可是他的年紀永遠停留在十七歲。

他的臉龐依舊清晰，只要我閉上眼睛，就會浮現在眼前。

炭筆逐漸描繪出他的輪廓，我用麵包屑輕抹他深邃的眼睛，然後是他的笑容、他的身形。

這首歌，是劉若英的〈人之初〉。

那已經是很久很久以前的事了　雖然曾經是很深很深的感情

那已經是很久很久以後的事了　雖然還是會很怕　很怕　再傷心

人之初　愛之深　這麼久以後　沒想到又想到那一個人

人之初　愛之深　這麼久以後　沒想到還想到那一個人

都已經是那麼久以前的事了，爲何至今仍會在我的心中掀起漣漪？我以爲我可以變得堅強，不再害怕回憶起那些事，可是我錯了。

學長的照片被我藏在床底下的箱子裡，就如同我對他的回憶般，他的一顰一笑、他所說過的每一句話，全被我小心地收在內心最深處。

我的眼淚又掉了下來。

我還是很想念你，學長。

我有如著了魔般，耗盡全身力氣，忍住淚水完成這幅畫。將畫交給老師後，我就逃離了美術教室。

之後的日子，我全心準備備審資料，我已經決定要報考服裝設計系，因此每天都在研讀歷屆考題。

大考即將到來，每個人都專注在自己的課業上，我和劉旻文也暫時把感情的事放到一邊，依然一起念書。

術科考試的前一個禮拜是社團成果發表會，高三學生大多已經停止了社團活動，只有美術社是特例。當我聽見學弟妹在走廊喊著美術社的展覽已布置完畢，即日起開放參觀時，便立刻跑向美術教室。

平時堆放在教室裡的雜物與畫架都被收了起來，白色窗簾隨風飄動，氣氛十分靜謐。因爲才剛布展完畢，所以裡頭沒有任何參觀者，我想我是第一個。

進門後正前方的牆壁掛滿了畫作，下面附有作者的名牌，當然，我所挑選的三幅畫也在其中，我頓時有些不好意思。

右邊的牆壁則展示著活動的照片與各種花絮照，我瞧著照片裡青澀的自己，笑了起來。

然後我一個轉身，驀地看見學長。

心跳漏了一拍，我的雙腳失去力氣。

那不是學長，而是我的畫，那天畫的畫。

畫作被掛在教室最後面的牆壁上，占據了正中央，我用炭筆所繪的學長栩栩如生，背景依然是二樓的陽臺。

我摀著嘴慢慢走到畫的前方，手指沿著學長的輪廓拂過，與他四目相接時，那份愛戀的心情再度悄悄萌芽。

這一刻，我的心又因爲他而悸動。

「妳在幹什麼？」一道聲音冷不防從左邊傳來，有人在後門那裡。

我轉頭一看，居然是劉旻文。

「啊……我……」我趕緊將放在畫上的手縮到背後，劉旻文踏進教室，看了那幅畫一眼，接著走向展示其他三幅畫作的那面牆。

他沒有說話，也沒有表情，如此沉默令我不安。

他看到了嗎？他認出那是學長了嗎？

他一幅一幅仔細看過，我雙手緊握，身體微微顫抖。

說話啊，爲什麼不說話？

「我聽學弟妹說美術社的展覽已經可以參觀了。」半晌，他終於開口，視線停留在畫上，「我問他們喜不喜歡妳的畫，他們拚了命稱讚妳，說尤其是某張素描特別棒。」

劉旻文轉身走來，看著我身後那張學長的素描，「就是這張吧？畫得很好。」他不帶感情地稱讚。

「劉旻文，我只是……」

「妳不用解釋，現在說什麼聽起來都像藉口。」

我被他冷漠的語氣嚇到了，他的手往畫上摸去，一直摸到紙張的最上緣，慢慢將它撕下。我還沒反應過來，他便把畫撕成了兩半。

「劉旻文！你瘋了！」我想搶過他手中的畫，他卻將畫紙撕得更碎。

「這是我的東西，你憑什麼這樣做？」我大喊，連忙蹲下來撿拾碎紙片。

他沒有說話，再次走到我的那三幅畫前方，我趕緊擋在他面前，深怕他又撕毀我的畫。

「這裡。」他抬起手，指著涼亭那幅畫，「還有這裡。」他又指向籃球場的那幅畫。

「這些，妳都是在畫那個傢伙吧？」

我瞪大眼睛，我以爲不會有人發現藏在畫中的學長。

「妳以爲沒人會發現嗎？」他笑著，那笑容很冷。

「沈雁，妳眞的很殘忍。」

我站在原地，一句話都說不出口，而他逕自離開。

這樣算是結束了嗎？

當雙手被淚水沾溼，我才發現自己哭了。我知道我該追上劉旻文，告訴他事情不是這樣的，可是我一步也無法移動。

我始終在自欺欺人，利用劉旻文的溫柔抓住想像中的幸福。

我和學長之間明明什麼都沒發生，甚至不曾眞正認識過彼此，我只是在懵懵懂懂的年紀，懵懵懂懂地喜歡上了一個人，心中卻因此留下一道永不平息的漣漪。

每天每天，我都後悔著當時不夠勇敢。

每天每天，我都遺憾著學長只能成爲回憶。

雖然當時是那麼年輕，情感卻也是最眞摯的。

而那份眞心永遠也無法傳遞了。

✦

術科考試當天，我來到考場所在的大學，教室裡的考生看起來都非常厲害。大家穿著制服，我這才發現除了我以外，原來也有不少普通高中的學生來報考。

「這次的題目是氣味。」講臺上的監考老師公布題目，並寫在黑板上。

氣味，這該怎麼畫？我陷入沉思。

自從那天過後，劉旻文就沒來和我說話了，不過杜小娟和徐安安並未發現異狀。我默默想著，就這樣了，這樣就是結束了。

很殘忍的是，我一點都不悲傷，只是討厭自己傷害了劉旻文。

己。

老實說，和劉旻文分手讓我鬆了一口氣，可每當心中浮現這個念頭，我就會更加討厭自

劉旻文的愛太過沉重，和他在一起，我只會擔心自己回報不了同等的感情。越是努力想成爲他心目中的理想女友，我便越是覺得難以呼吸。

爲什麼喜歡上一個人會這麼困難？爲什麼人會因爲寂寞或是同情而想找別人依靠？

走神了一會，我決定畫美術教室，對我來說那是非常重要的地方。就在我畫到窗戶的部分時，突然一聲雷響。

「唉唷。」有人輕輕叫了一聲，大雨迅速降下，並伴隨著隆隆雷聲。

畫中美術教室的窗簾似乎飄動起來，我的思緒跟著飄回許久以前。

「連我的心情都不懂，妳有什麼資格畫畫？」

小宛學姊的話在腦海中迴盪，我的筆掉到地上。

我毀了小宛學姊最後的願望，而且還畫了學長在成果展上展出。接著劉旻文的臉龐浮現，他痛苦的神情以及撕畫時的憤怒，全都歷歷在目。

我慢慢彎下腰去撿拾畫筆，卻撿不起來。這枝筆太重了，我難以承受。

看著畫到一半的美術教室，我發現自己畫不下去了。

也畫不出來。

我的精神無法集中，小宛學姊的話縈繞在心頭：「妳有什麼資格畫畫？」我的畫令人痛苦，更暴露出我的慾望與自私，我爲了滿足自己而不惜傷害他人。於是我跑出考場，放棄了機會。

從此，我不再畫畫。

我把目標改成同所大學的商學院科系，考完學測後，我跟杜小娟以及徐安安待在學校附近的飲料店，對著報紙上刊登的答案，發現我們應該都考得還不錯。

「太好了，我可以和張瑞德念同一間學校了！」杜小娟開心地又叫又跳，我和徐安安對望一眼，決定損損她。

「是啊，有人要去中南部了，完全不顧我們兩個姊妹。」徐安安用哭腔說。

「對啊，見色忘友，只想陪男朋友。」我點頭附和。

「妳們幹麼這樣，雁子也會和劉昱文讀同所大學不是嗎？」杜小娟生氣地插著腰，我只是苦笑。

「你們是不是分開了？」徐安安突然問，杜小娟頓時張大嘴巴。

「眞的假的？我怎麼不知道？」

「之前我就覺得你們怪怪的，不過那時候大家都在念書，所以我才沒多問。」徐安安聳肩，用手指點了下杜小娟的額頭，「妳也太遲鈍了，他們前陣子在教室幾乎都沒有跟對方講話。」

「我以爲只是因爲要考試……」

「應該是分開了。」我淡淡回應。她們不需要知道太多細節，因爲錯的人是我。

「爲什麼？」徐安安又問。

「妳們看過我展出的畫了嗎？」我的語氣平板。

「看過了。」徐安安說，「畫得很好，可是學長那幅畫怎麼有被撕毀又用膠帶黏上的痕跡？」

「雁子，妳眞的還喜歡學長？」杜小娟皺眉。

「是妳要我抱持希望的。」我無奈一笑。

「但我是要妳抱持……有一天會再見面的那種希望，雁子，人都是要向前看的啊！」

「我當然知道要向前看，所以我才跟劉旻文交往。」

「那爲什麼不珍惜妳身邊的人？爲什麼不把握和妳朝夕相處、非常了解妳的劉旻文？」

「徐安安，我不知道。」我努力地想表達自己的感受，「我不知道該怎麼收回我對學長的感情。我應該好好珍惜劉旻文，卻還是傷害了他，所以也許分手對我們都好，因爲我無法保證自己會愛上他，但我們分開之後，有一天他會愛上別人的。」

「妳的說法有矛盾，爲什麼妳收不回自己的感情，卻能篤定劉旻文可以愛上別人？」徐安安的話一針見血，「這只是妳用來自我安慰的藉口！」

「安安，不要這樣。」杜小娟趕緊緩頰，「雁子，學長只是個回憶，妳沒有眞正和學長接觸過，所以妳把他理想化了。」

「不要再說了。」我決定結束這個話題。

「那個……我不知道你們分手了，所以我還是有找劉旻文過來一起對答案。」在杜小娟說出這句話的同時，劉旻文走進店裡。

「我們還是朋友，沒關係。」我說，但內心其實很忐忑，因爲劉旻文最後對我說的話與表情是那樣令人難忘。

「抱歉，我有話想對沈雁說。」劉旻文開口，杜小娟和徐安安面面相覷，隨即乾脆地起身。

「我們去附近的書店晃晃，電話聯絡。」徐安安表示，而杜小娟拍拍我的肩膀。

劉旻文點了杯咖啡，接著沉默了好一會。

「劉旻文，對不起。」我不安地率先開口，他卻笑了。

「爲什麼要道歉？」

「咦？」

「妳道歉了，不就說明妳真的沒有喜歡過我？」他的表情非常難過。

「對不起。」我的眼淚掉了下來，還是只能說這句話。

過了好久好久，久到我以爲劉旻文應該已經離開了，才聽見他嘆了口氣。我抬起頭，見到他的眼中也有淚光。

「我眞的很喜歡妳，即使妳的心中有別人也沒關係，讓我留在妳身邊好嗎？」

眼淚無法止住，我感到近乎窒息，既悲傷又憤怒，「劉旻文，你不要那麼卑微好不好？

我做錯事情你可以生氣，可以罵我，不要總是溫柔地原諒我，這樣的愛我承受不起，我配不上你。」

「那妳要我怎麼辦？」劉旻文抱頭低吼，店裡的人都看了過來。

「我們分開吧，我很抱歉因爲寂寞而依靠你，對不起。」我拉住他的手，我知道他哭了。

在愛情裡，不是兩個人相愛就沒問題了，當雙方對彼此的愛分量不同時，天秤就會失去平衡，進而令感情瓦解。

最讓我痛苦的便是，我無法以同等的愛去回報劉旻文。

「我不想分開，不想離開妳。」劉旻文抬起頭，我坐到他身邊，吻去他臉上的淚水，他用力抱住我，彷彿恨不得把我嵌進他的懷中。

此後每當想起那時的擁抱，我就異常難受。那個擁抱裡所包含的感情太多，多到即使我已經放下那段過去，也依舊難以承受。

珍視、不捨、深愛、悲傷、悔恨，以及歉疚。

「劉旻文，謝謝你喜歡我，我一輩子都不會忘記有個人曾經如此珍惜我。」我啞著嗓子說，他依然緊抱著我。

「沈雁，我眞的很喜歡妳。」

我知道，我想我再也找不到像你這樣愛著我的人了，只是我無法愛上你，無法愛上任何人，我的愛全給了另一個人。我在心裡對他說。

高一的時候，我怎麼會想到劉旻文未來將為我流淚？又怎麼會想到，我將對另一個人魂牽夢縈？

畢業後，我再也沒有和劉旻文聯絡，當杜小娟哭著大喊她真的考上張瑞德就讀的那所大學時，當徐安安開始整理行李，準備前往東部的大學報到時，當劉旻文在畢業典禮上對我揮手說再見時，我才突然驚覺，天下沒有不散的筵席。雖然這句話我早就知道，真正面臨時卻依舊感傷。

一直在一起的我們四人，這次真的要走向不同的道路了。

✦

「雁子！今天的聯誼去不去？」

「跟哪個系？」

「社工系。」

「不要，上次被那個男的抓著分析心理的感覺妳忘了？」

「可是社工系有個我有興趣的人。走啦，妳不來就不好玩了。」小米拉著我的手晃啊晃的。

「真拿妳沒辦法。」我無奈地說。

「耶！」小米開心地高舉雙手。

她那及肩的波浪中長髮飛揚著，戴著濃密假睫毛的眼睛眨呀眨的，娃娃裝的裙襬隨著她的跳動掀起，裙下是一雙修長的腿。

小米不是天生麗質的美女，不過她很懂得打扮。

沒有醜女人，只有懶女人，這句話果然是真的。上了大學，我自然而然地開始看美妝雜誌、學習化妝、穿起熱褲。

我留了一頭長髮，並將髮色染成霧灰，還學會穿緊身的衣服、短到膝上的裙子，上豔麗的濃妝。在活潑大方的小米帶領下，我參加了許多場聯誼。

「所以說，心理學講起來簡單，但是……」上次那個心理學男又抓著我說個不停，我不滿地瞪了小米一眼，她卻正在對有興趣的男生展開攻勢。

算了，送佛送上天，好人做到底。

我放空腦袋，臉上掛著微笑聽心理學男高談闊論。

小米和我同系，由於大一上課時常坐在相鄰的位子，我們便慢慢熟識起來。她是嘉義人，家裡開了一間幼稚園，因為總有一天要繼承家業，所以她想趁大學時好好玩個夠。我曾問她為什麼不念幼教相關的科系，而她說她從小看小孩到大，根本不需要特別去學，也能考取執照。

「像妳就是沒毅力也沒創意的類型。」

心理學男這句話把我拉回現實。

「妳和戀人在一起時，經常看著外頭，也就是說，妳無法專心在另一半身上。」

「你的意思是我花心？你又知道我談戀愛時會這樣了？」我不悅地反問。

「我不是這個意思，但從這兩次聚會時，妳和我說話都心不在焉來看，就知道肯定是如此。」

「那是因爲我不想和你說話。」我給了他一個甜美的笑容，直接拿過外套和包包，站起來往包廂外走。

「啊！雁子，等等！對不起喔，我們先走了。」小米趕緊跟著起身，不忘丟下一張千元大鈔。

KTV外，小米發動著她的機車。

「對不起，可是我實在受不了心理學男……」我懊惱地說。

「沒關係啦，反正我剛剛和那個男的聊天後，也發現我們不太合。」小米吐吐舌頭。

「那接下來呢？」我挑眉問她。

「自己續攤，如何？」小米眨眼，我們相視大笑。

我過著多彩多姿的大學生活，聯誼、夜唱、夜遊，然後考試前再臨時抱佛腳，每一分鐘都精采得讓人捨不得眨眼睛。

高中畢業後到現在已經三年了，我曾經試圖重拾畫筆，卻會習慣性地想把學長加入圖畫之中，然後因此想起劉旻文撕爛我的畫時的表情，以及小宛學姊在下著滂沱大雨的那天對我說，妳有什麼資格畫畫。

或許是出於罪惡感，光只是拿起畫筆，我便無法動彈。

所以我沒有加入學校的美術社，也不和設計學院的人打交道，任何可能接觸到繪畫的機會我都盡量避免。

我和小米參加了「臺北玩透透」社團，顧名思義就是目標為玩遍臺北的一個社團。社團裡的成員大多十分熱情，再怎麼放不開的人也會被這樣的氛圍感染。

我們曾經夜遊陽明山，也曾經去竹子湖採海芋，其中最讓我印象深刻的活動，就是最近完成的捷運沿線之旅。

「乾杯！」

大四開學前，我和小米與社團的朋友們相約在東區的一家燒烤店。我們暢飲著啤酒，慶祝邁入身為學生的最後一年。

「恭喜我們完成捷運之旅！」有酒精助興，小米顯得情緒高昂。

「我實在是太感動了，我們居然可以玩遍每個捷運站附近的景點。」社長也激動地說。

「這將成為我的大學生活中，最美好的回憶。」另一位文學院的女生說。

大家突然感慨起來，畢竟這也許是最後一次的社團活動了。

「別這樣啦，我們以後還是可以聚一聚，只是沒辦法像以前玩得那麼瘋而已。」我開口安慰。

雖然比起國高中時，大學最後一年的課業壓力並不算重，只是有些人要考研究所、有些人要去留學、有些人要暑修、有些人要趕論文，因此每個人都相當忙碌。

於是，我們決定將捷運之旅當作最後一次的社團活動，接下來，大四的我們就得淡出社團了。我們將淡水站排在最後，走完所有行程後，一群人竟忍不住在捷運站大哭著擁抱彼此。

事後大家都有點尷尬，畢竟都幾歲了，還像個孩子般大哭。可是人生能有幾回像這樣恣意揮灑青春？所以我們依然將此視爲美好的回憶。

「我們以後一定要再出來玩，絕對不可以斷了聯絡。」社團中最安靜的一個男生眼眶泛淚。

「哈哈哈，少在那邊感性了，乾杯乾杯！」社長重重拍了他一下，豪邁地舉杯喝了一大口酒。

我看著眼前的朋友們，因爲有他們，我的大學生活才能如此豐富。

「對了，雁子，妳是不是在找室友？」有人問我。

「是啊，我很煩惱，怎樣都找不到。」我苦惱地說。

「妳也太好笑了，哪有人要大四了才搬出來住？」

「沒辦法啊，我求我爸求了三年，才好不容易讓他答應的。」

因爲學校在臺北的關係，爸爸徹底無視我通車需要花上將近兩個小時這點，硬是要我住家裡，所以每次參加社團活動時，總是只有我一個人必須留意門禁時間，常常掃大家的興。

「妳現在才找室友是比較難。」小米夾了塊五花肉給我。

「可是七坪的空間對我來說太大了，如果有室友就可以分擔房租。」

無奈的是，大家都早就有住的地方了，加上我又只接受商學院和文學院的學生，選擇相對更少。

「不然妳在學院裡的留言板留言徵室友？也許有人還沒找到。」

「這倒是個好主意。」

幾個小時後，大家個個喝得滿臉通紅，社長宣布就地解散，我們一個個在燒烤店門口彼此相擁道別。

大家陸續離去，我和小米還待在門口。夜空中星星閃耀，我沒想到在光害這麼嚴重的地方還能看到美麗的星空。

我輕輕哼起某首歌的旋律，小米聽見也跟著哼唱。

「妳眞的很喜歡這首歌呢，劉若英的〈人之初〉。」

我沒有告訴她原因，也沒有告訴她學長的事，只是繼續哼著〈人之初〉。小米唱了起來，她好聽的歌聲令這首歌更顯淒美，唱進了我的心坎裡。

坐上機車，我依然哼著，然後開口問小米：「妳有忘不掉的人嗎？」

「每一個我都忘不掉啊。」小米輕快地回答。

「那這樣說好了，唱這首歌時，妳會想到誰？」

「我會想到妳。」

「爲什麼？」

小米停在紅綠燈前，拉下口罩轉過頭看我。

「因爲每次妳唱這首歌時，都會讓我感覺很悲傷。」

我低低地笑了。

我不知道自己唱這首歌時的情緒是不是悲傷，不過這首歌會讓我想起學長。想起學長的時候，劉旻文的臉也會跟著浮現，不知道他想起我時，是會開心，還是會難過？

他會恨我嗎？

第十二章

大四開學的前一天，我總算將所有東西都搬到租屋處，而離開家裡之前，我在自家附近走了一圈。以前開在樓下的白星書局是附近唯一的一間書局，如今卻早已結束營業，取而代之的是另外三間新開的書局。

我曾經想過，就算學長去了美國，一年也總會回臺灣一兩次，說不定我們會在路上巧遇。杜小娟也說，我要抱持希望。

但事實上，我從來不曾遇見學長。

我向張瑞德打聽過好幾次學長的消息，無奈的是，他們竟完全沒有聯絡。學長已經離開五年，現在更難得到關於他的消息了，所以我也逐漸死了這條心。

這幾年間，我的個性轉變很多，有部分是受到大學社團的影響，但最主要還是因爲對學長離開一事的遺憾，以及對劉旻文的愧疚。

我時常在想，若是時間能重來該有多好，若是我能更加勇敢、更加圓融地處理每一件事情該有多好，也許就可以找出不傷害別人的方法。

可惜時間無法倒流，人生也無法重來，我們只能活在當下。現在沒有把握的事，也許就不會再有下一次機會了，日本有句諺語叫「一期一會」，正是提醒人們要珍惜當下。

七坪大的租屋處格局為長方形，我將自己的物品集中在右邊，把左邊的空間留給未來的室友。

雖然這裡和學校有點距離，但走過去也只需要十五分鐘，加上遠離大馬路，採光與周遭環境都不錯，因此我很有信心地在商學院與文學院的留言板留下徵室友的訊息，並且附上房內照片與聯絡電話。沒想到，過了三個多禮拜，依舊沒有任何人來詢問。

我已經做好一個人繳半學期租金的準備了。

這天到了學校，我發現中央廣場上擠滿了人，小米也在人群中探頭探腦。

「怎麼回事？」

「還會是什麼事？當然是設計學院在排演。」小米伸長脖子張望。

「眞勤勞。」我往教室走去。

「畢竟是我們學校的招牌啊。」小米跟上來。

我待在教室裡趕論文，進行著各項計算與分析，就在這時候，手機響了，是個陌生的號碼。

「妳好，我在留言板看到妳在徵室友，今天方便過去看看嗎？」

我一時聽不出對方是男是女，但我的徵室友訊息特別注明了限女，於是我放心地和她約了時間。

放學後回到租屋處，只見一樓的大門口站著一個頭戴鴨舌帽、身高約一百七十公分的男生。我狐疑地瞧了他一眼，接著停下腳步等待和我約好時間的那個人。

「請問……」男孩突然開口，「妳是沈雁嗎？」

「你是？」這個聲音十分耳熟，就是他打電話給我的。我上下打量他一番，連忙說：「我是要徵女室友。」

他脫掉鴨舌帽，那張清秀的臉龐令我嚇了一跳。

「我是女生。」

「啊，抱歉。」她的眼睛漂亮而清澈，確實是個女生。

我領著她上樓，她那中性的模樣讓我想到程雁。

「就是這裡，採光和空氣都很好，環境也不錯，沒什麼噪音，而且還有陽臺。雖然我們得共用一個房間，比較沒隱私，不過我很愛乾淨，平常也不會干擾妳。」我認真地列舉優點，希望她能住下來。

她沒有回話，只是盯著左邊空出來的地方。

「這邊都是妳的空間。」我連忙補充，我留給室友的空間比留給自己的空間大多了。

「妳有什麼要求嗎？例如幾點過後不能洗澡，或者睡覺時一定要關燈之類。」她轉過頭。

「基本上沒什麼要求，不要帶男生回來就好。」後面這句話我有點猶豫，但中性的女孩不一定就喜歡同性，所以我還是說了。

她的反應卻是哈哈大笑，看來可能是喜歡同性。

「那我什麼時候方便搬來？」

「隨時都可以！太好了，妳叫我雁子就好，我念國貿系四年級。」我開心地說。

「我叫周子瑜，服裝設計系。」

「服裝設計？」我驚訝地喊，「可是我是在商學院和文學院的留言板上留徵室友的訊息……」

「有規定不能看別的學院的留言板嗎？」周子瑜一臉疑惑。

我就是不想跟會畫畫的人扯上關係，才只想找商學院或文學院的人當室友，可是都已經開學這麼久了，拒絕她的話，大概也無法找到室友了。

「妳會在房間裡畫畫嗎？」

「這是一定的吧。」周子瑜的表情像是覺得我問了廢話。

人算不如天算，幾天後，她果然搬來一張巨大的咖啡色書桌。她常在書桌前作畫到很晚，我盡量不去看她畫圖，然而有天回家時，看見她擺在桌上的炭筆與素描本，我差點就要碰觸。

當我告訴小米室友是誰時，她驚訝地說她知道這個人。原來，周子瑜在設計學院很有名，當初她憑著出色的術科成績被錄取，四年間也一直保持優秀的表現。

她酷酷的，不太愛說話，不過聽說她有個很漂亮的卷髮女友，常會來當她的模特兒。

周子瑜總是會令我想起程雁，不知道那個曾經讓我如此嫉妒的女孩，現在過得好嗎？

我和周子瑜井水不犯河水地相處了好一陣子，由於她不多話，而我也忙著寫論文，所以我們雖然住在一起，卻始終不怎麼熟。

某天下課後，我買了魷魚羹麵帶回租屋處。一打開房門，陽臺的窗簾便因爲空氣的對流而飄揚起來，窗外的景象是被夕陽渲染成金黃色的天空。

我看見放在房間中央的畫架。

這一瞬間，我想起了第一次聽到〈人之初〉這首歌的那天。那天，美術教室外面的天空也是這樣的顏色。

畫架上有畫紙、炭筆與麵包屑。

我不自覺地拿起炭筆，顫抖地在紙上畫下第一筆，當筆與紙張接觸的剎那，我便停止不了了。

我畫出前方的陽臺，然後畫了學長。

直到周子瑜回來前，我都呆呆地盯著自己的畫看。

「這是妳畫的？」周子瑜站在我身後，我輕輕點頭。

「妳畫得很好。」她打量著我的畫，隨後視線飄往陽臺。

「下午妳有帶人回來？」周子瑜指著畫中臉龐略顯稚氣的學長。

我搖頭。

我已經快二十二歲了，可是學長永遠只有十七歲。

「妳喜歡畫畫的話，可以用我的畫具沒關係。」

「……我本來不打算再碰的，都是因爲妳，都是因爲妳的關係！」我突然大喊，我也不明白自己是爲什麼，而周子瑜只是凝視著我。

我隨即意識到自己的失態，「對不起。」

周子瑜沒有回應，她走到門口穿上鞋子，又出門了。

我想我惹她生氣了，過了將近五年，我還是一點成長都沒有。

不久，周子瑜又回來了，她的手上多了一個購物袋。

我訝異地看著她，她打開燈，拿出一罐啤酒給我，自己也開了一罐。

「我不知道妳有什麼苦衷，可是不要放棄自己喜歡的事。」她說，我頓時熱淚盈眶。

爲了掩飾我的眼淚，我一口氣喝掉三罐啤酒，周子瑜只是靜靜陪在旁邊。

我望著畫紙上的學長，「他現在不知道變成什麼樣子了，我畫得還像嗎？」

「妳畫得很好。」周子瑜看了看我手上的照片，再看看我的畫。

我笑了出來，接著哼起劉若英的〈人之初〉。

「他是我以前喜歡的學長，只是暗戀而已，什麼都沒發生，我們甚至沒說過話。可是不知道爲什麼，我就是忘不掉。」我再打開一罐啤酒，「之後我交過男朋友，可是他發現我的畫中總是有學長的身影，於是我們分開了。」

「所以，我不再畫畫，因爲我一定會畫學長。雖然不畫畫的話，我心中的感情就無處宣洩，但畫了我又會想起前男友，以及我被傷害過的一位學姊，我眞的不知道該怎麼辦……」

我喃喃說著，「我想我眞的太蠢，也太難看了，學長根本一點也不喜歡我啊！他喜歡的人跟我的名字很像，我還曾經以爲他喜歡我，很笨吧？有夠好笑的，哈哈……然後直到現在我還忘不了他，我根本就是個可笑的人。」

這些話我連對徐安安她們都沒說過，我也不知道爲什麼會選擇告訴周子瑜。

「喂，要不然我們在一起吧。」我開玩笑地提議。

「不要這麼輕易地說這種話。」周子瑜面無表情。

「我知道妳有女朋友了啦。」我擺擺手。

「老是有人誤會，若琳她不是。」

原來那位傳說中的女朋友叫做若琳。我注意到周子瑜瞥了眼放在一旁的白色安全帽，於是搖搖晃晃地走過去拿。

「妳不要拿。」周子瑜無奈地看著我把玩安全帽。我肯定是醉了，才會做出這麼沒禮貌的舉動。

「還是說，這頂安全帽的主人才是妳忘不掉的人？」此話一出，周子瑜的臉色隨即一變，我頓時竊喜，原來向來沒什麼表情的周子瑜也會這樣，「那我唱〈人之初〉時，妳會想到她嗎？」我又哼起旋律。

「我叫妳放下！」她大吼一聲。

我嚇了一跳，自討沒趣地放下安全帽，回到床上喝酒。

「妳啊。」她微微搖頭，「不要再用那樣的態度去說那件事了。」

「好啦，我不會再探究妳的過去了。」

「我是說妳喜歡學長的事。」

「爲什麼？」

「我聽了都覺得悲傷，妳爲什麼要講？」

「憋在心裡才不好，講出來會比較輕鬆，也比較能釋懷啊。」我反駁，她卻嘆氣。

「那說出來以後，妳真的釋懷了嗎？」

這句話有如當頭棒喝，狠狠地衝擊我的心，我怔怔地搖頭。

「只會提醒妳自己還想著他吧。」周子瑜瞥了白色安全帽一眼。

我一直以來的武裝就這麼被輕易打碎。

我不想把學長放在心裡，這樣我會崩潰，所以我以爲說出來會比較好過，說出來就可以把這當成青澀時期的一段插曲，可是無論我如何掙扎，都還是無法放下他。

「有些人，是妳用盡一生的力氣都捨不得遺忘的。」

周子瑜不知道是在說給我聽，還是說給自己聽。

這晚，她陪在我身邊，既沒有說安慰的話，也沒有追問詳情，最後我昏昏沉沉地睡去。

周子瑜沒有將畫架收起來，之後還是放在那裡，似乎等著我哪天再去碰觸，但我依然抗拒著，只是開始會看她畫畫。

周子瑜的畫很簡單，大多是服裝的草稿，不過有一次她畫著擺在書桌上的花，於是我問那是什麼花，她說是金盞花。

某天，她要求我畫一張她的素描，我知道她是想讓我動筆，於是搖頭拒絕。

「妳也能畫學長以外的人，這其實不難。」她說，而我終究妥協了。

我緩緩描繪出周子瑜臉龐的輪廓、髮絲、眼睛，心頭驀地輕鬆不少，然後我添上細節，接著畫出她的笑容。

我知道爲什麼我會選擇告訴周子瑜了。

因爲她和我一樣，心裡有個忘不了的人。

「要是能早點認識妳該有多好。」我苦笑。

「我早就知道妳了。」周子瑜輕快地說，我訝異地看著她。

「妳參加術科考試時，是不是中途跑出去？我有去看妳那時畫的畫，畫得眞的非常好，所以後來發現妳念了別的科系時，眞是嚇了我一跳。」

「那妳一開始爲什麼還假裝不知道我會畫畫？」周子瑜第一次看見我的畫時，表情是驚訝的。

「也許妳有不能說的苦衷啊。」周子瑜淺淺一笑，笑容十分令人安心。

她讓我想起Emma學姊，我第一個畫的女孩子，而周子瑜是我第二個畫的女孩子。她們都擁有能溫暖人心的笑容，讓我重新拾回了一些勇氣。

我和周子瑜依舊各忙各的，但每個禮拜至少會抽出一次時間看彼此畫畫，還會給對方出題目，以激盪出更多有趣的靈感。

我們將自己的作品貼在牆上展示，她笑著問我是否後悔沒有念服裝設計系，但我覺得自己對於數字意外的敏銳，也許這是上天的安排。

「要是我進了服裝設計系，說不定會成爲妳的勁敵喔。」

周子瑜一笑，「妳還眞敢說。」

「彼此彼此。」

我們兩個開懷笑著，在酒精的作用下各自睡去。

隔天一早，我被窸窸窣窣的聲音吵醒。

「抱歉，吵醒妳了。」周子瑜拿起桌上的全罩式安全帽，準備出門。

「現在幾點啦？」我找尋自己的手機。

「快十點了。」她往玄關的方向走。

我立刻瞪大眼睛，從床上跳起來。

今天是上臺報告的日子，我要遲到了！

我急急忙忙地換衣服，周子瑜已經在門口穿鞋。

「周子瑜，等我一下，我今天要期中報告，載我！」

「雁子，抱歉，我不載人的。」周子瑜有些爲難，卻認眞地表示。

我看了眼白色安全帽，注意到她眼底的憂傷，於是點點頭，「好，我知道了。」

離開前，她也瞧了瞧那頂放在桌上的白色安全帽。

我確實對周子瑜的過去感到好奇，但是如果她不說，我也不會問，或許那是她不想讓別人碰觸的傷口。

我以這輩子最快的速度衝到學校，小米說我應該打電話叫她來接我，慌張的我完全忘了還有這個方法。

期中報告順利結束，當我們準備離開時，看見服裝設計系的學生在一樓廣場排演，周子瑜正在幫一個模特兒縫製裙襬，是若琳。

「那個好像就是她外校的女朋友。」小米在我耳邊偷偷說。

「那不是她女友。」我搖頭，並走向周子瑜，「周子瑜，妳今天會晚回來嗎？」

「會。對了，她叫齊若琳。這位是我室友，叫雁子。」周子瑜簡單爲我們介紹。

齊若琳有著漂亮的波浪卷長髮，一對大眼睛相當明亮，是個令人驚豔的美女。

「妳的女朋友好漂亮。」小米不自覺地說，沒想到齊若琳大笑起來，馬上澄清她不是周子瑜的女友。

「總是有人這樣誤會。」齊若琳一臉無奈。

就這樣，我認識了齊若琳。

後來，有時我會帶小米回家，而周子瑜則會帶齊若琳回來，我們四個就一起打麻將。

第一次進到我們的房間，看見那頂白色安全帽時，齊若琳微微皺了眉頭，卻沒說什麼。

接著她看了我那幅學長的畫，訝異地表示除了周子瑜，她還沒看過畫得這麼好的人，並認眞地稱讚我是個天才。

齊若琳的率眞讓我感到十分有趣，她和杜小娟有點像。

杜小娟依舊和張瑞德在一起，而徐安安和蔡正于分手後，至今沒再交過男朋友。我們越來越少聯絡，但有些朋友即便不常聯絡，一見面仍有說不完的話題。我們共同經歷了太多，雖然不見得知道彼此心中的所有祕密，卻絲毫不影響友誼。

✦

我的大四生活依然充實，周子瑜越來越常忙到半夜才回來，我也因為寫論文而有了深深的熊貓眼。她往往一回來便倒頭就睡，我只好替她蓋條被子，而在我交出論文後，她還是忙得天昏地暗，彷彿事情沒有盡頭似的。

這天，我透過MSN和徐安安聊著，她似乎用忙碌來填滿自己的生活，並且很滿意單身的狀態。即使身邊不乏追求者，她仍寧願與每個人都保持曖昧，也不正式交往。

「正式交往了，就等於開始倒數結束的那天到來。」蔡正于的事顯然在她心中留下極大的陰影。

「我希望妳可以多依賴我一些。」我送出這段話，「我希望妳得到幸福。」

「幸福的形式有很多種，這也是其中一種。」徐安安回覆，「而且我並沒有不依賴妳，只是我的依賴方式和妳想的不一樣。」

徐安安說得灑脫，不過我衷心希望有天會出現一個眞心愛她的人，希望有天她能再相信愛情。

「杜小娟想考研究所。」徐安安又丟來訊息，「我透過臉書得知她的近況，妳也去申請個帳號吧。」

如今幾乎人人都有臉書，但我一直沒使用。在徐安安的慫恿下，我才終於申請了臉書，而原來臉書的功能如此強大，居然可以搜尋到以前的同學。例如我找到了鄭令宜，端詳著她的照片，我發現她變得更加美麗，姿態也不再像當年那般跋扈，隨著時間流逝，許多人事物都改變了。

突然，我靈機一動。

既然能藉著臉書找到高中同學，那沒道理找不到學長。

我搜尋「蔡政宇」三個字，出現了不少人，連蔡正于都包括在內，但沒有一個是學長。我想也許他是用英文名字，因此輸入了Jheng-Yu Tsai，依然沒有找到學長。

「他可能沒有用本名，就像妳也是用雁子，而不是沈雁。」杜小娟在電話那頭說，張瑞德打電動的聲音傳來。

「張瑞德好吵喔。」

「他急著破關啊，先這樣啦。」她匆匆忙忙地掛掉電話。

後來我發現，我們高中有畢業校友專屬的社團，許多人都在裡面發了文自我介紹。我瀏覽了將近半個小時，把學長那屆的自介都看過了，就是沒有學長，接著我又從那些人的好友名單裡去找，一樣毫無所獲。

於是我放棄了，或許他永遠只能是個回憶。

我返回社團的塗鴉牆，發表一則貼文，內容是「第三屆七班，沈雁」。

說不定會有當年的朋友找到我。

隔天，有個臉書名稱叫「Wilson Tsai」的人加我為好友。

Wilson Tsai？

我們之間沒有半個共同好友，平常我應該會選擇略過的，但Tsai這個姓氏吸引了我的注意。我點入對方的個人頁面，頭像確實是東方人的臉孔。

是學長嗎？

握住滑鼠的手直冒汗，我渾身顫抖，心臟跳得飛快。我以為無論經過多久，只要見到學長，我都肯定能一眼認出，就像當年在人群中能瞬間鎖定他一樣。沒想到看著這個人的照片，我卻分辨不出他到底是不是學長。

很像學長，可是我不確定。

我接受了交友邀請，立刻查看他的個人資料，發現他有加入我們高中的社團。真的是學長嗎？

我做了個深呼吸，試圖調整自己的狀態，但心跳依然不受控制。我點入社團的頁面，塗鴉牆上多了一篇自我介紹。

第二屆八班，蔡政宇。

是學長，是學長！

我掉了一滴眼淚，又迅速抬手擦掉，嘴角揚起笑容。

就這麼突然的，我找到了學長。

不，正確來說，是學長找到了我。

喜極而泣就是這樣吧，這一次我不會再猶豫，因此我顫抖著手，發了私訊給學長。

「學長，你好嗎？」

我在螢幕前等待著學長的回應。

心中思緒翻湧，這種感受許久不曾有過。我的心情彷彿回到了高中那時，和從欄杆邊往下看時，那種既期待卻又不希望學長抬頭的感覺同樣矛盾。

爲此，我整整一個禮拜魂不守舍，每天都在期待學長的回覆。我不敢再傳訊息給他，也不敢在他的塗鴉牆留言，只能每天去他的臉書瀏覽他的照片。照片裡有許多他的朋友，他似乎還待在國外，但我主要只是看學長，並沒有特別留意其他人。

我注意到，學長的感情狀況顯示爲「一言難盡」。他和女朋友吵架了嗎？

後來學長終於回我了，但只回了個短短的「Hi」。

我猶豫了，不知道要再說些什麼。我以爲我已經不是當初那個沈雁了，可是一遇到學長，我還是變回了害羞膽小的沈雁。

隔了一個海洋的距離，還只是透過網路對話，我依舊如此怯懦，光是這樣一來一往，就令我幾乎暈眩。

我打算說服自己別再多想，學長卻再度傳了訊息，仍然只有「Hi」這個字。學長到底知不知道我是誰？我回應他：「學長，你記得我嗎？」

之後又是煎熬的等待，彷彿重回高中那段時光。

幾天後，學長回覆的訊息長多了，他說他記得我，雖然我變了不少，但眼睛沒變。

我想問他，爲什麼記得我的眼睛？

他向我要了MSN的帳號，我顫抖著回應。

學長很快加我爲好友，他告訴我他還在美國，原來他一去就沒再回來臺灣過，難怪即使住在同一個社區，我仍從沒見過他。

每天我最期待的，就是學長的訊息。

周子瑜提醒我不能因爲和學長聯絡上了，就沖昏頭而不顧現有的生活，但她似乎也十分祝福我。

然而，我問學長有沒有打算回臺灣成家立業，他卻說應該不會，他會待在美國。

這個答案令我大受打擊，難過了好一陣，且隔天發生了一件更令我震驚的事。

學長臉書上的感情狀態還是「一言難盡」，卻多了連結對象——Emma。

我不敢相信自己所看見的，直到點入連結後，看見那雙琥珀色的眼睛。

我不會忘記學姊，她總是親切地微笑，熱情地幫助我，她曾經給我一個有機會和學長在一起的夢想，可是如今看著最近的一張照片，那雙美麗的琥珀色眼睛卻如此陌生。

照片裡，她的頭靠在學長肩上，臉上帶著淘氣的笑容，學長的手則環住她的肩膀。

我瀏覽塗鴉牆上的留言，他們的朋友都戲稱他們是夫妻，我除了驚愕與難過，還有種被背叛的感覺。

「眞的假的？Emma學姊？」杜小娟在MSN群組裡說，我可以想像她驚訝的表情。

「世界上眞的什麼事都可能發生。」徐安安則表示。

我們都爲這個事實感到訝異，可是透過文字，她們看不出我眞正的心情。

再次聯絡上學長，我無疑是喜悅的，可是深深的惆悵也侵蝕著我。

隔天，學長告訴我，他將會在七月回來臺灣兩個禮拜。

他會來找我。

✦

得知學長要回臺灣，我的心情相當矛盾，既希望時間快點過去，又希望再流逝得慢些。

但縱使我再想掌控時間，也依舊無能爲力。

好像昨天我才剛升上高中、才剛喜歡上學長、才剛失戀、才剛被劉旻文告白、才剛與劉旻文分手、才剛進入大學、才剛和周子瑜成爲朋友、才剛和學長聯絡上。

然而現在我卻站在操場上，看著眾多學生開心地彼此合照，心中無比迷惘。

「順利畢業了！萬歲！」小米一拋她的學士帽，興高采烈抱著我。

我對她微笑，卻覺得這個我度過了四年的地方顯得如此陌生。

「雁子。」

周子瑜站在校門口，她的學士服底下是西裝。齊若琳站在另一邊，她正招手叫小米過去拍照。

「好不真實的感覺。」我苦笑。

我應該感到開心，然而竟陷入悲傷。我難過的是，我的學生時代就要結束了，那些充滿回憶的青春歲月都將遠去，可是我又期待與學長見面。

我和周子瑜一起站在校門口，看著校園裡的學生們。

「很奇怪吧，雖然在這所學校待了四年，所留下的記憶卻不如高中那段時光來得鮮明。」周子瑜輕聲說。

「我能理解。」我對她笑了笑，原來我們有同樣的想法。

「我曾經很喜歡一個女生。」周子瑜開口，我訝異地看著她，這是她第一次說自己的事。

「我不會忘記她，但我也不能永遠停留在那裡。」周子瑜慢慢將目光轉向我，「所以，妳不要再強迫自己忘記學長了，不過也該去喜歡下一個人了。」

她的眼神非常認眞，淚水在我的眼眶中打轉，我知道她懂，所以她才這麼關心我。

「妳走出來了嗎？」

周子瑜沒有回答。

「妳走得出來，我就走得出來，反之亦然。」我抬頭望向天空。

怎麼做都忘不掉，那就不要忘掉。

但是忘不掉的話，要怎麼去喜歡下一個人？

我回過頭，眼前的學校彷彿變成了高中的校園。杜小娟曾經要我抱持希望，而確實，經過五年，我真的和學長重逢了，我依然抱持著某種希望，縱使我知道終將失望。

第十三章

我呆坐在梳妝檯前，盯著鏡中的自己。

還有哪裡不完美？

頭髮梳整齊了，妝也化好了，還選了最保險的洋裝，這樣應該沒問題吧？

我希望等等學長見到我時，會眼睛一亮，我已經不是當年的我了，即便依舊緊張無比。

我們約在以前白星書局所在的地方，現在已經變成便利商店。我盼了好多年才終於再見到學長，因此我拚了命克制逃走的衝動，告訴自己不能再躲避。

昨晚，學長打了電話給我，這是我們第一次正式說話。他的聲音既低沉又迷人，原本就是這樣嗎？我瞬間慌了手腳，只能胡亂回應。

「妳明天有空嗎？我剛到家。」

「有……」我的腦袋還來不及反應。

「那我們要約哪裡？妳家住哪？」

「在以前的白星書局附近……」

「我家也在那附近！我只知道我們搭同一班公車，不知道我們原來住得這麼近。」學長的語氣聽起來相當雀躍，而我的心跳漏了一拍。他眞的知道我們搭同班公車，我頓時懊惱著當時爲何不跟他在同一站下車。

掛掉電話後，我整個人飄飄然的，感覺一切好不真實。當初我花了一年多都不敢和學長說話，如今學長一通電話就輕易打破藩籬。

腳步聲從後方傳來，我回過神，深吸一口氣後僵硬地轉身，學長就站在我身後。

「嗨。」

我突然有種想哭的衝動。

「哈囉，學長。」我輕咳兩聲，掩飾自己的哽咽。

我原以爲自己的改變會讓學長震驚，但其實學長更令我感到陌生。他穿著淺藍色襯衫，搭配卡其色短褲，模樣相當休閒。

我的呼吸似乎快要停止，誰想得到五年後，我們能這麼近距離地說話？

「這裡變了好多。」學長指了下便利商店。

這五年來，改變的不只是建築物，還有人。

當初Emma學姊幫助我時，曾想過有天她會和學長在一起嗎？當她決定和學長在一起時，又曾想到我過嗎？

「我回來時經過了我們讀的高中，覺得好懷念。」

我注視著學長，他有著二十三歲的男人該有的樣子，自信成熟，而他依然輕易奪取了我的目光，對我來說，他和以前一樣耀眼。

我盡量表現得自然，「學長，你有特別想去哪裡嗎？」

「就先在這附近吧，我看前面有家新開的咖啡廳。」學長指了不遠處一家新開的咖啡廳，「我們從來沒眞正說過話，今天好好聊聊吧。」

我望著坐在對面的學長，忍不住捏了下自己的大腿。

這眞的不是夢。

「重新自我介紹吧，我叫蔡政宇，今年二十三歲，妳好。」學長幽默地說，我都不知道他是這麼活潑的人。

「我叫沈雁。」我微笑回應，「你可以叫我雁子。」

「這個暱稱眞的很有趣。妳一直住在這附近？」學長攪拌著他的卡布奇諾，「我怎麼沒看過妳？」

「我也很少遇見你啊。」不過常跟蹤你。我在內心補上一句。

「時間過得好快，已經五年了。」學長感嘆，「年紀眞的大了。」

「怎麼會？人生才正要開始。」我笑著說。

「或許吧。」他突然認眞地打量我，我的臉一陣發燙。

「學長。」我趕緊喝了一口熱可可，努力在腦中搜尋共同話題，「你不用當兵嗎？」

「其實要，但我是雙重國籍，所以有辦法不當兵。」他笑了笑。

我突然想起，當年張瑞德曾碎碎念說著學長沒有身分證，這才意識到自己一點都不了解他。

「你眞的沒考慮回臺灣？」我小心翼翼地問。

「機率應該很低，這次是因爲我姊要結婚，所以我才會回來。」

我不禁失望，我本來又自作多情地以爲他是特地回來見我。

不過我很快打起精神，機率低不代表沒有可能，於是我又找了別的話題，說起高中畢業後的生活。

「臺北走透透社？好像很有意思，所以妳知道很多臺北好玩的地方嘍？」

「那當然，改天我帶你去。」我故意這麼說。

「一定要的。」

我告訴他張瑞德和杜小娟在一起了，並說張瑞德簡直寵杜小娟寵上了天。

「張瑞德？眞的假的，妳跟他還有聯絡？」學長喝著不知道是第幾杯的咖啡，不曉得他晚上睡不睡得著。

「畢竟他和小娟在一起呀，他們兩個現在可是高材生。」我說，他們都正在念研究所。

「就是高中時在籃球場和張瑞德相認的那個女生吧，我記得。張瑞德那時候好像跟我說過喜歡她……」

我緊張得笑容微僵。

當時若不是因爲小宛學姊突然出現，我們原本有機會可以說話的。

「是啊，比較嬌小的那個。」我乾笑著，忍不住開口，「學長，我變了很多嗎？」

「很多啊，要不是看到妳的自我介紹，我還不知道是妳……」學長說著，皺起眉頭盯著手錶。

「怎麼了嗎？」

「我忘記調回臺灣的時間了。」

我的臉色微微一沉，不知為何想到了Emma學姊。

「但是妳的眼睛沒變。」學長忽然認眞地看著我。是我的錯覺嗎？他的眼神好溫柔。

「看到眼睛，我就知道是妳。」

「是、是嗎？」我尷尬地笑了聲，在心裡告訴自己：沈雁，學長是從美國回來的，本來就比較大方，妳不要過了這麼多年還一點長進也沒有，又擅自妄想，當年把程雁當成自己就已經夠糗了。

「妳現在是做什麼工作？」學長往後靠著椅背。

「我明天早上要去面試，八點就得出門。」我回答。說到工作，我想到一件事，「學長，你這次回來臺灣，那在美國的工作怎麼辦？」

學長之前跟我說過，他已經工作一陣子了。

「老闆叫我來臺灣處理一些事。」他移開目光。

我疑惑地想，學長不是在房地產業嗎？怎麼會有事情需要回來處理？

之後，學長說起他即使在美國，也時常瀏覽臺灣的新聞與網站，所以並不會和臺灣流行的事物脫節太多，可是他很想念臺灣的美食。

「我快吃膩西餐和漢堡了，而且什麼都要加馬鈴薯。」他做了個想吐的表情。

學長的個性跟我以為的不太一樣，我原以為他不愛說話又十分成熟，不過這只是我個人的想像。我不禁感嘆，爲什麼五年前沒有認識眞正的他呢？

我知道學長之所以跟我見面，並沒有其他理由，就只是因爲我是一個故人。從異鄉回來的人，總是會想見見家鄉的人。

縱使希望和學長單獨相處的時間能無止盡地延續下去，但現實是殘酷的，我們終究必須道別。然而隔天，當我騎著機車準備去面試時，居然看見學長在向我家樓下的小籠包攤販買早餐。

「學長。」我打開安全帽的面罩喊他，「你怎麼這麼早起來？」

「時差。」他笑著解釋，晃了晃手裡裝著小籠包的塑膠袋，「這給妳。」

「咦？給我？」我訝異地接過。

「妳快走吧，要不然會遲到的。」

「嗯，晚點見。」我脫口說，瞬間覺得好糗。哪來的晚點見？

「晚點見。」學長卻微笑回應，讓我的心都要飛起來了。

從後照鏡看著學長的身影越縮越小，掛在掛勾上的塑膠袋左右搖晃著，我嘴角的笑容越揚越高。

這是我人生中最快樂的時刻了。

學長只回來一個多禮拜，於是我趕緊聯絡杜小娟和張瑞德，約他們與學長相聚，當然也找了徐安安。

「蔡政宇，好久不見啊！」張瑞德一見面就先用力打了學長一拳。

「張瑞德，你一點都沒變。」學長也開心地回他一拳。

「原來學長是這樣的個性？」杜小娟在我耳邊悄聲說。

「畢竟我們誰都沒有眞正認識過他。」徐安安插著腰。

我們去了小巨蛋的溜冰場，結果運動神經不錯的徐安安竟頻頻跌倒，摔到後來，她任性地喊著不玩了，乾脆坐在觀眾席玩手機。

而學長和張瑞德在溜冰場上互相較勁，我看著學長開心的模樣，完全沒想到有一天眞的能和他成爲朋友。

「實在是要感嘆命運的不可思議，當年只能偷看他，現在卻可以一起溜冰。」杜小娟靠在欄杆邊，「妳還喜歡他嗎？」

我沒有回答。

「算了，當我沒問。」杜小娟說完，逕自繼續溜冰去了。

我還喜歡他嗎？這是一個很難回答，卻有著肯定答案的問題。

我離開溜冰場，徐安安沒發現我已經坐到她旁邊，依然玩著手機。

「有這麼好玩？」

「妳什麼時候來的？」她被我嚇了一跳，然後將螢幕轉向我，「我在看臉書。」

「來這裡還一直玩手機，妳不再下去溜冰嗎？」

「不要，摔得屁股好痛。」徐安安的視線落回手機上，「對了，妳有加劉旻文好友嗎？」

「沒有。」我的臉書曾跳出推薦將劉旻文加爲好友的提示，我也知道徐安安和杜小娟都有加劉旻文爲好友，可我依舊沒加入他。或許他不會想看到我。

「妳不用想太多，劉旻文不會那麼小心眼。」徐安安點入劉旻文的臉書頁面，「而且他好像跟一個女生滿曖昧的。」

「什麼？」我看著徐安安點開另一個人的臉書頁面，頭像是個美豔的女孩。

「因爲她都會在劉旻文的貼文下留言，他們還有合照，不過她大我們一歲耶。」徐安安難得這麼八卦。

照片裡的女生雖然妝濃了點、穿得少了點，可是我想應該是個好女孩。

這麼多年了，我心中的另一顆大石頭總算放下了。

「妳們兩個不要聊天了，快下來。」學長揮手對我們大喊。

「我以前都沒發現他那麼小孩子氣，早知道那時候就直接和他說話了。」徐安安一邊發牢騷一邊將手機交給我，她怕一直跌倒會壓壞手機。

溜完冰之後，在學長的強烈推薦之下，我們來到東區的一家燒烤店。

「眞的假的？你和Emma在一起？」正在喝水的張瑞德嗆了一下，噴了出來。

「你很髒欸！」徐安安大叫。

「怎麼回事？你們在美國聯絡上的嗎？或者難道是你追到美國去？」張瑞德驚訝地丟出一連串問題，我嚥了嚥口水，這些也是我想知道的。

「當然是去美國後才遇到啊，很扯，我們是在迪士尼巧遇的。」學長夾起好幾片五花肉一口氣塞進嘴裡，然後馬上被燙得又全部吐出來。

看見這一幕的徐安安對上我的目光，神情微妙。當年我們都把學長當成太遙遠的存在，所以如今見到和想像中落差這麼大的模樣難免不習慣，可是我很開心，因爲眞實的他就在我面前。

「在迪士尼遇到？演偶像劇喔。那你們怎麼會在一起？」張瑞德繼續問，不小心噴了口水，杜小娟受不了似的打了他一下。

「眞的啊，剛到美國一定會去迪士尼玩吧？一開始就是像他鄉遇故知，我們兩個都很高興，畢竟我們都不是自願去國外的。」

學長似乎瞥了我一眼，「當初離開得太匆忙，明明說好至少等我大學畢業，但我爸後來改變主意，所以我連高中都還沒讀完就去了。雖然也沒辦法，當時我阿嬤在美國病危，需要大家陪著她。」

他的話像是在解釋什麼，我總算稍稍釋懷。

「你去了那裡都沒跟我聯絡，怎麼這麼狠？」張瑞德再問。

「我一到美國手機就不見了，再加上又沒把你的電話號碼背起來，所以想說算了。」學長嘻嘻哈哈地回答。

居然是因爲這麼蠢的理由？

徐安安和杜小娟目瞪口呆地看著學長。

「幹麼？難道妳們以爲這小子既酷帥又成熟？大家都被騙了啦！」張瑞德斜眼睨她們。

「我現在知道了，原來一切都是我的誤會。」徐安安搖著頭，杜小娟則是大笑著表示早知道學長這麼有趣，當初就主動和他說話了。

徐安安和杜小娟不約而同說了類似的話，但就是因爲無法提前預知，人生才會有這麼多遺憾。

「簡單來說，就是日久生情嘍。」張瑞德下了個結論，「那Emma有跟你一起回來嗎？」

我的神經緊繃起來。我怎麼沒想過這個問題？

「沒有，她工作很忙，走不開。」學長舀了一大碗火鍋的泡菜湯底，「唉，臺灣的東西眞的比較好吃。」

我們在燒烤店待了三個多小時，張瑞德和學長約好明天要去見見高中時的朋友們。

「明天還要上班，累死我了。」徐安安一邊說，一邊按著自己的肩膀。

其實我很想陪在學長身邊，可是學長回來並不是爲了我，他有自己的生活，也有其他事情要處理。於是我待在家，把塵封在床底下許久的箱子拿出來，翻開高中時畫的漫畫，這才發現男主角眞的完全是學長的模樣。

眞不知道我當年到底是膽大還是膽小。

「妳可不可以來參加我姊的婚禮？」晚上，我和學長一起去漫畫出租店，而他突然問我。

「這樣不會很奇怪嗎？」我既不是他姊姊的朋友，也不是他們的親戚。

「不用包紅包的，我也有問張瑞德他們，是我姊叫我把認識的人都找來。」

「眞的嗎？」

「當然。」學長聳聳肩，「人多熱鬧啊，不多找時間聚聚的話，我在臺灣就要沒朋友了。」說完，他自己笑了出來。

於是婚禮當天，除了我和徐安安等人，還有幾個學長的高中同學，以及他在美國認識的臺灣留學生，剛好十個人坐一桌。徐安安大方地跟其他人談天，張瑞德也和高中同學們聊著。

我望著西裝筆挺的學長，當他們過來敬酒時，我匆匆站起身，還稍微絆到了一下。

「你們都是政宇的朋友吧，今天謝謝你們過來。」學長的姊姊相當漂亮，和學長有幾分神似。

「有空就來我們家坐坐，隨時歡迎。」學長的爸爸禮貌地對我們微笑，看見他，讓我回憶起高三那年的聖誕夜。

那時我透過學長的爸爸思念著學長，而今學長就在我眼前。

我突然想到我畫的那張學長的肖像，也就是被劉旻文撕碎的那張畫，當時我用膠帶拼拼湊湊地黏回去，繼續放在美術教室展示。也許我可以找個時間畫下二十三歲的學長，這樣在我的畫中，他便終於長大了。

✦

「學長，你在美國看過夜景嗎？」我摀住耳朵，因爲電梯快速上升，所以我有點耳鳴。

「我在帝國大廈看過，但也很想來一〇一看看，畢竟很有名。」

我和學長乘著四十秒內就能抵達八十九樓的電梯，瀏覽著一旁螢幕上的介紹。

我們原本和大家約好一起來，不過徐安安有工作，而且還需要加班，張瑞德和杜小娟則要跟長輩吃飯，於是變成我和學長單獨前來。

這是我第一次來到一〇一的觀景臺，從這裡俯瞰下去，臺北的夜景美不勝收，道路上車水馬龍，各色霓虹燈閃爍著燦亮光芒，像是有千萬顆星星灑落在地上。

我的臉幾乎貼上玻璃，這座城市的美令人驚豔。

大概是因爲我驚訝的表情很逗趣，學長笑個不停，於是我紅著臉遠離了玻璃。

「妳這個樣子好熟悉。」學長把手插在口袋裡。

「什麼樣子？」我雙手摀著自已的臉。

「臉紅的樣子。」說完，他直接走到阻尼器前，我一時來不及反應。

圓球狀的金色阻尼器，讓我想到電影《地動天驚》裡的那顆奇異球體，它可以實現人類潛意識裡的貪婪願望與想像。

以前我的願望很簡單，就是希望學長能喜歡我，可是現在我的願望既多又複雜。我希望徐安安早日遇見真心愛她的人，也希望杜小娟和張瑞德長長久久，還希望劉旻文找到幸福，希望Emma學姊能原諒我現在正在做的事，還有我之後想做的事，然後……

我希望學長會喜歡我。

「要不要吃冰淇淋？」見我看著他，學長又露出微笑。

「好呀。」

我選了薄荷巧克力口味的冰淇淋，學長則選了草莓口味。

「學長，你搭什麼時候的飛機？」我看著遠方的新光大樓。

「嗯……」學長挖了一口冰，卻因爲吃了太大一口被凍到了，於是伸手按著太陽穴，「妳想去戶外觀景臺嗎？」他指了指樓梯，答非所問。

高樓的風很強，即使臺北的夏天夜晚依舊炎熱，風中仍帶點涼意。我的髮絲被吹亂，冰淇淋緩緩融化，滴落了一點在我手上。

學長笑著抽起包在他那支冰淇淋甜筒外的衛生紙，幫我擦去，然後打量著我手裡的冰淇淋，「薄荷口味好吃嗎？我不敢吃薄荷的，很涼，好像牙膏。」

「哪會，薄荷巧克力最好吃了，我反而不敢吃草莓口味。」

「居然有不喜歡草莓口味的女生？」學長一臉驚奇，「Emma最喜歡草莓了，不管吃什麼都要淋草莓醬。」學長打了個哆嗦。

「草莓很像鼻頭粉刺耶。」我想他不會發現我神情裡的苦澀。

我抬頭望著天空，雖然離天空更近了，可是今晚的夜空灰濛濛的，不見一顆星星。

「草莓很好吃啦。」學長邊說邊用湯匙挖了一小口草莓冰淇淋，「妳吃吃看。」

「咦？」我被學長的舉動嚇了一跳。用他的湯匙……這樣不是間接接吻嗎？

「吃一口妳就會愛上的。」學長將湯匙湊到我的嘴邊，我猶豫地微微張嘴。

「愛上了吧？」學長滿意地看著我吃下那口冰。

是啊，愛上了，早就愛上了。

在這七月的夜晚，我泛紅的雙頰更燙了。

◆

「妳有想過Emma學姊的感受嗎？」徐安安在電話那頭冷冷說。

「徐安安，妳爲什麼不能像高中時一樣爲我開心？」

「我們都不是小孩子了，而且最重要的是，他現在有女朋友。」

「我又沒有要和學姊搶學長。」我反駁。

「但妳的動機不單純。妳只是想實現過去沒有實現的夢想，妳一直在和自己想像中的學長談戀愛，而忽略了現實！」徐安安十分激動。

她不希望我和學長單獨見面，因爲她知道我有私心。徐安安沒有錯，只是她顯然把自己的遭遇投射進去了。

「雁子，妳知道我被劈腿過，也知道當時我有多傷心，我眞不敢相信妳打算當別人的第三者！妳想把這種痛苦加諸在曾經對妳那麼好的學姊身上嗎？」

「我當然不想！但是……難道我不能就只是和學長見見面、說說話嗎？他很快就要回美國了。」

「我實在無法眞心祝福妳，妳有沒有想過，學長的態度爲什麼突然變了？或許他是看妳變漂亮了，想在回臺灣的這段時間找個伴，他可能只是玩玩的，妳懂嗎？我們根本沒有人眞正認識過他。」

「那樣我也願意。」我的聲音沒有起伏。

「好，隨便妳。」徐安安掛掉電話。

爲什麼高中時，她可以爲我開心、爲我出主意，現在卻不行？

難道如果學長是單身的話，徐安安就會支持我嗎？

我想不見得。

✦

「今天要去哪裡？」學長戴著鴨舌帽，穿著垮垮的運動褲。

我歪頭思索，「不如去淡水吧？你當初離開時，漁人碼頭正在整頓，現在那邊變得很漂亮。」

雖然不是每天，但是幾乎每天，學長都和我在一起。

剛開始我非常開心，可是隨著時間流逝，學長回美國的日子越來越近，我的胸口也越來越難受。

這種感覺和以前知道學長喜歡程雁時相似，又比那還要強烈；也和得知學長拒絕我時相似，又比那還要苦澀。

因爲學長就在我的眼前，我看得到、摸得著，他存在於我的現在，所以我更難把他當成過去。

「幹麼發呆？」學長低下頭看我，他的臉離我的鼻尖不到五公分，我的雙頰頓時一陣熱。

「學長，你搭幾點的飛機？」我趕緊往後退一些。

「後天下午五點多的飛機。」

「這樣啊。」

時間為什麼過得這麼快呢？

這就是現實，老天爺肯給予我這些時光便已經夠了，我該知足，至少我再次見到了學長。

所以，我努力地綻放出大大的笑容。

「那我們更要把握時間好好玩了！」

我帶著學長逛淡水老街，還一起去體驗了腳底按摩，學長哇哇痛叫，我忍不住取笑他身體不好。

後來我們去吃了阿給，我說我從來沒法吃完一整個，於是學長提議我們可以分著吃。

「還是臺灣的東西好吃。」這不知道是他第幾次這麼說了。

既然如此，那你不要走。

但我沒說出口。

我望著港口的渡輪，「學長，要不要坐船？」

平日的淡水遊客不多，我們買了票，卻發現船快開了。

「快點！」學長拉住我的手往前跑。

我渾身顫抖，因為被學長拉著手，我的雙腳有些發軟，幾次差點跌倒。

腦中一片空白，我只能盯著我們交握的手。

這一瞬間，時間彷彿暫停了。

「還好有趕上。」

上了渡輪坐下後，學長自然地放開我的手，但我狂亂的心跳仍無法平息。

我偷瞄學長凝視著海面的側臉，火紅的夕陽斜照著他的臉龐，令他看起來也像是紅了臉。

夜晚的漁人碼頭氣氛極佳，燈光昏暗、音樂輕柔，我們坐在露天咖啡座，交換享用著對方的餐點及飲料，讓我有種我們是情侶的錯覺。

有時學長的眼中會閃過一絲溫柔，不過我告訴自己這是看錯了。雖然心跳不已，可是我必須踩煞車。

餐後，我們漫步在紫色和綠色光影交錯的橋上，周圍的男男女女相互依偎，微風徐徐吹拂，遠方露天咖啡座駐唱歌手的優美歌聲不時傳來。

站在淡水河邊，學長沉靜地注視著河面，我的心不安分地狂跳。我們誰都沒說話，肩膀不時輕輕碰觸到彼此，每一次接觸，我都可以感受到有種觸電般的感覺逐漸擴散。

不知怎麼的，我流了一滴眼淚，淚水滴落在水泥地上，留下痕跡。

如同我的感情那般鮮明。

我想，大概是周遭幸福的氣氛感染了我，這一切如夢似幻。

回家後，不知道是因爲心虛，還是因爲其他理由，我登入了許久沒開啟的臉書，並從學長那裡連到Emma學姊的個人頁面。

照片中的Emma學姊依舊美麗，我刻意避開了那雙琥珀色眼睛。

有人在她的塗鴉牆上留言，大多是英文，而學姊最新的貼文是用中文發布。

我想我該聯絡她，可是我不敢，當初她是那麼相信我。

我一看就懂了，學姊在說的人是我。她一點都沒變，善良的她大概認爲自己和學長在一起是背叛了我，不過其實我很清楚，沒有所謂的背不背叛。

學姊當初是眞心幫助我，之後也是眞心喜歡上學長，沒有誰對誰錯。學姊想必知道學長和我聯絡上了，可是她沒有將我加爲臉書好友，我也沒有加入她。

雖然理智上明白，感性上一時仍無法接受，我的滑鼠游標在「加朋友」的選項那裡徘徊許久，最後還是選擇關閉視窗。

我十分糾結，只能在內心向學姊道歉。五年前的我不敢和學長說話，所以五年後的現在，我想告訴學長，我還喜歡他。

我曾經以爲學長會永遠成爲回憶，但他從過去來到了現在，而我想讓他變成我的未來。縱使可能沒有結果，我也要說出口，這樣子，或許我就能在他那充滿學姊的心中占有一個小小的角落。

我打開抽屜，拿出那張曾被撕碎的學長肖像畫，然後拿起手機撥出電話。

「學長，抱歉這麼晚了還打給你。明天你還有空嗎？」

「明天可以啊，怎麼了？」

「我想再單獨約你。」

學長沉默了一會兒，我的心跳聲大到怕他聽見。

「幾點？去哪裡？」

「下午一點，我想帶你去看個東西。」

「什麼東西呢？」

我深吸一口氣，「我要帶你去看我的高中三年。」

他安靜了好一陣子，才回答：「好，那我們明天見。」

掛掉電話，我將那張畫放進包包，接著拿起炭筆。這是周子瑜送我的，她在前往法國留學之前，將她的整套畫具都送給我了，我明白她的用意，但自從大學畢業後，我還沒使用過。

看著窗外漆黑的天空，我既期待黎明的到來，又希望黑夜持續到永遠。

第十四章

隔天早上，我背著畫板和畫架，帶著畫具箱來到高中的校門口。手錶顯示的時間是九點五十分，我皺著眉頭望向天空，灰濛濛的，似乎快下雨了。

「早安。」學長從對面的馬路走過來，「好像要變天了。妳是想來寫生嗎？」學長打量著我帶的東西，「我記得妳很會畫畫。」

「咦？」我有些驚訝。

「我看過妳畫的漫畫，妳忘了嗎？」學長拿過我的畫板與畫架，逕自往校門內走，「快來吧。」

我跟上他的腳步，鼻子有點酸。

原來他還記得。

「那個，我們是校友，我已經先和老師打過招呼了，我們想進學校看看。」我對警衛室裡的替代役男說，他一臉搞不清楚狀況的樣子。

「那請你們把身分證留在這裡。」替代役男回答。

我拿出身分證放在櫃檯前，學長則拿出居留證。

「籃球場啊，我永遠記得這裡。」學長站在球場上，我往當年我的教室的方向看去，完全可以看得一清二楚，所以我想學長肯定知道我們常在偷看他。

我立起畫架，並放上畫紙。

「妳要畫學校？」學長轉過身。

「對呀，學校是個很值得紀念的地方。」我拿出炭筆開始作畫，先是五樓的陽臺，然後是四樓的教室、二樓的空中花園，校舍的外觀逐漸被勾勒出來。

學長待在籃球場上，接著不知道從哪弄來了一顆籃球，在場上運起球，讓我有點想哭。突然，運球聲停止，我才發現學長來到了身後。

「我知道妳會畫畫，但是不知道妳畫得這麼好。我很佩服會畫畫的人。」

「佩服？」

「能將眼前的事物，或是腦海中的景象透過畫筆呈現在紙上，妳不覺得是件很厲害的事嗎？」學長靠近一步，「我突然想到，妳是不是畫過一隻黃色的貓，而且還在大禮堂展出過？」

「咦？」我確實畫過貓，但嫣是素描畫，沒有上色。

「有是有，不過是黑白的，那是素描。」

「素描嗎？奇怪，在我的印象中是黃色的。」學長相當意外。

「可見人的記憶不太可靠，還會擅自幫畫添上顏色。」說著，我靈機一動，用另一張新的畫紙蓋住正在畫的畫，然後描繪出嫣的外貌，盡量憑記憶畫得和當時一模一樣，「學長，來幫牠上色吧。」

「這樣好嗎？」學長雖然這麼說，卻顯得躍躍欲試。

他拿起畫筆，沾了黃色顏料，在黑白的嫣身上染上橘黃。

嫣並不是這個顏色，這也已經不是嫣了。當初小宛學姊總說畫應該要上色，可是若上色了，就永遠是固定的色彩了。

任憑別人以想像著上最美的顏色，不是更棒嗎？

「總覺得還是當初記憶裡的最美，一定是我上的顏色毀了這幅畫。」學長懊惱地瞧著黃色的嫣。

「不會呀，我覺得很棒。」我由衷地說。

學長放下畫筆，轉過頭看我，「當從想像變成了現實，妳還覺得美麗嗎？」

「很美呀。」我回答，學長似乎有言外之意。

「即便是人？」他認眞地問，氣氛出現一絲微妙。

「嗯。」無論是過去還是現在，學長在我心中永遠是最美好的存在。

他扯出一個微笑，「以前妳畫的漫畫裡的男主角，是不是以我爲原型？」

我內心一驚，沒料到他會主動提起以前的事。

「難道不是？看起來很像啊，而且那時候妳又……」學長突然頓了頓，「好吧，應該是我記錯了。」

「是。」我想都沒想便開口，學長凝視著我，然後移開目光。

「有帶給你困擾嗎？」我忍不住問。

「倒沒有，是個滿特別的回憶。」他笑了笑，回到籃球場繼續打球，我看著他運球的樣子，就好像回到了高中時期。

之後我們前往中庭，我興沖沖地要學長站到司令臺上，他雖然搞不清楚狀況，還是配合地站了上去。

等他就定位後，我走到他面前，清了清嗓子說：「接著宣布作文比賽的得獎者。第一名，二年八班蔡政宇。」

學長睜大眼睛，隨即大笑起來。

他的眼中映著我的身影，當年我曾無數次仰望著他站在司令臺上領獎，他在那片耀眼的光芒中，眼裡永遠不會有我，但如今他只看著我。

視線瞬間朦朧，我趕緊眨了眨眼睛。

「那妳準備了什麼獎品？」他伸出手向我討要，我被他逗笑了。

「等一下吧，我有個很棒的東西要給你。」

我們走上二樓，學長開心地在以前的教室外張望。

「好懷念，我以前的教室就在這裡，我總是搶最後一排靠窗邊的位子。」他指著後面的課桌椅要我看，不過我的注意力落在陽臺。

「學長，在我送你禮物之前，你能在那裡等我一下嗎？」我指著陽臺的方向。

學長轉過身，一臉好奇，「妳又在打什麼主意了嗎？」

「一下下就好，你站在那邊等我。」我掉頭往樓梯跑，來到四樓的教室。

這裡和回憶中一樣，高中三年說長不長、說短不短，在我心中留下的痕跡卻比任何事物都還要深刻。

我盡量維持呼吸的平穩，戰戰兢兢走向欄杆。畢業後，我沒有再回來過母校，但是這道欄杆卻一點都不陌生，若說這欄杆象徵著我的高中三年也不爲過。

站在這裡，我彷彿能看見十六歲時的自己，髮長及肩，臉頰紅撲撲的，總是偷看著下面那個不會看我的人。

我雙手扶著欄杆，頓時又開始發抖。

這一刻，我變回了十六歲的自己。

我眼一閉、牙一咬，將頭探出欄杆外，然後睜開眼睛往下看。

「妳在幹麼？」學長抬起頭，取笑著我的怪表情。

我的淚腺突然像是壞了，大顆大顆的眼淚瞬間滑落，怎樣也無法停止。

學長也變回了當初的十七歲，那時他的視線只會停留在三樓，現在卻只看著我。

過去與現在，在這瞬間重疊了。

我將身子縮回欄杆內，終於再也壓抑不住地大哭起來。

可是不行，不行啊。

我拚命深呼吸，趕緊擦乾眼淚，用力拍了拍自己的臉頰，再次探出頭。學長皺緊眉頭站在二樓陽臺，抬頭望著我。

「學長，我想畫你。」我朝他大喊，「這就是我要送你的禮物！」

說完，我立刻跑回二樓，他依舊站在陽臺上，神情複雜，而我揚起笑容，自顧自地立起畫架。

他二十三歲的模樣已經烙印在我的腦海中，我不用看著他也畫得出來，可是我還是想這麼做，我不要再偷偷畫了。

我屏住呼吸等待他的回答，學長只是注視著我，接著露出微笑。

「那我要站在哪裡？」當他說這句話的時候，雷聲響起，下一秒便降下傾盆大雨。

我失笑，陽臺被雨水濺溼了。

「我原本希望你能站那裡，但現在沒辦法了。」

「那我站在這裡。」學長移動到距離陽臺較近的走廊邊，「要擺什麼動作嗎？」

他搞笑地做出模特兒般的姿勢，我不禁笑了。

「不用，自然就好。」說完，我畫下第一筆。

當我再抬起頭看學長時，恍惚間，眼前的景象回到了過去，豔陽高照、天空萬里無雲，他穿著制服站在那裡。

我將自己藏在畫架後，不讓學長看見我哭花了臉的樣子。

雨聲與雷聲掩蓋住我的哭泣聲，畫架遮住我因哭泣而顫抖的身體，而我的感情也藏了五年。可是現在，我不想再藏了。

我描繪出學長的輪廓，比起高中時，現在他的輪廓更深、眼睛更細長，最不一樣的是，在我以前的畫中，學長總是面無表情，如今我可以畫他的笑臉了，因為我終於近距離地清楚看見他笑起來的模樣。

終於壓抑住哭泣後，我再次望向學長，卻發現他直盯著我。

「妳畫畫時都不用看我，這樣可以畫嗎？」他問。

「當然可以，我可是專業的。」我的聲音帶了點鼻音，雨聲應該可以掩飾這點吧？

學長沒有說話，他的目光像是要把我看透，我只好再次將自己的臉藏到畫架後。

「那幅畫……我畫Emma學姊的畫，你有看過嗎？」半晌，我再次開口，並沒有看學長。

「她留著，還很珍惜地裱框呢。」他回答。

我的眼淚流得更凶了。

內心天人交戰，我知道感情無分對錯，喜歡沒有所謂的先來後到，卻仍矛盾地覺得，我等了比較久，所以學長應該是我的。

我不願傷害Emma學姊，但又想抓住學長。

「Emma學姊……有提過我嗎？」

「有，還滿常提的，她很喜歡妳。」學長笑了笑。

「我以爲她不會在你面前提起我。」

「爲什麼這麼說？」學長疑惑，接著恍然大悟，「是因爲妳那時候喜歡我嗎？」

我瞪大眼睛，不知道該怎麼回應。

一陣強風吹過，吹倒了畫架，也將雨水吹進走廊，學長拉著我躲到走廊最裡面，然後扶起畫架。

「由我來說可能很怪，畢竟我是模特兒，可是妳畫得眞的很好。」他端詳著我的畫，「不過，現在是雨天耶。」

「在我的記憶中，站在陽臺上的你，背後永遠都是陽光。」我的喉嚨乾澀得連說話都有些困難。

學長凝視著我，他曾是只存在於回憶中的人，現在卻在我面前，我不想再後悔。

於是，我開口：「學……」

「妳知道嗎？當我在美國遇見Emma的時候……」學長打斷我的話，「她一看見我，就問妳的事。」

「咦？」我睜大眼睛，呼吸幾近停止。

「她問我們到底怎麼樣了，我說也沒怎樣，妳好像已經不喜歡我了。」

「什麼？」我看著學長的臉，他似乎不太好意思。

「妳不要這樣看我啦，反正都是將近五年前的事了，講出來也不會怎樣吧？」學長尷尬地笑了幾聲。

「爲什麼你會覺得我不喜歡你了？」

「因爲妳都避開我，也沒有再偷看我了啊。」

「你知道我會偷看你？」我驚訝地說，臉瞬間紅了起來。實在是太丟臉了。

「很明顯好嗎？我們班的人幾乎都知道妳喜歡我。」大概是被我影響，學長臉頰也微微泛紅，「不要說這個了，我覺得好尷尬，而且我那時候超愛裝酷的，明知道妳在偷看我，還假裝不知情，想起來就覺得很白痴。」

「都是過去的事情了，爲什麼不講？我想聽。」我說了謊。

其實對我而言，那些事並不是過去式，但好不容易可以得知學長的想法，我不要再錯過，也不要再後悔。

學長靜靜地看我，然後嘆了一口氣。

「Emma每天都在說要把我們湊成一對，不過妳也知道那時候我喜歡程雁，而且我很習慣有人喜歡我。」學長停頓了一下，「我這樣說不是因爲我自戀。」

「我知道。」我擺擺手。

「不過，雖然滿多人喜歡我，可是沒有一個女生像妳這樣。我不知道妳到底是膽子大還是膽子小，畫的漫畫男主角一看就知道是我，而且Emma又一直要幫妳，可是每當我想和妳說話時，妳卻又很緊張。」

「你有想要和我說話嗎？」我歪著頭回憶。有這種事？

「像張瑞德和杜小娟相認那時就是，還有，有一次我不是和他一起上來找妳們？但那天妳被告白了。之後我就沒再找機會和妳說話了，因爲當時我爸每天都在說要送我出國，讓我有陣子心情特別差。」

我的腦袋一片混亂，完全跟不上，而學長開始說當年出國的事。由於他爸爸不斷要求他出國，所以他才賭氣不再去補習，沒想到就這麼直接被送出國了。

講完這段往事，學長似乎有點難爲情，乾咳了幾聲。

「其實我還滿常想到妳的，只要想起臺灣的生活，就一定會想到妳，因爲有個女生曾經那樣喜歡過我。」學長望向欄杆外，「雨變小了。」

過去無法改變，所以只能把握當下，然而有時候現在也是沒辦法改變的。我已經錯過了時機，學長終究有要回去的地方、終究有人等著他。

我慢了整整五年，只能花一輩子來記得這份遺憾，並猜想，如果當年我能勇敢接近學長，學長也許有可能喜歡上我吧？

什麼都不說，就這樣分開，是我唯一能給Emma學姊的回報。

✦

學長回美國的那天，張瑞德開車送他去機場，我和杜小娟跟著去了。令人意外的是，徐安安也來了。

在杜小娟和張瑞德幫忙學長整理東西時，我抓了個空檔跟徐安安說話。

「謝謝妳過來。」

徐安安冷著臉，隨即嘆氣，「我比誰都清楚妳有多喜歡他，我陪妳度過高中三年，也知道妳嘗試和劉旻文交往過卻無疾而終。我沒辦法體諒，但又沒辦法不心疼妳。雁子，做妳認爲對的事吧，即便那是錯的，我也會站在妳這邊。」

要說出這番話，對早已不相信愛情的徐安安來說想必非常艱難。我感動無比，接著微微一笑，拉起徐安安的手。

「我沒有告白。」

她瞪大眼睛，「但妳不是說……」

「是呀，可是我再度臨陣退縮了。」

徐安安握緊我的手，眼裡盡是疼惜，「雁子，對不起。」

「有什麼好對不起的，這麼多年了，妳們一直在我身邊，謝謝妳們。」

「欸，妳們兩個幹麼自己在這邊搞恩愛啦！」杜小娟跑回來，學長已經報到完畢，和張瑞德一起朝我們這裡走來。

「陪我去樓下的便利商店買個東西。」徐安安果斷鬆開我的手，拉著杜小娟就走。

「張瑞德，你也過來！」杜小娟心領神會，喊上張瑞德一同離開。

頓時只剩下我和學長兩人，我知道她們是要讓我跟學長獨處。也許這是最後一次了。

「距離登機還有很長一段時間，我們坐一下吧？」學長走到旁邊的椅子坐下，我跟著過去。他蹙眉看向外頭，「眞煩，要搭飛機卻下這麼大的雨。」

「午後雷陣雨而已，等等就會停了。」我笑著說，卻感到心揪。

學長又要離開了。

「對了，這次妳沒帶我臺北走透透耶，下次我會和Emma一起回來，到時我們再聚一聚吧。」他轉過頭。

我微笑答應，「Emma學姊也很久沒回臺灣了，等你們下次回來，一定要通知我。」

「那是當然，妳是我們共同的朋友。」學長笑著摸摸我的頭。

當他碰觸我的瞬間，我的視線變得朦朧，連忙假裝在找包包裡的東西。

「對了，學長，你會講哪幾國語言的『我愛你』？」我拿出筆記本裝作要記錄，「我最近在蒐集各國語言的『我愛你』說法。」

「各國語言的我愛你？」學長疑惑地說。

「是啊，例如日文的我愛你是愛している，韓文是사랑해。」我扳著手指數著。

「那法文是Je t'aime，德文是Ich liebe dich。」

我瞪大眼睛，豎起拇指，「好厲害喔，學長！那其他國家的呢？」

學長皺了皺眉頭，「西班牙我記得是Te amo，義大利是Ti amo。」

「那愛爾蘭呢？瑞士呢？葡萄牙？荷蘭？捷克？」我興沖沖地問，絞盡腦汁提出一個個國家。

「我哪有那麼厲害。」學長笑了，「愛爾蘭是Taim i'ngra leat，其他的我不清楚。」

我們沉默了一會兒，班機時刻表不斷變動，我突然有些鼻酸。

能夠像現在這樣和學長說話，是高中時的我絕對無法想像的，杜小娟要我抱持希望，然而我沒想到重逢的這天眞的會到來。

只是人事已非，他的曖昧態度也許只是我多心，因爲我還喜歡他。而且如今什麼都不能改變了，世界上莫可奈何的事很多，想得卻不可得，想要卻不能要。

眼眶溼溼的，我努力不讓眼淚掉下來。

分離的時刻終究還是來臨了，雖然我知道學長會再回來，心裡的惆悵卻無法散去。

「我該走了，很高興這次回來可以見到當年的小學妹，現在已經是個大正妹了呢。」學長又笑笑地摸了摸我的頭。

「我愛你。」我抬起頭凝視學長。

他嚇了一跳，顯然不知道該不該收回擱在我頭上的手。

「這是中文。」我俏皮一笑，學長愣了幾秒，也笑了起來。

我陪他走到出境口，學長出示機票讓地勤人員檢查。

「學長，保持聯絡。」我哽咽地開口。天知道我有多捨不得，我眼眶泛淚的模樣肯定被清楚地看見了，可是我不想再遮掩。

「I Love you。」學長突然說，我瞪大眼睛，眼淚就這樣滑了下來，「這是英文。」學長神情溫柔，再次摸了我的頭。

我破涕爲笑。

我們永遠不會知道，此時說的「我愛你」是不是眞的，但對我而言，這樣就夠了。我告訴了學長我愛他，他也回應了我。

我對學長揮手，他展開笑顏，那笑容就和高中時一樣，卻更加眞實。

「蔡政宇走了？」張瑞德不知從哪裡冒出來，「也不跟我們道別一下。」

「學長又不是不會回來了。」我笑著說，杜小娟擔心地打量我。

「妳幹麼這樣看我？」

「妳沒事嗎？」徐安安問。

我搖頭，「爲什麼會這樣問？」

「我有想過，或許妳並沒有忘記學長。」杜小娟壓低聲音，張瑞德往停車場走去。

「沒有忘記，也不會忘記。」我跟著張瑞德走，周子瑜的臉龐浮現在腦海，她曾說忘不掉就不要忘。

「那如果學長選擇了妳呢？」杜小娟追上我的腳步，「如果下次他回臺灣時，已經和Emma學姊分手了，然後選擇了妳呢？」

我停下來，杜小娟又再次給我這種希望。

徐安安打了杜小娟一下，用眼神警告她別亂講話。

「我已經不會去想那些事情了。」我需要的是往前走，五年前沒說出口的話，五年後我仍選擇不說，那麼這輩子便不需要再說了。

學長從過去來到了現在，可是我的感情不能再延續下去。

我還是喜歡學長，這份戀慕沒有那麼容易被遺忘，不過我的心不像以前那麼難受了，有種豁然開朗的感覺。

也許，我的單相思終於可以結束了。

走到室外，我們才發現雨已經停了，太陽也露臉了，天空掛著一道彩虹。我望著蔚藍的晴空，心情跟著放鬆。

雨後的空氣特別清新，我心中的雜念也像是被洗滌了一般。我知道，今後這片藍天將蔚藍到永遠。

全文完

番外

有些遺憾，就該永遠只是遺憾

「欸，蔡政宇，你看見了嗎？」張瑞德帶著戲謔的表情，下巴往前抬了下，我隨著他示意的方向望去，一群女生正朝這裡看。

她們面帶笑容竊竊私語著，一發現我正在看她們，便立刻尖叫著跑進教室。

「校園王子啊。」張瑞德又說，我白了他一眼，勾住他的脖子。

「怎樣？嫉妒？」

「哪敢嫉妒，校園王子做什麼都被注意，太沒隱私了。」張瑞德用力打我的手。

「喂，你們兩個搞什麼，在搞BL嗎？」Emma拍著籃球，瞇著眼說。

「B妳個頭。」我鬆開張瑞德的脖子。

Emma瞪大眼睛，調侃地說：「要是眾多愛慕你的人聽見你居然對一個女孩子講B妳個頭，一定會幻滅的。」

「我倒是希望她們都幻滅，擅自想像我的個性，又擅自喜歡我，然後再擅自因爲告白失敗而被我傷害……等等，我這樣非自願性地傷害人，以後下地獄會不會被當成業障啊？」我故作慌張地問，換來張瑞德的大笑以及Emma的白眼。

「你下地獄的罪名就是承受太多愛。」張瑞德搖頭晃腦地說。

「請問你們還要用籃球場嗎？」一個女孩的聲音傳來。

「啊，給妳們用吧。」Emma運著球往旁邊走去，我和張瑞德也邁步離開。

「謝謝。對了，你是蔡政宇學長吧？」在我經過那女孩身邊時，她開口，我正眼打量她。

她留著俐落的短髮，模樣相當清秀，帶點英氣，是個帥氣的女孩。

「是。」

「我是一年一班的程雁，聽我們班的男生說，你打籃球很強，如果下次有機會，我們可以切磋一下。」她稍稍偏頭，而我十分訝異。

「可以啊。」

「太好了。」她微笑，隨即轉身去與她的同伴一起打球。

「這是怎麼回事？她想吸引你的注意嗎？」Emma低聲說。

「倒是第一次看到這種搭訕方式，老實說效果滿不錯的。」張瑞德讚賞。

「你們很無聊。」說完，我離開籃球場，但其實程雁的確引起我的興趣了。

不是我自誇，我確實非常受歡迎，除了本來就同班的女生，與我搭話的女生大部分都是想接近我。

我很習慣被告白，也很習慣拒絕別人，但要如何做到不傷人並不容易拿捏。

走進校舍前，我回頭看了一眼籃球場上的程雁，像她那樣的女生我還是第一次遇到。

不過後來，我始終沒和程雁打過球，每當我看見她時，她總是和一群男生在打籃球，而若與我對上眼，她便會禮貌性地點頭微笑。

她沒有其他表示，也沒問我的聯絡方式，更沒有其他進一步的行爲，這讓我有些在意。

「這就叫做喜歡啦！」當第三次注意到我在看程雁時，張瑞德下了這樣的結論。

「喜你個頭。」我站在二樓陽臺，從這裡抬頭往上看，能見到程雁與她的朋友站在三樓陽臺邊。

她不遵守學校規定穿制服裙，下半身多半穿著褲子，我對這點十分好奇。就我的理解，女孩子大多喜歡打扮得漂漂亮亮的。

「各班班長請至教務處集合，動作快。」廣播裡傳來教務主任的聲音，張瑞德翻了個白眼，「信不信，絕對沒什麼重要的事。」

「教務主任的興趣就是集合班長說廢話。」我大笑，控制著音量沒讓別人聽見這番話，畢竟我的形象可是品學兼優的好學生。

我與張瑞德走到一樓的教務處前，已經有幾個班級的班長來了。我們這所高中是新成立的學校，之前只有我們這一屆和上一屆的學長姊，今年多了新生，校園裡頓時變得更熱鬧，也更吵鬧。

「欸，你爲什麼都不交女朋友啊？」張瑞德這傢伙不排在自己三班的位置，硬是站在我旁邊。

「幹麼要交？」我知道他希望得到什麼答案，他又想提程雁了。特別注意一個異性就叫喜歡嗎？我也很注意我們班的導師，難道我喜歡導師？

「那麼多人喜歡你耶，隨便挑一個啊。」接著，張瑞德用嘴型無聲說：「例如程雁。」

我笑了聲，「女朋友又不是這樣交的。」

「不然要怎麼交？」

「要……」要你個頭！我打算這麼回，並給他一拳，教務主任卻突然大吼：「張瑞德！回你自己的班級該排的地方站好！」

「哎唷哎唷，好啦，主任不要這麼愛生氣啦。」張瑞德嘻嘻哈哈走回自己班級的位置，我毫不留情地嘲笑他。

「白痴。」逃過一劫算他幸運，否則有得他受。

果不其然，主任宣布了些無聊的事，根本不需要召集我們過來。張瑞德大剌剌地抗議，說可以用廣播的就好，而主任將手裡的簿子往他身上丟。

我忍不住又大笑，張瑞德立刻反把簿子朝我這裡丟來。

「蔡政宇，你不要再笑了！」他吼，我撿起簿子丟回給他。

「不要亂丟啦！」

這時，右前方的一個新生回過頭，表情相當驚訝。她睜著圓圓大眼盯著我的胸前，然後抬眼望我。

那雙眼睛清澈無比，其中訝異的情緒很快轉爲疑惑。

我腳下一個不穩，稍稍撞到了她，「啊，抱歉。」

她瞬間像是被嚇到一樣，立刻轉回身看向前方。

看樣子惹她不高興了。

「不要亂丟我的簿子，拿來！」主任喊，「其他人沒事的話可以解散了。」

「主任，剛剛是你先亂丟的耶。」張瑞德不怕死地說，我和他笑個不停，離開教務處。

路上，張瑞德再度不死心地提起程雁，我低罵一聲，「靠，你不要在那邊亂講，你是要說我喜歡程雁？不可能好嗎。」

「如果會留意某個人的蹤影，或是聽見她的名字就想找尋，那就是了好嗎？你可要把握機會，想當年我和國小時認識的可愛鄰居杜小娟因爲搬家失聯，結果我到現在都還超後悔的。」

「這件事我大概聽了八百萬遍，拜託閉嘴。」我沒興趣知道張瑞德對鄰居小妹妹的暗戀，但我確實在意程雁。

這也不是我自誇，喜歡我的女生各種類型皆有，其中自然不乏漂亮的女孩。程雁的外表像男孩子一樣，我會喜歡她？

「妳叫程雁？是副班長？」

我隱約聽到教務主任這麼說，於是回過頭，只見一個女孩低著頭站在主任面前，並不是程雁。

「喂，你是不是聽成程雁了？」張瑞德突然異常敏銳，他興奮地大吼：「我就知道，就說你喜歡程雁，這下子該承認了吧！這有啥好不承認的啊，拜託！」

「你閉嘴啦！」我吼回去。這種怪異的感覺是什麼？

「張瑞德，你安靜一點，現在是上課時間。」主任的聲音傳來。

「不公平，爲什麼都只罵我？蔡政宇也很吵啊！」張瑞德嚷嚷，我伸手非常用力地拍他的肩膀。

「主任再見！」我朝主任燦爛一笑，然後對張瑞德說：「你不要白目，我根本不確定。」

「不然我們等等去找程雁？這樣你就可以確定了。」張瑞德只有在這種時候才特別熱心。

回到教室，我簡單報告了主任交代的事項，而返回座位後，換Emma壞笑著看我。

「幹麼？」

「我收到張瑞德的簡訊，聽說你等下要去跟程雁告白？」她揮揮手機，故意大聲說：「各位，天菜蔡政宇有喜歡的人了！」

全班同學跟著起鬨，每個人都是一副看好戲的樣子，還有人說千千萬萬的少女要失戀了，我只好站起來拱手，「很抱歉讓大家傷心了。」

胡鬧這種事，本來就很有趣。

✦

因爲是新學校的關係，學生人數比較少，所以我們這屆的學生打破了班級的隔閡，大家都像同班一樣十分要好，開起玩笑也時常不知節制。我喜歡程雁的事在同年級之間傳開，大家都知道是鬧著玩的，但傳到學弟妹耳中就不是那麼回事了。

有天，當我在補習班和張瑞德對考卷的答案時，隔壁教室的一個學妹眼眶泛紅地進來問我這件事。我太過訝異，所以沒有立即否認，結果學妹的眼淚掉下來，馬上頭也不回地衝出教室。

「我可以笑嗎？」張瑞德憋得臉色漲紅，下一秒便爆笑出聲，「所以說三人成虎啊！」

「你眞是罪魁禍首。」我翻了個白眼，不想多說。

反正謠言七七四十九天就會散了。

一切的轉折發生在幾天後的體育課，我們在籃球場遇見調課到同一堂的一年一班學生。

一看見我，那些學弟妹紛紛露出怪異的表情，女生們統統跑到後方對另一個女生竊竊私語，而男生們則發出怪笑聲。

這情況非常熟悉，當班上的人想糗我時，也是這種氣氛。

果不其然，在那群人之中，我看見程雁的身影。她倒不像其他人那樣興奮，也不顯得彆扭，只是拍著手中的籃球，雙眼直視著我。

「快呀，蔡政宇，機會難得喔。」不知道是班上哪個白痴大聲嚷嚷，八成想看我出糗。

程雁大方地緩步走近，將籃球丟過來，我及時接住，那球丟得扎實有力。

「學長，我們還沒打過籃球。」接著，她轉頭向自己的同學們說：「有誰要加入？」

「我！」

「我我我！籃球社一定要加入。」

幾個男生出聲，主動站到球場中央，而女孩子們自動往兩旁退。很快，一年一班的學生都退到了場外，只留下要打球的人待在場內，反而是我們班的同學還在狀況外。

「誰要打？」我問班上的人，並把籃球傳回給程雁，幾個男生附和後，其他人也全退到場外。

場上除了程雁以外，沒有一個女生，但她毫不畏懼地直接走至場中央，準備跳球，讓我有些驚訝。

程雁與我對視並蹲低身子，嘴角噙著自信的微笑，在這短短的瞬間，我有些恍神，因此錯過起跳的時機，被程雁取得先機。她笑著往我身後退，接過她的隊友傳來的球，迅速躍起出手，籃球在空中劃出完美的拋物線，漂亮地空心進籃。

「三分！」場外爆出驚呼，程雁與她的隊友們擊掌，又對我露出驕傲的微笑。

「蔡政宇，發呆啊？」其他同學拍了我的背，「先讓他們三分。」

我用力甩了下頭，邁開步伐準備接下傳球，程雁卻來到我面前。她的嘴角依舊掛著笑，然後開口：「學長，謝謝你的欣賞，但我要先拒絕你。」

這番話太出乎意料，導致我漏拍了一下球，程雁抓準機會抄球，流暢地運球進攻，她閃過好幾個企圖阻攔的對手，接著在籃框邊跳起來，又射籃得分。

我從來沒遇過這樣的女生。

友誼賽結束，我們班險勝三分，程雁與班上同學說說笑笑地擦著汗離開球場，我則坐在籃框下綁鞋帶。

「那個程雁不是蓋的耶。」我們班的人一致給予她好評，並不忘取笑我，「看樣子蔡政宇眼光很不錯啊。」

我目送程雁離去的背影，頓時有了想多了解她的衝動。

「這個眼神有點不妙喔。」Emma走到我身邊，和我一同望著程雁，又低下頭擋在我面前，「該不會眞的喜歡上了吧？」

「她剛才拒絕我了。」我把剛剛程雁對我說的話告訴她，Emma大笑不已。

「天啊，莫名其妙被打槍！笑死我了，這下子你根本跳到黃河也洗不清了！」

「假如她眞的認爲我喜歡她，那她處理的方式還滿好的。」

「那樣算好嗎？在打球的時候說只是一種戰術吧，是個擅長利用人心的女孩呢。」

「一個女生會下場打籃球，本身就是一件很特別的事，妳別說這樣也是利用人心。」

「我又沒這樣說！欸，等等，你幹麼？」她的語氣原本還帶了點調侃，接著轉爲不可置信，「不是只是開開玩笑嗎？怎麼你被拒絕了之後，反而好像眞的對她有興趣了？」

「我也不知道，可能是因爲覺得她很特別吧。」

「那只是因爲她拒絕了你。男人就是這樣，得不到的總是最好。」Emma兩手一攤，顯得不以爲然。

「我又沒有要怎樣，追求看看不行？」

「什麼追求看看，你們男人就是這點討厭。」Emma毫不掩飾自己的鄙視。

「有什麼不好，蔡政宇也該嚐嚐喜歡一個人的滋味，才會理解那些女生喜歡他的辛苦。」張瑞德突然插話，我和Emma都愣住了。這傢伙什麼時候跑來的？

「剛剛上課時看見你們在籃球場打球，所以我一下課就立刻衝來，及時聽說這條大八卦。沒想到蔡政宇有喜歡的人啦！」張瑞德用盡力氣大喊，深怕別人不知道，連遠在走廊上的學生都聽到了。

「你們很無聊。」我揚起微笑，這一次不再是因爲覺得有趣。

說要追人，其實我也不知道該怎麼追。

我站在教室外的欄杆邊，仰頭看向三樓。有時候會瞧見程雁，但大多時候不會，於是我轉過頭，往下看著中庭。

張瑞德在中庭吆喝我下去打球，我沒猶豫太久便三步併作兩步衝往樓下。在球場上，我時不時往三樓的教室看，尋找程雁的身影，後來這成爲了我的一個習慣。無論在校園裡的哪個角落，我總是會朝一年一班的教室張望，偶爾眞的能發現程雁在那。

「我還是不太敢相信，你就這樣煞到程雁了。」張瑞德抄著黑板上的數學公式，低聲碎念著。

「補習中，請安靜。」我涼涼地提醒他，此時下課鈴響起，我立刻把東西收拾好準備離開。今晚在南部念大學的大姊回臺北，我們全家要外出用餐。

「急屁啊！」張瑞德抱怨，我沒理他，逕自說了再見便走了。

「蔡政宇，你忘記拿水了啦！」

當我快走到電梯前時，張瑞德從教室追出來，我迅速轉身單手接住他丟來的寶特瓶。

「謝啦！」我對他揮手，然後走到電梯前按下按鈕。

「程雁！」

有個女人喊了這個名字，我頓時一愣，下意識回頭。

一個長相清秀的女孩盯著我看，而她旁邊的女人——應該是她的媽媽——則搖晃著她，「小雁，妳要不要補？」

我多看了她幾眼，原來不是程雁。這麼巧，居然有如此相像的名字？

「你還沒走啊？」張瑞德來到我身邊，我又看了那女孩一眼。

「電梯還沒來……啊，來了。」電梯門打開，我和張瑞德說笑著進去。

「如果程雁也喜歡你，你會跟她交往吧？」張瑞德又提起程雁。

「會啊。」我理所當然地說。

「哇，看樣子真的深陷情海了。」張瑞德拿著手機打訊息，我瞄了一眼，他把我說的話原封不動地轉告給Emma了。

「你真的是八卦傳聲筒。」

「請叫我情報集散地。」張瑞德得意地笑。

之後，我與程雁沒有更多接觸，每天就只是站在陽臺看看她有沒有出現。好幾次我聽見有人喊她的名字，可是抬起頭卻沒看見她，反而會看見另一個身影很快縮回四樓的走廊。

張瑞德對於我如此消極的態度感到煩躁，於是某天拉著我到了一年一班的教室外面。

「別人吃麵，你喊什麼燒。」我忍不住說。

「程雁，請妳出來一下。」張瑞德不理我，逕自喊了待在教室裡的程雁。

她顯然有些訝異，但還是面帶笑容走出來。

「學長，請問有什麼事嗎？」

怪了，我怎麼忽然覺得有點緊張？

「說話啊，蔡政宇。」

明明是張瑞德拉我來的，結果卻要我說話，而我還是第一次不知道該講什麼。

「看來作文比賽拿第一名也不會說話。」張瑞德拍了下自己的額頭。

「又不是演講第一，作文是用寫的好嗎？」好在我沒有喪失吐槽的能力。

「如果學長沒事的話，我先回去……」程雁指了指教室裡頭，轉身要離開。

我想也沒想，脫口就問：「妳的生日是什麼時候？」

她一愣，隨即乾脆地告訴我：「二月二十八。」

「我會送妳東西。」說完，我轉身就走，耳邊彷彿聽見了程雁的輕笑聲。

張瑞德從後面追上，揶揄地說：「真不知道你在裝什麼酷，什麼『我會送妳東西』，好噁。」

「以後不要隨便亂拉我去找人，要去的話我自己會去。」我告誡他，張瑞德聳聳肩，一副欠揍的模樣，我權當他知道了。

✦

補習班是個比學校還誇張的地方，我不是指課業壓力，而是指女生們。

除了我們高中，還有好幾所學校的女生都是衝著我來，這可是經過補習班人員認證的，上次老師甚至還說要給我紅包以資獎勵。

由於補習班的教室是以透明玻璃隔間，所以可以清楚看見各個教室的上課狀況，而大家下課的時間都差不多。每當下課鈴響，在拔腿搶搭電梯的路上，我總會瞧見教室內有一整排女生隔著玻璃盯著我。

我就像被人觀賞的珍禽異獸，起初還因此非常不自在，不過久了也習慣了。

張瑞德倒是很享受被注目的感覺，越多人看他，他走路越是大搖大擺，還有興致告訴我那些女生之中有誰很正，或是誰特別熱情等等。

「你剛剛有沒有看到？超誇張的，一年級的全都貼在玻璃上看你。」到了公車站，張瑞德馬上報告剛才的情況。

「看到啦，不是每次都這樣？」

「你眞是囂張！我的公車來了，明天見，蔡政宇。」

我朝他揮手，我要搭的公車也跟在張瑞德搭的公車之後來了。招手時，我發現有另一個穿著同校制服的學妹在等公車。

她跟我上了同一班公車，我稍微看了一眼，總覺得挺面熟，卻又想不起來在哪見過。

✦

「學長。」

這道聲音的主人引起全班的騷動，程雁的表情有些尷尬，態度卻十分堅定，「可以請你出來一下嗎？」

我手足無措，連忙要班上的人別吵，並來到教室後門。

「怎、怎麼了嗎？」我居然結巴了。

「在這邊不太方便說，可以……」她側頭往後方一瞥，我明白她的意思，畢竟我們班的人都圍在旁邊偷聽。

我們走到空中花園，一路上引來不少注目，甚至還有人對我說「加油」或是「要告白嗎」之類的話，我不禁翻了白眼，同時也緊張萬分。

難道她真的是要告白？

我不是第一次被叫到空中花園，但從沒想過有天對象會是程雁。

她側過身，我嚥了嚥口水，屏息等她發話。她微微張口：「學長，我想了很久，你說過要送我生日禮物……可是我不能收。」

沒料到又是拒絕，我感覺自己的心臟一縮，還有些刺痛。

「為什麼？我又不會要求妳回報。」我只是想買個小禮物表達心意，她並不需要覺得有負擔。

「學長，你喜歡我這件事是真的嗎？」程雁單刀直入，眼神沒有一絲猶豫。

「這……」

「我一直覺得是大家在亂開玩笑，所以沒有認真看待。」她抿起雙唇，「不過若學長是真心的，我就必須好好回應。」

我的身子僵硬不已，不自覺地握緊雙拳，看著眼前這女孩，我竟懷疑起自己的心意。

雖然我交過女朋友，但有時喜歡這種心情會因對象不同而有所差異。面對程雁，我抓不準自己的感覺，或許我是喜歡她的，可是對於能否和她交往，我並沒有抱持太大的期待。

我把這種感覺老實告訴她，程雁先是一怔，隨即露出了然於胸的微笑。她雙手插腰，聳了聳肩，「這對學長來說算是很認真的回答，對吧？那我也認真回答。學長，我沒辦法喜歡你。」

再次被拒絕，我有點難受，不過也不特別遺憾。

「有什麼原因嗎？」問出這句話後，我覺得自己簡直像個死纏爛打的人，於是不禁懊惱。沒辦法喜歡就是不喜歡，哪裡還需要原因？

我正要跟她說不用回答，卻發現程雁摸著下巴思索，接著無奈地嘆氣，「學長看起來不是會亂傳八卦的人，我就老實說了。我喜歡的不是男生。」

我頓時傻了，看著她的表情，我明白這不是玩笑。被拒絕就算了，想不到還是這種理由，眞是人生中難得的體驗。

「我明白了。」我這麼回答。

「謝謝學長，下次再一起打球吧。」程雁像是鬆了口氣，轉身離去前對我揮手道別。

回到教室，無論班上的人問了什麼，我都沒有太多反應，只說我和程雁不可能，於是大家便妄自揣測我再次被拒絕了。

過了一陣子，某天在公車站，我又聽見有人呼喚程雁的名字，於是下意識轉頭。那張熟悉的清秀臉龐上充滿訝異與困擾的神情，臉頰帶著紅暈，不是程雁，是那個名字很像的女孩。

她似乎在跟男朋友吵架，我將視線轉回馬路上，伸手招了公車。上車坐定後，我感受到女孩的視線，於是透過窗戶看了她一眼，她咬著下唇，大大的眼睛毫不掩飾盯著我。

對於那種眼神，我並不陌生。

看樣子，那個男生不是她的男朋友。

「蔡政宇，校慶就決定由你上臺自彈自唱了。」校慶前三天，我才從張瑞德那邊得知這個消息。

「我不想。」

張瑞德推了下他的大眼鏡，「什麼不想？不想也得想，你出馬才有辦法招攬更多社員。就算招攬不了社員，好歹你一上臺就能轟動全場啊！」張瑞德雙手往上抬，做出觸電般的動作。

我依舊沒答應，校慶當天稍早還四處閒晃，甚至爲了圖個清靜而去了最少人參觀的靜態展覽區。

我一直很喜歡藝術相關的事物，無奈本身沒什麼天分，所以只能欣賞。大禮堂裡展示著美術社成員的畫作，有張畫是色彩十分強烈的建築，讓人看了不太舒服。當我準備離開時，突然被眼前的一幅素描吸引了注意。

細膩的筆法、輕柔的線條，描繪出一隻漂亮的貓咪，這是眾多畫作中唯一沒有上色的，卻緊緊抓住我的目光，於是我看了眼繪者的姓名。

一年七班，沈雁。

又是這個名字，我喃喃唸著。

雖然想再多看一下這幅畫，但張瑞德傳了簡訊來，要我快去後臺準備，這傢伙還是要我上臺表演。

前往操場的途中，我因爲被一個學妹告白而耽擱了時間，當我抵達後臺時，Emma正要上臺。

「蔡政宇，加油啊，很多人都在期待你的表演。」身爲管樂社副社長的Emma老神在在，還偷偷指了講臺下方的觀眾席，「我剛剛有看到程雁，你要表現給她看喔。」

「就說我和程雁不可能了。」

「放心，你等等唱歌就會迷死她了啦！」張瑞德用力拍了下我的肩膀。

管樂隊帶來的〈龍貓〉十分輕快討喜，旋律豐富多變，獲得了熱烈的掌聲，害我覺得接在管樂社後面表演實在太不妙了，自彈自唱相較之下顯得單調無比。

「大家好，我們是吉他社，就由我們學校的大帥哥蔡政宇來爲大家表演吧。」張瑞德的介紹讓我不禁翻了白眼，但仍是尷尬地一笑。

「我是二年八班的蔡政宇，要帶來James Blunt的〈You're Beautiful〉。」我的話都還沒說完，臺下就響起震耳欲聾的尖叫，我不禁皺起眉頭。Emma這女人也拚命地叫，並指了指後頭。

順著她手指的方向看去，我見到程雁就站在最後面，她用饒富興味的表情打量我，使我頓時產生了好勝心。

無論程雁喜歡男生還是女生，無論她是不是拒絕了我，我都希望能讓她認爲我是個有魅力的人。

我刷起吉他弦，緩緩唱出歌曲，不過當表演結束時，我看見的不是程雁，而是Emma身旁那個與程雁有著相似名字的女孩。

這一次她終於不再表情呆滯，臉上掛著兩行清淚。

還是有人被我的歌聲打動，這樣也夠了。

幾天後，Emma一臉神祕來到我的座位旁，那模樣挺欠打的。

「蔡政宇，人帥眞好。」她撥弄著長髮，瞇起琥珀色的眼睛。

「妳又想幹麼？」瞧她鬼鬼祟祟的樣子就知道沒好事。

「一年七班有個沈雁，美術社的，你知道嗎？」Emma說出這個我聽過好幾次的名字。

「她有在補習，對吧？」我肯定地回答，Emma卻一臉茫然。搞什麼？自己問我又搞不清楚狀況。

「總之，你看看這個，她畫畫很厲害喔。」她不由分說地把一本畫本放到我的桌上，我翻開來，裡頭是手繪漫畫。畫風與線條細緻而舒服，劇情看起來像是少女漫畫。

「這什麼？」我隨手翻到下一頁，頓時傻眼，又抬頭看了Emma。她得意地微笑，我再往後翻了幾頁，最後忍不住問：「這是我嗎？」

「很明顯吧，我就說她畫得很好吧！」Emma大聲地說，引來其他人注意。一些人靠了過來，一看到漫畫裡的男主角，有個正在喝飲料的人噴了出來。

「蔡政宇，人帥眞好，連畫都有人送上。」他們下了這個結論。

我大笑不已，沒料到自己會變成漫畫中的男主角，而故事場景明顯是我們學校，女主角站在欄杆邊偷看男主角的劇情也分外熟悉。

沒記錯的話，一年七班應該在一年一班上方。

爲了求證，我後來趁著提早下課的機會特地經過七班，朝教室內看了看。雖然沒找到印象中的清秀臉龐，不過至少確定了教室的位置。

寒假時，我想起程雁的生日就在開學後，因此去了書局想買禮物給她。就算她拒絕了我，送送禮物還是可以吧。

「我實在搞不懂你爲什麼喜歡她，她很中性欸。」被我邀來家裡打電動的張瑞德搶過我手中的相框，擅自放回架上，拉著我離開書局。

但程雁除了外型中性了點以外，實在沒有其他跡象會讓我或是其他人聯想到她喜歡女生，從她跟我坦白時的說法來看，她顯然也沒告訴任何人。如此一來，要是程雁現在喜歡著誰，勢必將是一場苦戀。

✦

高二的課業壓力令人喘不過氣，不過我還算應付得不錯。某天補習班下課後，我準備拿走自己的上課證，卻聽見張瑞德站在公布欄前疑惑地說：「沈雁？」

我走過去，張瑞德盯著成績單上的名字，又看著我重複說：「沈雁？」

「打錯了嗎？應該是程雁吧？等等，我好像有印象，有一次我在這裡撿到沈雁的上課證。」

「是沈雁沒錯，一年七班有個沈雁。」沒想到Emma這個大嘴巴居然沒把沈雁的事告訴張瑞德。

我張望了下，沒見到沈雁的身影。之後我們兩個進了電梯，但在電梯門關上的前一刻，我發現沈雁帶著一貫的呆呆表情站在電梯外，於是不禁一笑。她怎麼神出鬼沒的？

「那個就是沈雁。」我對張瑞德說，他抬頭望出去。

「還滿可愛的。爲什麼有什麼好康都是你的？」

我們在補習班門口待了一陣子，我順便跟他說了Emma讓我看沈雁畫的漫畫的事，張瑞德扶額直搖頭。

「命運弄人，程雁不喜歡你，名字差不多的沈雁卻喜歡你，神的惡作劇啊！」

我白了他一眼，要他少囉嗦。電梯已經來回兩趟了，還是不見沈雁的蹤影。

「走吧，去搭車了。」

「我還以爲你在等人。」

其實我沒有特意等她，只是覺得她老是能瞬間臉紅很有趣。要是我跟她搭話，她的臉還可以更紅嗎？

「我想去便利商店一下，你要先走嗎？」張瑞德問。

「一起去吧。」我看了眼剛打開的電梯門，還是沒見到沈雁。

當我們買完東西，一邊討論著新發售的遊戲一邊前往公車站時，我終於瞧見了沈雁，她的身邊有另一個男生。

眼尖的張瑞德低聲問：「沈雁的男朋友？」

我搖頭，看起來對方是對她挺有好感，但沈雁神情自在，沒有臉紅、沒有緊張，更沒有矜持，不像是面對男朋友或喜歡的人的態度。

她喜歡我。在這個瞬間，我十分篤定。

下一刻，她大聲唱起我們學校的校歌，我和張瑞德都嚇了一跳，張瑞德幾乎要笑出來。沈雁的歌聲和她畫畫的筆觸同樣溫柔，配上校歌的歌詞與那搖晃的背影，看起來有夠蠢，不過蠢得很可愛。

張瑞德這個白目終究還是笑了出聲，沈雁瞬間噤聲，驚恐地回頭，我忍不住笑起來，又趕緊憋著。

眼角餘光可以瞥見沈雁整個人僵住了，一動也不動。

在張瑞德故意唱著校歌離開後，我上了公車，坐在老位子。

公車外，那個男生一直催促沈雁快點上車，我壞心地看著滿臉通紅的她。最後，她被那個男生推著上車，她抓緊書包的背帶，渾身僵硬地走來。

我盯著沈雁，心想要是她看了我一眼，我就和她搭話。我實在太好奇她的臉還能多紅，肢體還能多不協調，再紅下去的話，她會發燒吧。

可惜的是，她並沒有看過來，但一路上我覺得愉快極了。

過了幾天，Emma做了一件無聊的事，她跟我要了張照片，想也知道是要幹麼。

「我還要把課表給她。」她像是在報備。

「沒想到妳挺喜歡當媒婆的，已經確定畢業後的志向了嗎？」我調侃她。

「請說是牽紅線好嗎？」Emma不以為意，「我覺得你喜歡程雁實在太不可思議了，雁跟你比較相配，難道你眞的對她沒有好感？」

我聳肩，只說很期待沈雁的漫畫後續。

「你就繼續裝酷吧。」Emma對我扮了鬼臉。

知道Emma把課表跟照片都交給了沈雁後，我不免跟著留意起課表，發現下堂課是教室在五樓的電腦課，而電腦課常會提早下課。於是，我有了個主意，相信Emma也絕對會喜歡這個主意。

「Emma，我們從七班前面那條走廊繞回班上。」電腦課一如往常提早五分鐘下課，我喊住正準備離開教室的Emma。

她先是一愣，接著點頭如搗蒜，「蔡政宇，不錯啊！很會。」

我沒理會Emma的揶揄。

我們來到一年七班所在的走廊，教室裡傳來老師講課的聲音。除了Emma以外，還有其他同學隨行，我們放輕腳步，盡量不打擾在上課的學弟妹。

但Emma卻突然滿臉笑容朝七班教室揮手，並拉了拉我，我隨著她的視線望去，果然又看見神情呆滯的沈雁。

她抬起的手定格在胸前，顯然沒料到我會出現。瞬間，她的反應就像漫畫裡才會出現的誇張情況一樣，紅暈從脖子慢慢往上蔓延，最後整張臉紅得像顆蘋果般。

我不禁再次微笑。喜歡我的女孩很多，像她這樣的卻挺少，她到底是膽子大還是膽子小？明明漫畫裡畫的都是我，還請了Emma幫忙。

雖然我覺得多半是Emma自己雞婆，不過都有了跟我認識的大好機會，爲何她還是躊躇不前？

「沈雁，專心上課。」講臺上的老師出聲提醒，沈雁立刻低下頭，老師也要我們安靜。

「蔡政宇，看到了嗎？」Emma輕笑，「我們家雁雁很可愛吧。」

我沒回話，但沈雁紅撲撲的側臉著實令我印象深刻。

✦

「籃球隊獲勝啦！」擔任裁判的籃球社社長王博宇拍著手，彷彿絲毫沒發現他的社員對我的敵意。

那個黑皮膚的學弟再度撞了我一下，這一次我很明確感受到是故意的。

「是錯覺嗎？」張瑞德也注意到了，我們一邊擦汗，一邊看著其他球員離開球場。

「不是。」我對那個學弟有點印象，似乎是沈雁的同學，「你也知道，人帥敵人多。」

「靠！」張瑞德用力推我，然後朝王博宇揮手。

「怎麼啦？話說你們吉他社的這麼會打籃球也太奇怪了，怎麼當初沒加入籃球社？」王博宇裝傻，張瑞德是個動手比動嘴快的人，馬上一掌往王博宇背上招呼。

「少來了，別說你眞的沒發現。」張瑞德很了解這個假好人。

王博宇嘿嘿笑了兩聲，「學弟的感情問題我可不想管，好好打籃球不行嗎？」

「……你眞的是個聰明的傢伙。」這是我對他最高的「讚賞」。

「眼睛放亮一點，心知肚明即可，這樣才能活得長久、活得快樂。」王博宇的話像是宮鬥劇裡的臺詞。

「好，用籃球解決，那籃球社和吉他社來場對決如何？」張瑞德下了戰帖，王博宇雙眼發亮。

「求之不得！」

「啊，靠，我上當了嗎？你就是希望這樣對吧？」張瑞德慢了半拍才意識到王博宇的陰謀，頓時悔恨不已，王博宇根本樂得與我們有一場正式比賽。

正式比賽到來前，我們和籃球社又打了幾次熱身賽，沈雁的那位同學依舊對我充滿敵意。原因爲何，我本來還有點不確定，但後來再度在公車站遇見他們時，我便肯定了原因。那個男生直接問沈雁是否有喜歡的人，沈雁好像被逼得快暈倒了，不過我也十分好奇她會怎麼回答。

既然她敢把我畫進她的漫畫裡，那應該是大膽的，可是每次見到我，她又會紅著臉閃躲，似乎膽小無比。

所以我很好奇。

「我有喜歡的學長！」她的聲音顫抖著，卻相當清亮，那個男生的臉色頓時變得非常難看，幾乎是怒視著我。

「幹什麼啊？」張瑞德嘀咕，而我覺得有趣極了。

不久，上了公車的我特地回頭看了沈雁一眼，她對上我的目光，也要跟著上車。然而那個男生拉住她，司機隨即關上車門。

有點可惜。

我不自覺地往窗外看，想多瞧她幾眼。

後來，吉他社與籃球社終於正式比賽，我和張瑞德都打得挺認真，只是輕鬆的態度惹得籃球社——尤其是沈雁的同學——很不爽，不過最後我們輸了。

「要請籃球社吃飯了！」比賽結束後，張瑞德懊惱似的吶喊，王博宇興高采烈地提出他想去的餐廳。

我瞧了一眼球場邊，沈雁果然也在。接下來發生的事卻在意料之外，沒想到張瑞德心心念念的國小鄰居竟然是沈雁的朋友，這也太巧了。

我和沈雁之間有太多連結點，是該眞正認識一下了。

可惜，縱使我和沈雁之間有許多奇妙的緣分，卻總是會被阻撓，先是疑似喜歡沈雁的那個男同學拉住她，再來又冒出一個我沒見過的學姊，說想要我當她的模特兒。

我喜歡藝術，可是被要求當模特兒還眞有點詭異，雖然若是沈雁想畫我，我倒不排斥，而且事實上她也已經畫了好幾次。

「我沒辦法當模特兒。」我拒絕了，準備走人，但那個學姊怪可怕的，硬是攔住我的去路。

「妳不要這樣，蔡政宇都說不願意了，妳沒聽到嗎？」Emma像女俠一樣擋到那個學姊面前，而後張瑞德藉機拉走我們兩個。

我回頭看了沈雁一眼，發現她被那個學姊叫住了。被找麻煩了嗎？

我準備回去，這時Emma開口抱怨：「整個美術社我最討厭那個人了。」

「她也是美術社的？和沈雁認識？」我問。

「是呀，她的畫很令人不舒服。」Emma提起之前展覽上的畫，以及他們平時在大禮堂作畫的狀況。

既然是沈雁在社團的學姊，就讓她自行解決吧，如果沈雁喜歡我，想必會幫我拒絕那不舒服的邀約。

結果幾天後，沈雁居然輾轉透過杜小娟傳話給張瑞德，詢問我願不願意當那個學姊的模特兒。

有沒有搞錯？她自己不敢來跟我講話，卻爲了學姊透過關係這麼做？

「好啊。」所以我故意答應，一旁的Emma瞪大眼睛，說我瘋了。

我覺得他們才瘋了，不希望我答應的話，那根本不需要來問我。

我有些生氣，對沈雁的行爲莫名感到不開心。

雖然答應了，但我打算之後如果那個怪學姊眞的找上門，便反悔拒絕她，然而後來學姊並沒有出現。

「張瑞德！」

自從和杜小娟相認之後，張瑞德就變得有點噁心。像現在，一聽見杜小娟喊他，他馬上就傻笑起來。

「蔡政宇，我們上去吧。」張瑞德拉著我要去一年七班，我頓了下，反問他原因，卻換來他沒好氣地回應：「白痴喔，你以為我沒發現你一直偷看沈雁？可以了啦，該直接認識了，然後我也要跟小娟重溫往日情懷。」

「我可以報警嗎？」我故意一副眼神死的樣子，雙腳卻很誠實地跟上張瑞德。

隨著越來越接近一年七班的教室，我的心跳跟著加快。我非常好奇沈雁會有什麼樣的表情，以及會有什麼樣的反應。

當看見沈雁與她的朋友站在欄杆邊打鬧，並大聲唱著校歌時，我的嘴角忍不住泛起微笑。

在朋友的提醒下，沈雁才發現我的到來。她渾身僵硬，整張臉再度瞬間漲紅，她的這項特技實在很厲害，怎麼能說臉紅就臉紅？

真的有這麼喜歡我嗎？

喜歡到我光是用眼睛看，就知道她在微微顫抖。

從今天開始就會不一樣的吧，我等等會自我介紹，然後主動和她說話。

能有個人這麼喜歡自己，這種感覺挺好的。

高中三年發生過不少事，但最令我印象深刻的，還是沈雁那臉紅的模樣，以及總是趴在欄杆邊偷看我，卻以爲沒被發現的傻樣。

「我要帶你去看我的高中三年。」

所以，當二十二歲的沈雁在電話那頭這麼對我說時，我的思緒頓時飄回到很久以前。當時的我們都只是個孩子，而五年也夠久了。

「好，那我們明天見。」我說。

丟下到職沒多久的工作跑回臺灣這個行爲，本身就不是負責任的表現，我甚至沒向Emma說明回來的理由，不過她也沒有多問。

她一直以來都不曾多問，只有在重逢的第一年常問沈雁的事，後來便不再提起。

我看著沈雁描繪著高中校園的背影，她跟記憶中一樣清秀，雖然上了妝，單純的氣息卻沒有消失。

她那大大的眼睛與我對視時，不再跟以前一樣會立刻閃避，臉也不會迅速漲紅，取而代之的是淺笑以及大方的態度。

果然，時間過去太久了。

「妳是不是畫過一隻黃色的貓，而且還在大禮堂展出？」我提起當年在大禮堂看見的畫作，但沈雁卻說那是素描。怪了，在我的記憶中是黃色。

「可見人的記憶不太可靠，還會擅自幫畫添上顏色。」

聽她這麼一說，我仔細想想，好像眞的是素描畫。

後來沈雁當場畫了一隻貓，並說要讓我上色，我毫不猶豫地塗上黃色顏料，卻覺得自己毀了它。

「總覺得還是當初記憶裡的最美，一定是我上的顏色毀了這幅畫。」我有些懊惱。

「不會呀，我覺得很棒。」沈雁纖長的手指撫過畫紙，黃色顏料沾上她的指尖，然而沈雁毫不在意。她凝視畫作的側臉如此專注，微微的陽光灑在她身上，也點亮了畫。

爲何在我的記憶中，那隻貓的色彩會是亮眼的黃？

在這個瞬間，我想起來了，因爲那是沈雁畫的。

每當我從二樓陽臺抬頭，看見待在四樓的沈雁因爲我望過去而驚慌地縮回走廊時，都是晴朗的好天氣。

記憶之中，沈雁的背後總是湛藍的晴空與金黃的光芒。

因此一想到那幅畫、一想到沈雁，我便想到澄亮的黃。

「當從想像變成了現實，妳還覺得美麗嗎？」

我注視著模樣已經不再稚氣的沈雁，我們過去從未眞正說過話，也從未眞正認識對方，五年後卻能站在這裡對話。

我和妳想像中一樣嗎？若妳當年就認識我，還會喜歡我嗎？

「很美呀。」沈雁不假思索地回應，她的指尖還在那幅畫上。

「即便是人？」

「嗯。」她肯定地說，彷彿一切是如此理所當然。

於是，我提起她以前畫的漫畫，沈雁雖然嚇了一跳，仍大方承認漫畫裡的男主角是以我爲原型。

「有帶給你困擾嗎？」

面對她的提問，我不禁莞爾。當年我並不覺得困擾，不過這個問題也來得太遲。

「倒沒有，是個滿特別的回憶。」

走在校園裡，過往的回憶不斷湧現。

來到以前的二年八班時，沈雁要我在二樓陽臺等一下，接著她便往樓梯的方向跑。我大概知道她想做什麼，於是毫不猶豫地抬頭看向四樓。

沈雁的頭從四樓的欄杆邊探出，這個畫面十分令人懷念。

她沒有閃躲，我笑著問她在幹麼，她的笑臉卻僵住了。淚水瞬間自她的眼眶湧出，從四樓落了下來，幾乎滴在我的臉上。

沈雁縮回身子，而我馬上想往樓上奔去，卻又停下腳步。這麼衝動好嗎？我回來是爲了這個嗎？

在臉書上發現沈雁時，我非常激動，可是我沒告訴Emma，連回來臺灣的理由都沒告訴她。

Emma不是不問，而是因爲已經猜到了。

我們重逢後的第一年，她問過太多事情，導致後來我們在一起後，沈雁變成了一個禁忌的話題。

「蔡政宇，你到底有沒有喜歡過雁雁？」那一年，她最常問的便是這句話。

我用力搖頭，強迫自己走回欄杆邊。

就當作不知道沈雁哭了，就當作一切都很好，我們只是久別重逢的學長與學妹。

✦

「你剛才看見了嗎？」離開一年七班後，張瑞德難得眉頭深鎖，「那個學妹太喜歡你了吧？」

沈雁被那個黑皮膚的男生告白了，而看見對方似乎要與我起衝突，她頓時像是快哭出來。

我最常見到的，是她滿臉通紅的模樣，但此刻她卻嘴唇泛白，神情帶著恐懼與不安。

這一瞬間，我對於自己抱著好奇以及好玩的心態接近她，只為了看看她的反應這點感到很羞恥。

她是眞心喜歡我，認眞的程度遠遠超乎我的想像。

一直以來，我對女朋友或是任何女生都抱持著說不上認眞的態度，就連面對程雁，我也不曾覺得非得和她在一起不可。

我這樣有資格接近沈雁，並與她做朋友嗎？

還未眞正與她接觸，就讓她露出那種表情，要是之後傷她傷得更深的話怎麼辦？

她太眞心，眞心到我怕自己不是眞心，我不能抱著試試看的心態去接近她。我不希望沈雁因爲我不確定的態度而再次受傷，也不希望讓沈雁抱持過多期待，所以當Emma又來問我對沈雁的想法時，我說了傷人的答案。

「我喜歡的是程雁。」

但天知道我有多久沒追尋程雁的身影了。

✦

「學長，我想畫你。」沈雁的聲音將我拉回現實，她已經擦乾眼淚，在四樓的欄杆邊對我喊著，「這就是我要送你的禮物！」

當她回到二樓時，雖然眼眶發紅，臉上仍帶著笑容。她在一旁架起畫架，那纖細的背影和五年前一樣。

「那我要站在哪裡？」在我這麼說的同時，雷聲突然響起，接著大雨傾盆。

「我原本希望你能站那裡，但現在沒辦法了。」沈雁無奈地聳肩，我爲了緩和氣氛，做了一些怪異的姿勢逗她笑。

她開始在紙上畫起我的模樣，並沒有看我。

我隱約聽見她細微的哭泣聲，縱使雷聲和雨聲大得幾乎可以蓋過她的低泣，卻遮掩不了她顫抖的身軀。

她還是……

喜歡著我。

算了，管他的，我必須告訴她才行。五年前我沒說，結果讓沈雁五年後都還困在這所高中，困在我這裡。

「我……」

「那幅畫……我畫Emma學姊的畫，你有看過嗎？」然而，沈雁突如其來的問題讓我怔住，也打斷了我原本要說的話。

我在做什麼，我剛剛想幹什麼？

Emma的臉龐浮現在腦海，回臺灣的這幾天，她甚至沒有與我聯絡。我在幹麼？傷害沈雁還不夠，連Emma也要傷害嗎？

「蔡政宇，你看，這是雁雁畫的我，是不是很棒？」還未和Emma在一起前，我曾在她家看過那幅畫。

沈雁的筆觸一如記憶中那般細膩，把Emma的美麗徹底勾勒出來。

「她很喜歡妳。」

「我也很喜歡她。」當時，Emma開心地笑了，然後用手肘頂了我一下，「但她更喜歡你。」

直到如今，我都還記得那句話。

「她留著，還很珍惜地裱框呢。」我淡淡地說。

「Emma學姊……有提過我嗎？」

「有，還滿常提的，她很喜歡妳。」我不禁一笑，她們之間的友情如此深刻。

「我以爲她不會在你面前提起我。」沈雁話鋒一轉，讓我再次想起Emma的話。

「蔡政宇，你到底有沒有喜歡過雁雁？」

「爲什麼這麼說？是因爲妳那時候喜歡我嗎？」我的喉嚨乾澀無比，而沈雁睜圓眼睛。

一陣強風吹來，吹倒了畫架，吹進了雨絲，也吹亂沈雁的頭髮，還有我的心。

我走過去拉起沈雁，帶她退到雨淋不到的地方，並扶起畫架，看著畫紙上的自己。

「由我來說可能很怪，畢竟我是模特兒，可是妳畫得眞的很好。不過，現在是雨天耶。」

「在我的記憶中，站在陽臺上的你，背後永遠都是陽光。」她的話又一次將我帶往遙遠的回憶。

「蔡政宇，沈雁來找你！」

班上同學久違地起鬨，正在寫補習班作業的我嚇了一跳。間接拒絕沈雁之後，她便消失在我的生活中了。

她還是有去補習，可是已經不再偷看我了。以前無論何時，只要我往樓上望去，總是可以看見她迅速躲起來。

我沒料到她會主動來找我，頓時大喜過望。

對，我是高興的。

於是，我立刻往教室的前門看去，然而站在那邊的人是程雁。

「學長，好久不見。」程雁面帶笑容，我卻覺得失望。

程雁祝福我考試順利，說她只是路過，而我無法忽視內心的感受。

以前，我將沈雁錯聽成程雁。

如今，我將程雁錯聽成沈雁。

沈雁在我心中早就超越了程雁。

意識到這點，下一秒，我立刻感覺胸口一陣絞痛。

我已經拒絕沈雁了，還拿什麼臉去跟她說話？

難道要厚著臉皮以爲她還喜歡我嗎？

沈雁的雙眼帶著水霧，她的雙唇微啟，在這瞬間我眞的想不顧一切，卻還是在她開口時打斷了她的話。

如果做了我一直以來想做的事，如果爲了彌補遺憾而做出不該做的事，那麼誰都不會幸福的。

✦

有些遺憾，就該永遠只是遺憾。

「妳知道嗎？當我在美國遇見Emma的時候，她一看見我，就問妳的事。」

「她問我們到底怎麼樣了，我說也沒怎樣，妳好像已經不喜歡我了。」

見她一臉困惑，我假裝難爲情地說：「妳不要這樣看我啦，反正都是將近五年前的事了，講出來也不會怎樣吧？」

沈雁的表情從困惑轉爲驚訝，隨即滿臉通紅。

我一口氣說完過去的回憶，盡量不帶感情地敘述高中時曾經想向她搭話的事，最後把話題巧妙帶到我爸要我出國留學上。

最後，我對她微笑。

「其實我還滿常想到妳的，只要想起臺灣的生活，就一定會想到妳，因爲有個女生曾經那樣喜歡過我。」

什麼都不說，就這樣分開，是我唯一能做的事。

回美國的那天很快來臨，離開前，我傳了訊息給Emma，告訴她我幾點會抵達機場。Emma回覆了「好」，短短一個字，卻彷彿隱藏著許多情緒。

「蔡政宇，回去記得要保持聯絡，現在網路這麼發達，不要又給我說什麼手機掉了。」張瑞德拍拍我的肩膀。這麼多年過去，唯有他和杜小娟修成正果。

「沒問題。」我笑著。

「學長，讓你跟雁子好好道別吧。」杜小娟輕聲說完，便和徐安安及張瑞德離開。

沈雁顯得有些不知所措，最後了，這是最後。

「離登機還有很長一段時間，我們坐一下吧？」我指了一旁的椅子，接著聊起不著邊際的話題。

我們又提到了Emma，但這一次我如釋重負，沈雁的表情也輕鬆許多。

「對了，學長，你會講哪幾國語言的『我愛你』？我最近在蒐集各國語言的『我愛你』說法。」

於是，我一一告訴她。

日文是愛している。

韓文是사랑해。

法文是Je t'aime。

德文是Ich liebe dich。

西班牙我記得是Te amo。

義大利是Ti amo。

愛爾蘭是Taim i'ngra leat。

✦

「那個女生，就是畫漫畫的那個對吧？」

和班上同學去福利社買東西時，我遇見了許久不見的沈雁。她跟朋友坐在福利社外的長椅上，那個瞬間我下意識別過目光，躲開她毫不掩飾的悲傷表情，與戀慕的眼神。

我沒料到會巧遇她，拿著飲料的手竟有些顫抖，付錢時甚至不小心讓零錢掉到了地上。

「蔡政宇，你還好嗎？」

「看起來不好？」我撿起地上的零錢，交給福利社阿姨後離開，而沈雁已經走了。

「你最近很怪欸，感覺魂不守舍，連你最愛的程雁來找你時都沒啥反應。」

「你眞的認爲我喜歡程雁？」我反問，他大笑。

「當然不認爲，那種態度哪是喜歡，我們也只是鬧你而已。」說著，他微微歪頭，「反倒是剛才那個畫漫畫的，你跟她之間有發生什麼嗎？」

「沒有。」我否認，卻瞬間豁然開朗，「跟我去一年七班。」

「你要幹麼？」同學眼睛發亮，快步跟上。

「我要去賭一個機會。」

我要待在沈雁的教室外頭，只要她走出來了，不管是要找老師還是幹什麼都好，只要她走出教室，我就過去告訴她。

✦

眼看時間差不多了，我對一旁的沈雁微笑，並伸手摸摸她的頭。

「我該走了，很高興這次回來可以見到當年的小學妹，現在已經是個大正妹了呢。」從今以後，妳要過得很好。

「我愛你。」忽然，她開口，清澈的眼裡不帶一絲猶豫，她已經不再是當年那個躲起來的沈雁了。

「這是中文。」帶著調皮的笑容，她說出口了。

「I Love you。」於是，我也說出這句從未對任何人說過的話，「這是英文。」

是啊，不需要擔心了。

她不再是當年的她，我也不再是當年的我。

遺憾之所以美麗，正是因爲永遠都是遺憾。

「蔡政宇，你到底有沒有喜歡過雁雁？」

「有啊。」

後記

暗戀總是無疾而終

首先必須先歡呼三聲，也高喊三聲，謝謝POPO，事隔多年以後，《未凋零》終於以全新的面貌與大家見面了。

《未凋零》於民國九十九年創作完畢，民國一百年出版，如今再次出版，已經是民國一百零七年了。

整整七年，可以讓一個剛出生的孩子升上小學，也許在生活的當下不會特別感受到時代的變遷，但當我修訂《未凋零》時就對此相當有感觸了。

既然要重新出版，自然也得進行大幅度的修改，並撰寫番外。《未凋零》正是我第一本著手修改的鮮歡舊作，過程請容我娓娓道來。

《未凋零》是我的第二本愛情小說，第一本是《那年夏天，她和他和她》，這兩部作品都改編自我個人的眞實經歷，畢竟剛開始寫小說的時候，多半都會以自己的所見所聞爲題材。

國中時，我暗戀著一位學長，學長是學校裡的風雲人物，而《未凋零》的學長正是以那位學長爲原型來描寫。其中，上同一所補習班、在欄杆邊偷看學長、受到混血兒學姊的幫助、我喜歡畫漫畫，而學長看了我畫的漫畫、學長心儀的女孩跟我的名字相似、多年後我們透過臉書聯絡上等等，都是曾經發生過的真實事件。當然，小說的情節發展會更加戲劇化。

於是，當初撰寫時我很堅持必須按照實際的時間順序，而當年沒有無線網路、沒有臉書、沒有LINE，也沒有智慧型手機，故事的一切都忠於當時的時空背景。

《未凋零》共有四個版本，在最原始的版本中，男女主角與當年的我一樣，都是國中生；第二個版本改成了高中生，但從未公開；第三個版本則是鮮歡所出版的版本，第四個版本就是你們現在手上由POPO城邦原創出版的版本。

修訂時，我發現了許多敘述上的怪異之處，也發現劇情的銜接十分不自然，於是東修西改，沒想到變得四不像，最後便心一橫全改了。

若你們是擁有鮮歡版本的小Misa，我非常感謝你們另外購入了POPO版，而想必你們也會發現，前幾章幾乎都重寫了，一直到雁子考上大學以後，內容才沒有更動太多，不過與學長的重逢還是改了些。

基本上，故事脈絡、事件發展以及結局都與舊版一樣，但敘述的方式變了，也添增了許多細節。

關於結局，我在最後改了雁子所說的某句話，眼尖的你們有發現嗎？

當年我讓故事在此處畫下句點，讓大家去思考，學長的那句「I Love you」有著什麼樣的意思。一直以來，我都希望大家能夠自行解讀結局，畢竟跟著劇情、跟著角色想法走的你們，也會產生自己的理解，因此我想讓你們就用自己的理解方式，去描繪屬於每個角色的結局。

不過在我心中，當然還是有一個結局，無論是《未凋零》還是《那年夏天，她和他和她》都是。所以修訂完新版後，我也寫出了放在心裡七年的結局。

大家最想知道的，肯定是學長的心情，我很高興能在番外寫出來，學長當年就是那樣！畢竟現實中的學長結婚生子了，我只能把自己的幻想寫進小說裡。

而關於這次的修改，最大的困難是什麼呢？

就是我前面提過的「時間」。

寫這本書的那一年，是民國九十九年，當年臉書才剛在臺灣盛行不久，於是我讓雁子他們畢業後才開始使用臉書。此外，當年還沒有LINE，只有MSN。

第一次修改時，我想模糊掉這可怕的時代差異，於是將MSN改成LINE，也把臉書的部分寫得隱晦，另外還把和杜小娟及徐安安的MSN群組聊天寫得較為含糊。

但是，當我修改《那年夏天》時，卻發現無能為力。

MSN有太多功能是LINE所無法取代的，若是更改了這點，整個故事都會被打亂，更別說之後的《嘿，好朋友》還大量提及MSN獨有的功能。

由於這系列全都建立在同一個時空背景之下，不能夠在《未凋零》裡是使用LINE，《嘿，好朋友》裡又變回MSN，所以我決定將MSN保留下來。

於是大家可以發現，故事中沒有LINE、沒有應接不暇的各種通知、沒有視訊、沒有五花八門的APP，一切是如此單純。你必須特地開啟電腦登入MSN，而不是像現在一樣，只要有手機，隨時都能在線上。

而當我重新閱讀七年前的作品時，又重新體會到了那種青澀的滋味，《未凋零》就像一杯加了一點點檸檬的白開水，微酸，卻又回甘。

若這是你第一次讀《未凋零》，那想必能發現不同於戀之四季、青春疼痛三部曲、愛情童話系列、心理病系列的，另一個Misa。

最後，當時我寫過的一句話，如今想再告訴大家一次。

若《那年夏天，她和他和她》是要你勇敢去愛，那麼《未凋零》就是要你把握當下。

無論是以前還是現在，很高興你依然在，也很歡迎新加入的你。

謝謝馥蔓與思涵，謝謝POPO原創，謝謝拿著這本書的你們。

把你們的單戀，勇敢地說出口吧。

Misa

國家圖書館出版品預行編目資料

未凋零／Misa著. -- 初版. -- 臺北市；城邦原創出
　版：家庭傳媒城邦分公司發行, 2018.04
　面；公分

ISBN 978-986-96056-4-9（平裝）

857.7　　　　　　　　　　　　107004983

未凋零

作　　者／Misa
企畫選書／楊馥蔓
責任編輯／陳思涵

行銷業務／林政杰
總 編 輯／楊馥蔓
總 經 理／伍文翠
發 行 人／何飛鵬
法律顧問／元禾法律事務所　王子文律師
出　　版／城邦原創股份有限公司
台北市南港區昆陽街16號4樓
電話：(02) 2509-5506　傳眞：(02) 2500-1933
E-mail：service@popo.tw
發　　行／英屬蓋曼群島商家庭傳媒股份有限公司城邦分公司
聯絡地址：台北市南港區昆陽街16號8樓
書虫客服服務專線：(02) 25007718・(02) 25007719
24小時傳眞服務：(02) 25001990・(02) 25001991
服務時間：週一至週五09:30-12:00・13:30-17:00
郵撥帳號：19863813　戶名：書虫股份有限公司
讀者服務信箱 email：service@readingclub.com.tw
城邦讀書花園網址：www.cite.com.tw
香港發行所／城邦（香港）出版集團有限公司
地址：香港九龍土瓜灣土瓜灣道86號順聯工業大廈6樓A室
email：hkcite@biznetvigator.com
電話：(852)25086231　傳眞：(852) 25789337
馬新發行所／城邦（馬新）出版集團 Cité(M)Sdn. Bhd.
41, Jalan Radin Anum, Bandar Baru Sri Petaling,
57000 Kuala Lumpur, Malaysia.
電話：(603) 90563833　傳眞：(603) 90576622
email:services@cite.my

封面設計／黃聖文
電腦排版／游淑萍
印　　刷／漾格科技股份有限公司
經 銷 商／聯合發行股份有限公司
電話：(02)2917-8022　傳眞：(02)2911-0053

■ 2018 年 4月初版
■ 2024 年 4月初版 11.2 刷
Printed in Taiwan

定價／260元

ISBN　978-986-96056-4-9